Sur l'auteure

Née en 1966, Lucía Etxebarria a connu un succès immédiat avec son premier roman, *Amour, Prozac et autres curiosités*. Très engagée pour la cause des femmes, elle est notamment l'auteure de *Ce que les hommes ne savent pas* (2009) et *Sex & Love Addicts* (2010). Elle vit à Madrid.

De la même auteure
aux Éditions 10/18

AMOUR, PROZAC ET AUTRES CURIOSITÉS, n° 3253
BEATRIZ ET LES CORPS CÉLESTES, n° 3401
DE L'AMOUR ET AUTRES MENSONGES, n° 3658
AIME-MOI, POR FAVOR !, n° 3897
UN MIRACLE EN ÉQUILIBRE, n° 4010
COSMOFOBIA, n° 4106
JE NE SOUFFRIRAI PLUS PAR AMOUR, n° 4209
CE QUE LES HOMMES NE SAVENT PAS, n° 4361
LE CONTENU DU SILENCE, n° 4672
TON CŒUR PERD LA TÊTE, n° 5076
DIEU N'A PAS QUE ÇA À FAIRE, n° 5616

LUCÍA ETXEBARRIA

DIEU N'A PAS QUE ÇA À FAIRE

Traduit de l'espagnol
par Nicolas Véron

10/18

ÉDITIONS HÉLOÏSE D'ORMESSON

Titre original :
Dios no tiene tiempo libre

ISBN 978-2-264-07576-5
Dépôt légal : juillet 2021

Pour Marta López Peciña,
qui connaît Alexia,
Elena et David presque mieux que moi

L'auteure a réalisé une adaptation théâtrale de ce roman, représentée au Teatro del Arte de Madrid.

Quand il repense à sa vie, il se sent pétrifié, comme s'il était sur la ligne séparant son passé et son avenir. Un long frisson glacé lui fait entrevoir ce qui doit arriver. Son avenir est un désert aride, une friche caillouteuse où l'on ne peut que marcher, sans horizon ni tournants. Avancer et vieillir, c'est tout, c'est-à-dire rien. Tout passe à jamais, rien ne rebrousse chemin. Telle est sa pénitence. De solitude en solitude, de verre en verre, de rail de coke en rail de coke, de trahison en trahison se sont effacés les chemins, les minutes, les heures. Il a mis sous les verrous les baisers éteints, les jours heureux, les cadeaux sans retour, toutes ces promesses réduites en cendres et qui restent enfermées dans la mémoire, dans la nostalgie, dans cette prison où l'imagination est recluse, dans cette spirale du regret, en quête du miracle qui lui rendra ce qu'il a perdu. David se sent comme une coquille vide, un corps inhabité. Il voudrait revenir sans être jamais parti. Hélas, ce David-là est bel et bien parti.

Alexia regarde son passé et y voit de la souffrance. Dans son avenir, en revanche, les promesses de joie, de force, de plénitude, ont l'air de jeunes soldats bien en rangs. Le passé laisse en bouche des saveurs contradictoires, et l'avenir insuffle au corps l'ardent désir de continuer à désirer. L'Alexia d'avant est restée en arrière, la nouvelle Alexia lutte, *dompte sa peur pour faire de sa voix son courage, offrant à l'oubli d'inutiles désastres*[1] ainsi que les vains efforts de celle qu'elle a été. Elle contemple la vie qui sera, et qui a presque fini d'être. Étroite est la porte qui ouvre sur l'avenir, peut-être gardée par des chiens noirs affamés ou par des cerbères féroces. Étroite et incertaine, barrant quasiment le chemin qu'elle promet. Mais Alexia est prête à déjouer chiens et cerbères, et à la franchir en martelant le sol de ses talons de *designer*.

Fleur délicate, exotique et silencieuse, coupée mais non fanée encore, sans couleur ni racines, sans la sève ni la gloire des jours passés, Elena exhale l'arôme intense et profond de la matière en décomposition, *tout en effeuillant son lent transit de minutes*[2]. Elle ne souffre pas de ce qu'elle laisse derrière elle, de la part de vie qu'elle est en train de perdre, et que gagne le ver qui la ronge. Elle regarde en arrière et voit la tristesse, une tristesse réduite en miettes par ses sanglots. Elle regarde en arrière et découvre avec stupeur que la légion de ses passions, de ses illusions et de ses colères, qui lutte avec acharnement contre cette tristesse, va se trouver sans armes. Elle regarde en arrière et voit une rue barrée. Puis, tandis que ses yeux s'égarent le long des murs de cette chambre dont on ne sort pas, elle regarde devant elle, où l'attend une cavité dévorante et sans avenir. Et elle ne voit rien. Absolument rien.

1. Luis Cernuda, « À un poète futur », in *Comme celui qui attend l'aube* (1941-1944).
2. Santos Domínguez Ramos, *Lear bajo la tormenta*, in *Las provincias del frío* (2007).

CAFÉ GIJÓN, MADRID

Alexia est une femme mûre, comme on dit d'un fruit qu'il est mûr sans que cela signifie flétri. Elle est de ces femmes intemporelles, impeccablement soignée, impeccablement vêtue, impeccablement coiffée... On peut difficilement lui donner un âge. Sa voix est parfaitement modulée, comme si chaque mot qu'elle prononçait, avec son phrasé d'une parfaite distinction et sa voix de guitare sèche, lui emplissait la bouche d'une liqueur vieillie en fût. Une lumière étale et blanche a poli le marbre de son front puissant, où l'on peut admirer l'œuvre du grand professionnel qui a su en chasser les rides à coups d'injections. Sur ses paupières scintille, à peine perceptible, une ombre perlée assortie au brillant des lèvres. Elle agite les poignets avec désinvolture, comme si elle ignorait la valeur de ce qui y est accroché. Tout en elle dit l'assurance, la retenue, l'argent.

David arbore un air négligé. Barbe de quelques jours, jeans, tee-shirt sous sa veste. Il paraît sûr de lui, et l'on devine qu'il a été, en son temps, un beau gosse, frimeur, noceur, séducteur. Aujourd'hui, c'est ce qu'on appelle un homme attirant, avec son visage marqué, douloureux, son regard profond et pénétrant qui laisse entendre qu'il a vécu, plus que vécu, sans jamais avoir eu conscience de se tromper, sauf pour ce qui lui tenait le plus à cœur. Il a dû avoir un visage d'ange, mais celui qu'il a maintenant est la preuve vivante qu'il n'est pas d'ange qui ne finisse par connaître l'enfer. Sa vie paraît usée, défraîchie, consumée, comme s'il l'avait déjà vécue, déjà pressurée, sans forcément savoir où ni quand.

Il est assis à une table, jambes croisées comme pour exhiber une virilité dont nul pourtant ne songerait à douter. Elle s'approche de lui en martelant le sol de son pas ferme et souple, avec une lenteur étudiée, consciente que tous les regards confluent sur elle. Et y prenant plaisir.

— Bonjour… Bonjour, David. Vous êtes David, n'est-ce pas ?

— Oui. Bonjour… – Il se lève, et Alexia se rend compte qu'elle l'avait imaginé moins grand. – Vous êtes Alexia ?

— Oui… À vrai dire, je vous ai reconnu grâce à votre photo, bien sûr, même si… Je ne sais pas, vous êtes plus grand. Plus grand que je ne m'y attendais…

— Je ne comprends pas… Vous vous attendiez à ce que je sois plus petit ?

Prévenant, il approche une chaise pour qu'elle s'asseoie. Elle s'installe, il se rassoit.

— Oui, à vrai dire… Je ne sais pas, je dois être un peu nerveuse… Je n'ai pas l'habitude de ce genre de choses… Je…

— Ne vous en faites pas… Comment allez-vous ? Vous voulez boire quelque chose ? Un tilleul… Ou un gin tonic…

— Un gin tonic à cette heure-ci ? Vous avez de drôles d'idées…

— C'est l'heure à laquelle le boivent les Anglais. Je viens d'arriver, je n'ai encore rien commandé.

— Je… À vrai dire, je n'ai pas tellement l'habitude de boire mais… Je ne sais pas… Peut-être que ça me ferait du bien. C'est que je suis si… si nerveuse.

— Alors disons deux gin tonics et n'en parlons plus.

David fait un signe au serveur. Un signe vague, presque imperceptible, un infime mouvement de la tête. Mais c'est le genre d'établissement où un serveur n'a pas besoin de plus.

— Deux gin tonics, s'il vous plaît.

— Ça me fait bizarre de me trouver ici, dans cette situation. Même si je sais que ce n'est pas si bizarre, aujourd'hui tout le monde se donne plus ou moins des *blind dates*… Si je vous disais le nombre de mes amies dont les filles ont connu leur fiancé ou leur mari sur des sites de rencontres ! Mais moi, je suis timide… Et puis, je me suis mariée très jeune. À l'époque, Internet n'existait même pas… Pardon, vous allez penser que je parle trop. Je parle toujours trop quand je suis nerveuse…

— Ce n'est pas grave. Nous sommes là, bien assis, bien installés… Faisons les choses calmement, tranquillement.

— En fait, on se connaît déjà… Enfin, non… Mais, pour moi, c'est un peu comme si on se connaissait déjà. J'ai vu beaucoup de photos de vous, vous savez ? Quoique sur les photos… Vous étiez plus jeune, évidemment. Beaucoup plus jeune.

— Vous me trouvez vieux ?

— Non, pas du tout, ce n'est pas ce que je voulais dire, au contraire… Mais les années passent… Pour tout le monde, évidemment… Zut, je ne sais plus ce que je voulais dire… Comme je vous l'ai dit, je suis très nerveuse. Mais vous, je suppose que vous avez envie de savoir… Je veux dire… Vous avez envie de savoir pourquoi j'ai tellement insisté pour vous rencontrer, non ?

— Ma foi oui, je voudrais bien, je l'avoue.

Le garçon arrive et pose les deux gin tonics sur la table, ainsi que l'addition dans une soucoupe. Elle le remercie d'une légère inclinaison de la tête, puis boit d'un trait la moitié de son gin tonic, comme si c'était une eau salvatrice, sous le regard médusé de David, presque attendri de voir une femme comme elle, à l'allure aussi chic, aussi digne, se montrer soudain si émotive.

— Ce que je peux être nerveuse !

— Vous l'avez déjà dit plusieurs fois.

— Oui… Je suis très bête, parfois… Qu'il est beau, ce café… Je suis vraiment ravie de cet endroit.

— Merci. C'est mon café préféré. Il n'y a plus d'endroits comme ça à Madrid, aussi calmes…

— Oui, c'est tellement beau, tellement calme… Vraiment superbe…

Elle boit fébrilement une deuxième longue gorgée de son gin tonic.

— Commençons par le commencement. Je suppose que vous vous rappelez Elenita, je veux dire Elena.

— Elena, c'est un prénom assez courant. J'en connais beaucoup.

— Oui, bien sûr, que je suis bête… C'est un prénom très courant. Elena de Sagarra.

— Honnêtement, là, comme ça… Je ne vois pas.

— Quand vous l'avez connue, elle avait dix-huit ans et vous vingt-trois. Elle faisait son droit et logeait au foyer d'étudiantes du Colegio Mayor Santa María.

— Vous me parlez d'il y a presque trente ans… C'est loin…

— Comment ? Vous ne vous souvenez pas d'elle ?

— Je dois reconnaître que là, comme ça, de but en blanc…

— Mais vous êtes sortis ensemble pendant près d'un an !

— Moi ? C'est possible… Ah, mais oui… Elena, oui, bien sûr… Elena.

— Elena, oui, Elena. Comment pourriez-vous ne pas vous en souvenir ? Une fille vraiment très belle, ravissante… Elle en pinçait sérieusement pour vous.

— Mais vous, vous n'êtes pas Elena.

— Non, bien sûr que je ne suis pas Elena ! Je m'appelle Alexia.

— Excusez-moi, mais j'ai du mal à comprendre.

Elle agrippe de nouveau son gin tonic et le vide d'un trait. David est surpris par une telle fébrilité, digne d'un acrobate qui tente le tout pour le tout, chez une femme d'apparence si sobre et réservée.

— Vous allez comprendre. Je suis la cousine d'Elena…

— Désolé, mais je ne comprends toujours pas.

— Parce que vous ne me laissez pas parler.

Elle fait signe au garçon, qui s'empresse d'accourir, ainsi qu'il sied à un établissement de cette classe, comme il n'en existe plus à Madrid, avec ses serveurs à la veste blanche, au nœud papillon noir et au visage imperturbable.

— Garçon, deux autres, s'il vous plaît.

— Je croyais que vous n'aimiez pas boire.

— En temps normal, je bois peu, mais… Je suis, vous me rendez si nerveuse… Laissez-moi tout vous expliquer, s'il vous plaît.

— Je suis tout ouïe.

— En fait, je vis à Palma mais je viens souvent à Madrid, pour faire du shopping et ce genre de choses, et aussi de temps en temps, tous les trois mois, chez le médecin.

— Vous êtes malade ?

— Non, pourquoi ? Dieu m'en garde ! Je suis en parfaite santé. Je viens juste pour… pour me faire faire quelques petites retouches. Depuis que j'ai divorcé (car je suis divorcée), je prends beaucoup plus soin de moi… Pour être belle. À mes propres yeux, pas parce que je cherche à retrouver quelqu'un, même si on ne sait jamais, bien sûr… Acide hyaluronique, vitamines, un peu de botox parfois. Très peu, bien entendu. Des retouches.

— Oui, je connais. N'oubliez pas que je suis acteur.

— Ce n'est pas qu'il n'y ait pas de médecins à Palma, il y en a, et d'excellents, mais mon médecin, le docteur Salas, a son cabinet ici, et ça m'évite, vous comprenez, de tomber sur des connaissances dans la salle d'attente, c'est toujours embarrassant. Et j'en profite pour faire du shopping, aller voir un *musical*, ce genre de choses…

— Je vois… Vous disiez donc que vous vous portiez bien.

— À merveille ! Mieux que jamais. Quand j'étais mariée, j'étais tout le temps malade. Vraiment malade. Mais, depuis mon divorce, je ne suis plus la même… Où est-ce que j'en étais ? Dans la salle d'attente de ce monsieur, il y a des livres. Je n'avais jamais vu ça dans une salle d'attente. Je pense que ce sont des livres qu'il n'a pas la place de mettre chez lui, et qu'il a dû se dire que ça ferait bien dans sa salle d'attente, que ça donnerait à la pièce un côté plus *cosy*… Toujours est-il que je me suis mise à les regarder un jour, et j'ai trouvé un annuaire professionnel, un annuaire que je ne connaissais pas… *Cineguía*, ça s'appelait.

— *Cineguía* ? Mais que vient faire *Cineguía* dans la salle d'attente d'un médecin ?

— Sa femme travaille dans le cinéma, elle est productrice.

— Drôle de hasard... C'est bien la première fois que j'entends parler d'une salle d'attente de médecin où il y a *Cineguía*.

— Un hasard, oui, on peut le dire, un très grand hasard même, mais le plus fort, c'est que j'y ai vu votre photo. Et c'était bien le dernier endroit où je risquais de tomber sur cet annuaire, et par conséquent de retrouver votre trace... Car, du coup, je me suis mise à le feuilleter et, à la fin, il y a des photos d'acteurs, certains très connus, comme Jordi Rebellón, mais aussi d'autres dont je n'avais jamais entendu parler.

— Dont moi. Je suis un de ces acteurs dont vous n'aviez jamais entendu parler.

— Mais bien sûr que si, j'avais entendu parler de vous ! J'avais même énormément entendu parler de vous... Vous n'imaginez pas, vous ne pouvez pas savoir à quel point. Et soudain, je vois votre photo, là, et je me dis : « Non, ce n'est pas possible... »

— Vous m'aviez vu au théâtre ? Ou quelqu'un m'avait vu et vous avait parlé de moi ?

— Non, pas du tout. C'est Elena... Cela fait des années qu'elle me parle de vous.

— Elena... Cette fille avec qui je suis sorti autrefois ? Et elle continue à vous parler de moi, après tout ce temps ? S'il vous plaît, arrêtez de me faire marcher. Où voulez-vous en venir ?

— Laissez-moi vous expliquer, s'il vous plaît. C'est fou ce que je peux être nerveuse, aujourd'hui... – Elle avale une autre gorgée de gin tonic. – Elena est venue ici, à Madrid, il y a vingt ans, pour ses études. Non, pas vingt. Dix-sept, ou vingt-cinq… Enfin, peu importe. Elle logeait dans un foyer pour jeunes filles de bonne famille, aux horaires très stricts, géré par l'Opus Dei, et elle a fait votre connaissance dans un café… J'imagine que c'était un café un peu comme celui-ci… Elle attendait une amie qui était en retard, vous étiez au comptoir et vous lui avez parlé… Vous deviez être très beau à l'époque… En tout cas, c'est ce qu'elle dit. De fait, vous êtes toujours très beau, je ne voulais pas dire que vous ne l'êtes plus… Bref, elle s'est mise à sortir avec vous. Vous viviez alors en colocation avec d'autres garçons.

— C'est probable. À l'époque, tout le monde à Madrid vivait en colocation.

— Donc, elle vous voyait l'après-midi. Elle avait un couvre-feu, elle n'avait pas le droit de rentrer après dix heures, mais vous vous retrouviez tous les après-midi. Peut-être que vous ne vous en souvenez pas, peut-être que pour vous c'est du passé, une histoire tombée dans l'oubli… Mais pour elle, ça a énormément compté, elle était très amoureuse…

— Je crois que je vois de qui vous parlez… Elena… Oui, bien sûr ! Elena ! Très jolie… Donc… Excusez-moi, mais je voudrais voir si j'ai bien compris. Vous allez consulter votre médecin, vous feuilletez *Cineguía*, vous voyez ma photo et vous vous dites : « Tiens, c'est le petit ami de jeunesse de ma cousine Elena, David Arias ! »

— Exactement.

— Vous appelez mon agent et vous lui dites que vous voulez entrer en contact avec moi… Mais, ce que je ne comprends pas, c'est comment mon agent a pu donner mon numéro à n'importe qui.

— Je ne suis pas tout à fait n'importe qui. Ma famille est l'une des grandes familles de Palma, une famille de chefs d'entreprise, d'hôteliers, de promoteurs... Mon frère est un homme politique local assez connu. Mon nom a tout de suite dit quelque chose à votre agent. Je lui ai expliqué qu'il s'agissait d'une question familiale importante et elle ne m'a posé aucune question.

— Soit. Quand vous m'avez appelé et que vous m'avez dit que Katrina vous avait donné mon numéro et que vous vouliez me voir, je... En fait, j'ai cru que c'était pour me proposer un rôle. C'est pour ça que j'ai été surpris quand je vous ai vue si nerveuse.

— Vous avez dû vous dire que vous aviez affaire à une folle...

— Pour tout vous dire, oui. Ou plutôt non. Pas complètement. En fait, j'ai cru que vous étiez une admiratrice. Ça m'est déjà arrivé. Elles vous voient dans une pièce, elles se procurent votre numéro, elles essaient d'avoir un rendez-vous...

— Vous avez donc accepté de me voir en pensant que c'était peut-être pour...

— En fait, je ne sais pas pourquoi j'ai accepté. Vous avez appelé, vous m'avez dit que Katrina vous avait donné mon numéro, que vous aviez quelque chose d'important à me dire. Vous aviez une jolie voix, une voix comme il faut, et comme je suis au chômage et que je n'avais rien de mieux à faire... Un peu trop prosaïque à votre goût, peut-être ?

— Mon Dieu, je ne sais pas... Un saltimbanque, c'est forcément un peu bohème, non ?

— En tout cas, je m'attendais à tout sauf à une histoire comme celle-là. Je ne sais pas quoi dire... Je suis encore... sous le choc, pour tout dire.

— Oui, je vous comprends.

— Et vous vouliez me voir uniquement pour me dire

qu'une fille avec qui j'ai eu une histoire il y a plus de vingt ans se souvenait encore de moi ?

— Oui, c'est plus ou moins ça. – Elle boit une gorgée de gin tonic. – Mais l'histoire ne s'arrête pas là.

— Il y a donc autre chose… Je vous écoute.

— L'année après celle où elle vous a connu, Elena n'est pas retournée à Madrid. Elle a abandonné le droit et s'est mise à sortir avec Jaume Puig-Pujol, qui était l'un des plus beaux partis de Majorque.

— Vous avez dit Puig-Pujol ? Jaume Puig-Pujol ? C'est un nom qui me rappelle quelque chose…

— Ça vous rappelle forcément quelque chose.

— Je le connais ?

— Vous l'avez forcément vu à la télévision, il était adjoint au maire de Palma.

— Oui, ça me dit quelque chose.

— Je reprends. Elenita s'est mariée à vingt et un ans. Messe à la cathédrale, réception avec le Tout-Palma au Club nautique, voyage de noces à Bali… Bref, elle pouvait difficilement faire un plus beau mariage, et on aurait pu penser que son histoire avec vous était définitivement oubliée. Mais le premier enfant tardait à venir et, dans une famille aussi traditionnelle, c'est quelque chose de surprenant. Bien sûr elle n'en parlait jamais, et personne non plus. En ce qui me concerne, j'ai longtemps pensé que la pauvre Elena ne pouvait pas avoir d'enfants et j'avais beaucoup de compassion pour elle, jusqu'au jour où le scandale a éclaté.

— Le scandale ? Mais oui ! Jaume Puig-Pujol, c'est cet élu qui se tapait des prostitués mâles sur fonds publics ?

— Je n'aurais peut-être pas présenté la chose d'une façon aussi crue, mais oui, c'est bien lui.

— Pauvre Elena, ça a dû être dur pour elle.

— Oui, vous imaginez, dans un milieu comme celui-là, aussi étroit, aussi fermé, aussi conservateur. Un maire peut détourner des millions pour se payer des *call-girls*, mais quand son adjoint fait la même chose pour des *rent boys*... Toute la différence est là : il ne s'agissait pas de filles, mais de garçons. Corrompu, passe encore, mais homosexuel, ça ne pardonne pas.

— Ma foi, je n'en sais trop rien...

— Je peux vous l'assurer. En tout cas dans notre milieu... La pauvre Elena en a pris plein la figure. Elle l'a quitté aussitôt, bien sûr, mais elle ne pouvait plus sortir de chez elle, vous imaginez bien... Je lui rendais visite presque tous les jours, tellement elle me faisait de la peine. Et elle me parlait de vous.

— De moi ? Mais pourquoi donc ?

— David, je suppose qu'au bout de toutes ces années dans le milieu du théâtre... Bref, vous avez dû avoir beaucoup de liaisons, connaître beaucoup de femmes... Au fait, vous êtes marié ?

— Non, je ne me suis jamais marié.

— Et vous n'avez pas une petite amie ?

— Si, en quelque sorte... Mais c'est vraiment important ?

— Mon Dieu, pardonnez-moi, je ne voulais pas... Je ne veux pas être indiscrète. Ce que je voulais dire, c'est seulement que si vous avez quasiment oublié Elenita depuis tout ce temps, c'est sans doute parce que vous avez connu d'autres femmes par la suite, des femmes qui vous l'ont fait oublier, non ?

— Mon Dieu, oui... Évidemment... J'ai vécu, je ne vais pas le nier.

— Mais elle, elle ne vous a pas oublié. Vous avez été le premier, Jaume a été le second. Et il n'y a pas eu de troisième. Elle m'a dit qu'elle avait bien senti, dès le départ, qu'il y avait quelque chose qui clochait dans sa relation avec Jaume, qu'il n'avait pas tellement l'air de s'intéresser à elle et que leur vie sexuelle, dès les premiers temps de leur mariage, avait été plus que réduite mais, comme elle n'avait connu personne avant à part vous, elle n'avait pas beaucoup de points de comparaison. Elle m'a aussi dit que, durant toutes ces années, elle avait souvent pensé à vous parce que son couple, qui avait toutes les apparences d'un couple idéal, n'avait en réalité rien d'un couple.

— Et pourquoi ne l'a-t-elle pas quitté avant ?

— Parce que c'était encore une enfant quand elle s'est mariée, parce que, dans son milieu, ça ne se fait pas de divorcer, parce qu'elle avait, qu'on le veuille ou non, une vie plus que confortable… Et elle avait honte de reconnaître qu'elle s'était trompée. Mais je ne vous ai pas encore dit le principal, le pire en fait.

— Ah bon ? Qu'est-ce qu'il peut y avoir de plus ?

— Elenita est en train de mourir.

— Pardon ?

— Vous avez bien entendu. Elena est en train de mourir.

— Mais elle est plus jeune que moi.

— Il n'y a pas d'âge pour le cancer.

— Si je comprends bien, vous m'avez fait venir pour m'annoncer qu'une fille que je n'ai pas revue depuis je ne sais combien d'années ne m'a pas oublié et qu'elle est en train de mourir ?

— Oui.

— Et pourquoi aviez-vous besoin de me mettre au courant ?

— Eh bien, parce qu'il m'est venu une idée… Peut-être une idée folle, je ne sais pas…

— N'en dites pas plus. Je crois deviner où vous voulez en venir.

— Écoutez… Vous m'avez bien dit que vous êtes au chômage, non ? Et que vous avez accepté notre rendez-vous par curiosité, parce que vous n'aviez rien d'autre à faire ? De mon côté, j'ai cherché votre nom sur Internet et je n'ai pas l'impression que vous ayez quoi que ce soit en cours.

— Qu'est-ce que vous voulez ? M'embaucher ?

— Plus ou moins.

— Ce n'est pas une réponse. Expliquez-vous mieux.

— Ma cousine, comme je vous l'ai dit, est en train de mourir. Et l'existence qu'elle a menée a été… disons un gâchis, même si, vu de l'extérieur, elle a vécu une vie de rêve, avec villa à six millions d'euros et promenade en mer chaque jour ou presque. Mais, en vrai, elle n'a pas eu de vie. Elle n'a pas connu l'amour, ou plutôt elle l'a connu mais très peu de temps, et il y a très longtemps. Cette histoire qui, pour vous, n'est qu'une histoire parmi d'autres est la plus belle et la plus importante qu'elle ait vécue. Je crois qu'elle aimerait vraiment beaucoup vous revoir, que ça lui ferait énormément plaisir. Songez qu'après ce qui s'est passé, après un tel scandale, elle a perdu presque tous ses amis et ses relations. Elle est terriblement seule, presque personne ne vient la voir…

— Vous êtes en train de me dire que vous voulez m'embaucher pour rendre visite à votre cousine ?

— Vous embaucher, ce qui s'appelle embaucher, non. Je vous propose de rendre visite à une femme dont je présume que vous gardez un souvenir somme toute agréable, et que vos visites sont susceptibles de rendre très heureuse. Je vous demande, en résumé, de faire œuvre de charité, ou plutôt, étant donné que vous n'êtes pas croyant, une bonne action. Bien entendu, je suis prête à vous dédommager pour votre temps. Je crois comprendre que votre situation actuelle est compliquée…

— Que voulez-vous dire par là ?

— Que cela fait un certain temps que vous n'avez pas de travail. Votre agent me l'a confirmé. Et en ce qui me concerne, l'argent n'est pas un problème.

— Alors là, j'avoue que je suis interloqué… C'est la proposition la plus étrange qu'on m'ait jamais faite, et Dieu sait pourtant si on m'en a fait.

— Raison de plus pour que je vous demande, que je vous supplie même, d'aller rendre visite à Elena. Vous me feriez un immense plaisir, et je crois que vous aussi vous y prendriez plaisir.

— Mais ce que vous me demandez est une folie. Sans parler du fait que rendre visite à quelqu'un qui va mourir n'est un plaisir pour personne. C'est quelque chose de triste, de dur, de déprimant.

— J'en suis consciente, et c'est pour ça que je suis prête à vous dédommager plus que généreusement pour votre temps et pour le dérangement. Je dis bien : plus que généreusement.

— La notion de générosité varie d'une personne à l'autre.

— À force de parler avec les gens, on finit par mieux les cerner, et je crois comprendre que votre temps est précieux pour vous. Comme pour tout le monde, d'ailleurs, moi la première. Je comprends donc que si vous devez donner de votre temps, il est logique que vous attendiez… comment dire… une compensation. Et si c'est de cela qu'il s'agit, je me montrerai plus que compréhensive, et je suis évidemment prête à vous accorder cette compensation.

— Je ne sais pas si j'ai bien compris. Vous voulez

me recruter moyennant finance pour jouer le rôle de visiteur de malades auprès de votre cousine ?

— Je ne l'aurais pas dit de cette façon. Ce que j'ai dit, c'est que je comprends que votre temps est précieux pour vous, et qu'Elena, de son côté, ne reçoit quasiment pas de visites. Et celles qu'elle reçoit, entre nous soit dit, ne lui réussissent pas. Elles la dépriment. Tout le monde lui fait une mine de six pieds de long, personne ne lui raconte quoi que ce soit d'intéressant. Et puis, à quoi sert l'argent, sinon à en faire bon usage, ne serait-ce que pour racheter le péché originel dont il est généralement issu ? Un petit coup de pouce financier ne vous ferait pas de mal, et un peu de compagnie ferait du bien à Elena. Et ce que je veux par-dessus tout, c'est que ma cousine soit heureuse. C'est une façon de nous entraider, d'être… solidaires, comme vous autres saltimbanques aimez à dire. Je ne voulais surtout pas vous offenser, Dieu m'en garde !

— Excuses acceptées. Et combien vaut mon temps, selon vous ?

— Votre temps à vous, je ne sais pas. Le bonheur de ma cousine, beaucoup.

— Laissez-moi le temps de réfléchir.

— Bien sûr, prenez tout le temps que vous voudrez.

UNE CHAMBRE D'HÔPITAL, PALMA DE MAJORQUE

Mince comme une feuille de papier, éthérée comme un nuage, légère comme un gémissement, Elena a bien anticipé sa condition de fantôme. Elle a le crâne presque rasé des déesses antiques, et cette absence de cheveux fait ressortir son profil de tanagra. Vêtue d'un pyjama – en satin ? – dont on devine qu'il a coûté très cher, elle est assise dans son lit, penchée sur un plateau – le plateau typique des hôpitaux –, en train de faire un puzzle avec la concentration méthodique et solennelle d'une prêtresse aux prises avec un codex mystérieux. Lorsque David entre, elle lui adresse un regard dubitatif. Puis un sourire doux et serein apparaît, comme la trace lumineuse d'un soleil mourant.

— David… David Arias… C'est tellement, tellement… merveilleux de te voir.

— Tu me reconnais ?

— Non, penses-tu… Je ne t'aurais jamais reconnu, pour être franche. Tu ne ressembles pas du tout au David que j'ai connu… Tu as épaissi…

— Tant que ça ?

— Mais non, voyons. Pas tant que ça. Mais beaucoup d'années ont passé… Et tu es barbu…

— Oui, ça fait des années.

— Qui pourrait bien te reconnaître avec cette barbe ? Mais tu as toujours les mêmes yeux… Alexia m'avait prévenue que tu venais. Alexia est très puritaine, elle ne voulait pas que tu me trouves en chemise de nuit. Elle m'a donc prévenue que j'allais recevoir une visite spéciale, de quelqu'un qui était venu tout exprès à Palma pour me voir, et qu'il valait mieux que je m'habille et que je me maquille. Bref, j'ai beaucoup insisté, si bien qu'elle a fini par me dire qui allait venir, car vois-tu, je ne connais pas tant de gens que ça. Et quand elle me l'a dit, je suis restée médusée parce que ça fait… ça fait plus de vingt ans, non ?

— Oui. Un paquet d'années.

— Oui, beaucoup d'années. Assieds-toi là. Et tu peux enlever ton masque, si tu veux. Je sais bien qu'on t'a dit de ne pas l'enlever, mais si tu n'es ni enrhumé ni malade, que tu ne t'approches pas trop près et que tu ne me touches pas, ça n'est pas grave… Ne fais pas cette tête, je ne suis pas contagieuse. C'est surtout pour que toi, tu ne me contamines pas. Mes défenses immunitaires sont très basses, et si jamais j'attrapais même un rhume, cela me serait fatal. Alors, je vais m'asseoir dans le lit et toi tu vas t'asseoir sur le canapé.

Il s'assied.

— Tu as une grande chambre… Presque plus grande que ma chambre d'hôtel.

— Oui, je sais. Elle est immense, on dirait une suite. Ma famille m'a fait installer cette télévision, et tous les jours on m'apporte des films. Dommage qu'on ne puisse pas m'apporter de fleurs…

— Oui, c'est ce qu'on m'a dit, ni fleurs ni chocolats.

— Les fleurs, c'est à cause des allergies possibles, je t'ai dit que mes défenses sont très basses, et les chocolats, c'est parce que je prends un traitement qui me démolit l'estomac, et chaque fois que je mange du chocolat, je finis par tout vomir.

— Des peluches ?

— Non plus, à cause des acariens.

— Des corbeilles de fruits ?

— Non, je n'ai le droit de manger que la nourriture de l'hôpital. Toutes ces purées dégoûtantes… Mais à part ça, je ne suis pas si mal ici… La chambre est immense… Mais, tu as belle allure. Tu as beaucoup changé, énormément changé ! Je ne t'aurais pas reconnu dans la rue. Mais tu es très bien comme ça, vraiment très bien.

— Toi aussi.

— Ne dis pas de bêtises, s'il te plaît.

— Non, vraiment, je suis sincère… Je m'attendais à te trouver bien pire, et je te vois… Tu es belle, vraiment.

— C'est parce que je suis maquillée… Je suis moins belle sans maquillage. Avant qu'il m'arrive tout ça, je pesais soixante-dix kilos, tu imagines ? Maintenant, je suis à cinquante-deux, à peu près comme quand tu m'as connue. Ce qui fait que oui, d'une certaine façon, je suis belle.

— Les cheveux courts te vont très bien. C'est la mode en ce moment. Tu as l'air d'une actrice ou d'un mannequin.

— Mon Dieu, quel flatteur tu fais… Tu sais, c'est curieux, mais une fois que je me suis fait couper les cheveux, je me suis vue tout d'un coup plus belle. Libérée. Quand tu m'as connue, j'étais encore châtain, mais j'ai fini blonde, comme tout le monde… Tu commences par avoir quelques cheveux blancs, tu vas chez le coiffeur, qui te persuade que le mieux, pour les dissimuler, ce sont les mèches blondes, et sans même t'en rendre compte, tu deviens blonde et toutes tes amies aussi… Tu n'as pas remarqué, David ? Subitement, nous voilà toutes devenues blondes…

— Je ne sais pas, je ne dois pas fréquenter les mêmes personnes. À vrai dire, ce n'est pas quelque chose à quoi je fais attention… Mais maintenant que tu me le dis… Il y a pas mal d'actrices qui sont blondes… Tu as sans doute raison…

La voix d'Elena l'interrompt brutalement, comme un éclair dans un ciel serein.

— Quand mes cheveux sont tombés et que je me suis vue, au lieu de me dire « mais c'est affreux, je dois faire vraiment peine à voir », je me suis dit que… que ce n'était peut-être pas plus mal d'être enfin débarrassée de cette chevelure blonde. Je ne sais pas quel air ça me donnait, mais ce n'était pas moi… Je suis bien plus moi-même comme ça, maintenant, sans cheveux… Mais pour toi, bien sûr, qui ne m'as pas vue pendant toutes ces années…

Les nerfs à fleur de peau comme les poils d'un balai tout usé, David change de sujet.

— Et toutes ces images pieuses… On te les a apportées aussi ?

— Oui, toute une collection. Ici, tu as sainte Gemma Galgani, là sainte Rita, patronne des causes désespérées, et Notre-Dame de Lourdes, bien sûr. Ma mère voulait apporter un portrait d'Escrivá de Balaguer[1], mais j'ai refusé. Les autres, passe encore, je ne veux pas me mettre à dos ma famille, mais cet individu, non…

1. Fondateur de l'Opus Dei en 1928.

Il m'a fait trop de mal dans cette vie pour que je le laisse me poursuivre jusqu'à mon dernier jour…

David arbore la mine du naufragé qui voit un aileron de requin faire des cercles autour de son radeau.

— Tout de même… Tu ne devrais pas évoquer la mort de façon aussi catégorique. Il n'est pas dit que tu vas mourir.

— Ah non ? Alors, pourquoi es-tu venu ? S'il te plaît, ne me mens pas, c'est un manque de respect. Je suis parfaitement au courant de mon état de santé, et je crois que toi aussi.

Elena observe l'éclat voilé de ses yeux et devine que David est sur le point de pleurer.

— Je suis désolé. Je…

— C'est normal que tu sois mal à l'aise, c'est une situation très inconfortable. C'est moi qui devrais m'excuser. En plus, tu es venu jusqu'à moi…

— Tu fais un puzzle ?

— Oui, comme tu vois. Mais là, je suis un peu bloquée.

— Je peux jeter un coup d'œil ?

— Bien sûr.

Elena approche d'elle le plateau avec le puzzle et la boîte qui contient les pièces. Il s'assied sur le lit, à côté d'elle, raide comme un piquet.

— Cette pièce, là, regarde… elle va ici !

— Tu as vraiment le coup d'œil !

— Oui… J'ai toujours été plutôt doué pour les puzzles. J'adore ça. Ça me détend.

— Moi aussi.

David place encore une pièce.

— Tu sais, les puzzles ont pas mal de points communs avec le travail de l'acteur. On te donne un texte, quelques idées pour construire ton personnage, mais c'est à toi de les assembler.

À son tour, Elena réussit à placer une pièce et en profite pour s'approcher de lui. Elle peut sentir son odeur, un mélange de sueur, de cèdre, d'encens et de santal peut-être, qui lui remémore ce bonheur absurde, impossible. Elle se rappelle qu'elle a autrefois été ingénue, innocente et heureuse avant d'être malheureuse. Elle respire, sans colère ni rancœur, cet arôme subtil et léger comme l'amour qui aurait pu être, et qui est à nouveau devant elle. Elle craint alors qu'il ne soit en train de lire dans ses pensées et se ressaisit.

— Et toi, qu'es-tu devenu ? Tu t'es marié ? Tu as des enfants ?

— Je ne suis pas marié, je ne l'ai jamais été, mais j'ai un fils.

— De quel âge ?

— Quinze ans.

— Formidable ! Et comment est-il ? Non… pas là.

Elle lui prend la pièce qu'il a dans la main et la place à un autre endroit du puzzle.

— Beau garçon, bon élève… À vrai dire, je le vois peu. Sa mère et moi n'avons pas de très bons rapports… C'est une longue histoire.

— Je comprends… Et tu travailles dans quoi ?

— Mais je suis acteur. Je suis toujours acteur. Alexia a dû te le dire, non ?

— Mon Dieu, mais… Comme je ne t'ai vu dans aucun film ni à la télé… N'oublie pas que pendant toutes ces années je n'ai plus jamais entendu parler de toi.

Elle place une nouvelle pièce. Il se rapproche à son tour, presque subrepticement, comme s'il voulait habiter le silence le plus longtemps possible. Il continue cependant de parler, car il faut bien remplir ce silence embarrassant.

— J'ai fait partie un long moment de la Compagnie de théâtre classique espagnol. Et puis, j'ai joué dans des films. Quelques-uns. Jamais le rôle principal, c'est vrai. Des films qui n'ont pas dû passer à Palma, mais tu en as peut-être entendu parler. Le premier s'appelait *Dans la pénombre.*

— Non, ça ne me dit rien.

— Un thriller, il est sorti en quatre-vingt-dix. Ensuite, j'ai tourné dans *La Femme de ma vie.*

— Non plus.

— D'Antonio del Real, avec Leticia Brédice.

— Leurs noms ne me disent rien du tout.

— Je suppose par conséquent que *Je survivrai* et *L'Amour de ma vie*, d'Alfonso Albacete, ne te diront pas davantage.

— Non… Désolée, je suis vraiment inculte !

— Mais non. Ce n'étaient pas ce qu'on appelle des films grand public. Mais ce sont les seuls que j'ai tournés. Et si tu ne m'as pas vu à la télévision, c'est parce que je n'ai presque jamais fait de télévision. J'ai surtout fait du théâtre.

— Le fait est que je ne vais pas beaucoup au théâtre. Il y a bien le Teatre Principal, mais nous y allions surtout avec nos neveux, ses neveux, pour voir des *musicals*, des spectacles de marionnettes, des choses comme ça. Je dois avouer que je ne suis jamais allée voir la Compagnie de théâtre classique.

— Est-ce que tu te rappelles dans quoi je jouais quand on s'est connus ? On s'est peut-être connus à une époque où je… travaillais ?

— Tu ne t'en souviens pas ?

— À vrai dire, non… Ça fait vingt ans, non ?

— Peut-être même plus. Tu jouais une pièce qui s'appelait *Marat-Sade*, dans un théâtre qui avait une cour intérieure et qui se trouvait… attends que je me rappelle, dans Lavapiés.

— La salle Cristina Rota ?

— Je ne sais pas comment ça s'appelait, il fallait traverser un couloir, il y avait cette cour…

— C'était la salle Cristina Rota, j'en suis sûr. Elle existe encore, d'ailleurs… C'était donc à l'époque de *Marat-Sade*…

— Je suis allée te voir trois fois. Je peux te l'avouer maintenant, je n'ai rien compris à la pièce, je me suis terriblement ennuyée, mais j'adorais te voir jouer. J'étais tellement fière de toi… Tu ne peux pas savoir !

David, par des mouvements d'une lenteur étudiée, s'est insidieusement rapproché. Au point d'être presque contre elle, de frôler son coude avec le sien.

— Et tu ne m'as vu dans rien d'autre ?

— Dans rien d'autre. Tu n'as vraiment aucun souvenir de ça ?

— Tu sais, Elena, ça fait trente ans que je passe d'une pièce à l'autre, elles se mélangent toutes dans ma tête. Bien sûr je me souviens de toi, bien sûr je me souviens de *Marat-Sade*… Mais je ne me rappelais pas du tout que tu sois venue me voir jouer, si tu veux savoir. Cela fait tant d'années…

— Peut-être que j'ai plus de souvenirs que toi parce que après toi il n'y a eu qu'un seul homme. Et je n'ai pas eu une vie trépidante, entre mon mari, Palma, le Club nautique… Je suppose par contre que toi, tu as dû faire beaucoup d'autres choses, connaître beaucoup d'autres femmes…

— Oui, la vie d'artiste, qu'est-ce que tu veux… Avec la Compagnie, j'ai fait des tournées dans toute l'Espagne, presque dans chaque ville, donc, comme tu peux imaginer… J'ai bien peur d'être un cliché ambulant, mais je crois que je serais incapable de me rappeler le nom de toutes les femmes avec qui…

— Tu parles sérieusement ?

— Je te parais goujat ? Machiste ?

— Non… C'est seulement que je suis étonnée par ce que tu me dis là… Mais pas choquée, n'aie pas peur. Avec ce qui est arrivé à mon mari, j'en ai vu d'autres…

— Oui, Alexia m'a raconté.

— Même sans Alexia, tu en as forcément entendu parler… C'est sorti dans tous les journaux, à la télévision… On ne parlait que de ça… L'élu municipal qui s'offrait des amours tarifées avec l'argent de la mairie. Avec des hommes, pour tout arranger… Et cocaïnomane par-dessus le marché. Ah, mon Dieu… Si ça avait été des filles, ça aurait tout changé ! Mais avec des garçons, c'est pire que tout. Tout le monde s'est déchaîné. Ne me dis pas que tu n'en as pas entendu parler, que tu n'as rien lu là-dessus à l'époque ?

— Si, bien sûr, j'ai vu et lu des choses sur lui, mais je n'avais pas idée qu'il était marié avec toi. Est-ce que c'est vrai qu'il priait tout le temps, jusque dans son bureau ?

— Oui. C'est vrai qu'il priait dans son bureau, qu'il est allé avec moi au rassemblement avec le pape à Valence. Nous étions même surnuméraires de l'Opus Dei…

— C'est le détail qui m'avait le plus frappé quand on en a parlé.

— Je ne sais pas si tu peux comprendre, mais il croyait vraiment en Dieu, il était sincèrement croyant. Et il croit toujours.

— Qu'est-ce que tu es en train de me dire ? Qu'il avait une personnalité dissociée, quelque chose comme ça ?

— Laisse-moi essayer de t'expliquer… Je crois que chacun de nous est comme un puzzle. Et que nous avons parfois en nous certaines pièces qui ne nous plaisent pas. Nous n'aimons pas leur couleur, ou leur forme. Cette pièce-là, par exemple, de quelle couleur est-elle ?

— Marron.

— Non. Elle est couleur caca. C'est une couleur laide. Imagine maintenant que je te dise : « Comme cette pièce est laide ! » Et que je la jette au loin. – Elle jette la pièce à l'autre bout de la chambre. – Comme ça, je ne suis plus obligée de la voir. Mais sans cette pièce, le puzzle est incomplet, impossible à faire… Peut-être aussi que cette couleur, noyée dans l'ensemble du puzzle, aurait pris un autre aspect, ocre doré, par exemple. Mais je ne le saurai jamais, puisque j'ai jeté la pièce.

David se lève précipitamment, cherche par terre, trouve la pièce et la ramasse.

— La voilà.

— Tu sais où la mettre ?

— Ici.

Elena examine le résultat d'un air profondément méditatif, comme si elle se trouvait devant un problème insoluble.

— Tu vois… Elle est toujours couleur caca…

— Disons plutôt acajou.

— Ce qui est sûr, c'est qu'une fois que la pièce a trouvé sa place dans le puzzle tu ne la vois plus comme une pièce, mais comme une partie d'un tout. Enlever du puzzle les pièces qui nous dérangent n'est donc pas la solution. Mais c'est quelque chose que Jaume n'a pas su comprendre. Il a donc cherché à éliminer cette pièce qui ne lui plaisait pas. Tu me suis ?

— Parfaitement.

— C'est comme s'il avait coupé sa vie en deux, de façon que la pièce manquante vive sa vie indépendamment du reste. Et quand tout est sorti au grand jour, ça a été terrible. Un calvaire. Je ne te raconte même pas. Donc, après ça, si tu me dis que, dans chaque patelin où tu as joué, tu as couché avec une fille différente, voire avec trois à la fois, tu crois que tu vas me scandaliser ? Il m'en faut plus…

— Et ton mari, qu'est-ce qu'il devient ?

— Il a purgé sa peine au centre pénitentiaire de Palma. Il a été condamné à deux ans, mais il est sorti presque tout de suite grâce à je ne sais plus quelle disposition légale. De son côté, ma famille a joué de ses relations pour que j'obtienne l'annulation du mariage. Ce sont des catholiques fervents, comme tu sais, et ils ne voulaient pas entendre parler de divorce. Ils voulaient l'annulation du mariage et, comme nous n'avions pas eu d'enfants, il a suffi de dire que le mariage n'avait jamais été consommé. Même si, soit dit entre nous, il avait bel et bien été consommé. Nous avons menti tous les deux, ma famille a payé, et voilà.

— Quelle horrible histoire ! Je suis tellement désolé pour toi…

— Tout ça parce que mon mari n'a pas voulu que cette pièce trouve sa place dans le puzzle… Et voilà ce qui est arrivé.

Elena agrippe le plateau, le lance avec force vers le plafond, toutes les pièces volent dans les airs, en un fracas aussi sonore que stérile, qui s'atténue comme une onde concentrique à mesure qu'elles redescendent.

— Mais qu'est-ce que tu fais ?

— Ne t'inquiète pas. Je m'en fiche, de ce puzzle. J'en fais un, je le défais, j'en fais un autre. Ce que je voulais te faire comprendre, c'est que je me suis trouvée exactement dans cette situation, comme les pièces de ce puzzle. Tout d'un coup, mon univers s'est effondré. La différence, c'est que, dans le cas du puzzle, tu as une image à laquelle te référer, alors que, dans la vie, on n'a pas toujours d'image pour se guider. Je ne savais pas comment rassembler les pièces, parce que je n'avais pas de modèle. Il y avait trop longtemps que j'avais perdu l'image de référence.

— On dirait que tu es en train de me raconter ma vie...

— Je te raconte mon histoire, mais chacun a son histoire, avec des pièces agencées d'une façon différente. Tu dois donc avoir la tienne.

David prend la boîte, s'emploie à ramasser les pièces dispersées par terre et sur le lit, les remet dedans une à une, sans dire un mot. Enfermé dans un silence sans aspérités, il réfléchit, aiguisant le fil de tous les mots qu'il n'ose pas prononcer. Lorsqu'il estime avoir ramassé toutes les pièces, il tend la boîte à Elena. Elle la pose sur sa table de nuit.

— Et que fais-tu à Palma ?

David revient à la réalité.

— Moi ? Rien. J'ai rencontré par hasard ta cousine à Madrid. Elle m'a raconté ton histoire, et il se trouvait justement que je projetais de venir à Palma voir un ami qui habite ici... Un acteur aussi, qui s'est marié avec une Majorquine et a ouvert un bar...

— Un bar ? Où ça ?

— Sur la plage.

— Sur quelle plage ?

— Je ne sais pas, moi, sur la plage... C'est une espèce de bistrot pour touristes étrangers, tu vois le genre, un bistrot face à la plage. Dans toute sa banalité.

— Je vois... Et ce... Combien de temps restes-tu ?

— Ma foi, je n'en sais trop rien... Quelques jours, sans doute. Je n'ai pas encore confirmé mon vol de retour... Une semaine ou quelque chose comme ça. Je suis en vacances, je n'ai pas d'engagement en vue, donc... aussi longtemps que je veux.

— Tu ne travailles plus à la Compagnie de théâtre classique ?

— Non, c'est fini depuis des années... – Elena se met à tousser. – Tu te sens mal ? Tu as besoin d'eau ? Tu veux que j'appelle l'infirmière ?

— Non, je suis seulement très fatiguée.

— Si tu es fatiguée... je m'en vais, alors.

— Mais non, voyons, tu peux rester, pourquoi est-ce qu'il faudrait que tu t'en ailles ?

Elle tousse de nouveau.

— Écoute, si tu veux, je viens plutôt te voir demain. Maintenant, tu es fatiguée et...

— Oui, ce doit être l'émotion... Mais je serai ravie, vraiment, je serai ravie si tu reviens demain. Si tu peux, bien sûr. Si tu n'es pas trop occupé. Je ne veux surtout pas que tu te sentes obligé.

— Mais pas du tout, Elena, ça n'a rien d'une obligation, je serai ravi moi aussi. Quelle heure te convient le mieux ?

Il sent qu'elle est très fatiguée, qu'elle a du mal à respirer : elle parle d'une voix atone, mourante, sous laquelle on perçoit l'opiniâtreté de la maladie qui sait qu'elle finira par vaincre.

— À la même heure. Ma famille a l'habitude de venir le matin et il vaut mieux que tu ne les croises pas. Mais l'après-midi, personne ne vient jamais.

— Je viendrai demain, à la même heure. Et je n'apporterai ni fleurs ni chocolats.

— Ne me fais pas rire, j'ai déjà du mal à respirer.

— Alors je m'en vais. À demain…

Avant de sortir, David jette un coup d'œil vers le lit. Elena s'est endormie, et il se demande comment elle réussit à enfouir en elle la douleur, à quelle certitude elle parvient à s'accrocher malgré l'épuisement, à quelle source elle puise la force de son rayonnement intérieur.

ON NE PEUT RIEN CHANGER AU PASSÉ

Une terrasse à Majorque. Lorsque David arrive, Alexia est déjà assise. Elle se lève, ils se font la bise. Il y a trois chaises. Sur la troisième, Alexia a posé un sac qui a l'air de provenir d'une boutique de luxe. David est impressionné par son éblouissante armure de beauté, cette nonchalance innée, cet éclat fulgurant d'étoile filante. Une perfection si intimidante qu'il lui manque le petit défaut qui la rendrait vraiment parfaite. Un cheveu au vent, une coulure de rimmel, une ride apparente… Comme certaines statues mutilées qui n'en sont que plus belles.

— Alexia… Tu es déjà au gin tonic ? Toi ? Dès le matin ?

— Comment disait la chanson, déjà ? « Une habitude qui me vient de toi »... Bois-en un aussi… – Elle fait signe au garçon. – Un autre gin tonic, s'il vous plaît.

— Qu'est-ce que tu as là ? – Il montre le sac.

— Je me suis acheté des chaussures.

— À talons ?

— Oui… Pourquoi ?

— J'aime les chaussures à talons.

— Tous les hommes aiment ça. Mais ce n'est pas commode pour marcher.

— Chacun devrait marcher au rythme et avec les chaussures qui conviennent à ses pieds.

— Il faut aussi savoir marcher pieds nus… Il y a des occasions pour tout.

— Tu peux me les montrer ?

— Avec plaisir.

Elle sort la boîte à chaussures du sac, l'ouvre, en sort une. Il la prend dans ses mains, avec précaution. C'est une authentique œuvre d'art, dont la perfection délicate blesse presque le regard.

— Quelle merveille ! Dis… Tu veux bien les mettre ? J'aimerais te voir avec.

— Parce que tu les trouves jolies, ou parce qu'elles t'excitent ?

— Parce qu'elles sont magnifiques et que je veux voir comment elles te vont.

Alexia met les chaussures, se lève, fait quelques pas.

— Comme tu marches bien avec !

Alexia fait un petit tour, comme un modèle sur un podium, martelant le sol de ses talons sans cesser de parler. Un pas ferme et tranquille, un pas de danseuse étoile, de gazelle, d'amazone. *Un cheminement de rivière qui s'incurve, avance, recule, vire et arrive toujours*[1]…

— Oui, je marche bien avec… Tu sais, quand on y pense, nous autres humains ne pouvons marcher harmonieusement que si chaque pied s'en tient à la tâche qui est la sienne. Mais si l'un des deux veut dominer l'autre, le corps proteste, trébuche et finit par tomber…

1. Octavio Paz, *Pierre de soleil*, traduction de Benjamin Péret (1957).

Je veux dire par là qu'un pied ne doit pas s'obstiner à aller là où il n'a pas à aller.

— Tu as peut-être raison. Ce qui est sûr, c'est que tu as trouvé la paire de chaussures idéale. Mais tu ne crois pas qu'il suffit d'avoir trouvé *une* chaussure idéale, même si c'est la première qu'on essaie, pour savoir que toute la paire est idéale ?

Il regarde Alexia avec insistance. Elle reste debout, ses talons résonnent sur le sol tandis qu'elle fait onduler avec grâce sa taille tentatrice et que s'agitent ses boucles couleur de champagne.

— Regarde bien, David : le soulier droit est différent du gauche, et inversement.

— Et alors ?

— Si l'un des deux se mêle de prendre la place de l'autre, impossible de marcher. Chacun doit rester à la place qui lui revient.

Elle retourne s'asseoir à côté de David. Elle garde ses chaussures. Elle approche son verre de ses lèvres. David pense à un ange solitaire buvant une unique gorgée dans l'espoir de découvrir ce que ça fait d'être un diable.

— Avant d'aller les acheter, dit-elle en reposant le verre sur la table, je suis allée à l'hôpital, mon cher… Et j'ai trouvé Elena… comment dire… rayonnante. Superbe. Elle était enchantée de ta visite. Ça lui a fait beaucoup de bien.

— Je m'en réjouis.

— Elle m'a dit que tu allais revenir la voir cet après-midi.

— Oui. Mais je crois que je vais partir dès demain ou après-demain. J'ai des affaires à régler à Madrid.

— Demain ? Comment ça, demain ? Tu ne veux pas rester un peu plus ? Tu sais, l'hôtel où tu es m'appartient.

— Il t'appartient ?

— Il était à mon ex. Je l'ai gardé au moment du divorce. Quoi qu'il en soit, je serais ravie que tu puisses rester tout le temps que tu veux. En pension complète, naturellement.

— Oui, bien sûr, mais j'ai du travail à Madrid…

— Du travail ? Quel travail ? Tu es au chômage et ça fait un moment que tu ne travailles plus.

— Étant donné le goût si sûr que tu as en matière de chaussures, je suis d'autant plus surpris de la grossièreté dont tu es capable.

— Pardonne-moi… Tu as raison. Je suis trop émotive. Mais j'ai vu Elenita si contente, si heureuse que… En fait, j'avais l'espoir que tu resterais au moins quelques jours.

— Je comprends, c'est ta cousine, tu l'aimes beaucoup. Mais j'ai une vie, moi aussi. Et si je n'ai pas de travail, raison de plus pour me mettre à en chercher. J'ai des projets en suspens, des rendez-vous avec des producteurs, des choses comme ça…

— David, j'ai parlé avec ton agent. Tu n'as aucun projet en ce moment, tu es libre comme l'air. Si ce que tu veux, c'est plus d'argent, nous pouvons en discuter.

— Je ne t'ai pas demandé d'argent.

— Disons les choses franchement : le bonheur de ma cousine compte énormément pour moi. Et j'ai de l'argent à ne savoir qu'en faire. Dis-moi simplement de combien tu as besoin.

— Excuse-moi, mais puisque tu as décidé de jouer cartes sur table, je vais jouer cartes sur table aussi. Pourquoi est-ce qu'il est aussi vital pour toi que je voie Elena ? Qu'est-ce qui te fait dire que je peux l'aider, que ma présence est importante pour elle ?

— D'accord, tu as le droit de savoir. Mais je vais

avoir besoin d'un autre gin tonic. – Elle vide son verre à la hâte, d'un seul trait, fait signe au garçon en lui montrant le verre vide, puis sème dans les airs, d'un geste impatient de sa main suspendue, la graine de la curiosité. – Il faut que je te raconte une histoire.

— Mon Dieu… Encore une histoire… Tu en as pour longtemps ?

— Oui.

David s'adresse au garçon.

— Un autre pour moi.

— Elena et toi, vous êtes sortis ensemble pendant plusieurs mois, l'année où elle était en première année de droit. Puis elle est retournée à Palma pour les vacances d'été. Vous alliez donc être séparés trois mois, tu avais promis d'aller la voir, mais, bien sûr, tu ne pouvais pas loger chez elle, car elle s'était bien gardée de parler de toi à ses parents. En plus, tu n'avais pas le téléphone, étant donné que tu vivais en colocation et que, à force de ne pas payer les factures, on vous l'avait coupé. Les portables, évidemment, n'existaient pas, et tu ne pouvais pas appeler chez elle, car ses parents étaient surnuméraires de l'Opus Dei et surveillaient leur fille de près. Vous vous envoyiez des lettres, elle se mourait d'amour, tout ça était très romantique, mais, comme tu sais, il est très difficile, à cet âge, de garder un secret… De sorte qu'elle a tout raconté à sa cousine.

— C'est-à-dire à toi.

— En personne.

— Je commence à comprendre… Ou plutôt non.

— Il faut parfois savoir se glisser dans les chaussures d'autrui… Mais tu ne mets pas de chaussures à talons.

— Je n'en ai jamais éprouvé l'envie.

— À l'époque, j'avais seize ans. Aujourd'hui, les filles de seize ans sont de vraies jeunes femmes… Si tu voyais ma fille Cati… Elle a seize ans, tu verrais comment elle s'habille, comment elle parle, comment elle me répond. Mais moi, je n'étais pas comme ça. J'étais convaincue qu'Elenita risquait la damnation éternelle pour être sortie avec un garçon plus âgé et l'avoir caché à ses parents… Elle m'avait raconté que vous aviez eu des relations sexuelles. Et moi, ça me scandalisait !

— Pourquoi ?

— Comment dire… À l'époque, je pensais qu'une femme devait arriver vierge au mariage. Et quand je pensais à cette histoire, ça m'empêchait de dormir. Je me suis donc confessée à mon directeur spirituel. Et il a tout répété à ses parents.

— Attends… Il a tout raconté aux parents d'Elena ?

— Oui.

— Et le secret de la confession, alors ? Il n'est pas censé être inviolable ?

— En réalité, il ne l'est qu'entre le moment où tu prononces les mots *Ave Maria Purissima* et celui où le prêtre te dit *Ego te absolvo*. Mais ce que tu racontes après n'est plus couvert par le secret de la confession. Et ça, je ne le savais pas. Il était donc en droit de révéler ce que je lui avais dit.

— Quelle bande de tordus hypocrites…

— Ce prêtre était un vieil ami de la famille. Je le connaissais depuis toute petite, il venait souvent déjeuner chez nous le dimanche, mes parents l'avaient choisi comme directeur spirituel, et puis la confession n'avait même pas lieu dans un confessionnal, mais dans une petite salle à part, une salle qu'on appelait « salle de méditation ». Si bien que, quand il a continué, après la confession proprement dite, à me poser des questions, j'ai dit tout ce que je savais sans imaginer qu'il irait le raconter. Mais il l'a fait.

— Quelle crevure !

— S'il te plaît, ne parle pas ainsi d'un homme d'Église.

— Je suis athée, pour ne rien te cacher.

— Je sais, Elena me l'avait dit.

— Et ensuite, qu'est-ce qui s'est passé ?

— Comme tu t'en doutes, ça a fait tout un foin ! Ça a été terrible… Dès que les parents d'Elenita l'ont su, ils ont fouillé tous ses tiroirs, tous ses meubles, et ils sont tombés sur des photos de toi et sur tes lettres. Tu lui envoyais des poèmes… disons osés… Et puis surtout, pire que tout… ils ont trouvé…

— Quoi ?

— Une plaquette de pilules contraceptives dont je me demande encore comment elle avait réussi à se les procurer, car à l'époque ça ne se trouvait pas comme ça, surtout dans un milieu comme le nôtre. Bref, tu imagines leur réaction ! Ils l'ont forcée à t'écrire une lettre pour mettre fin à votre relation, d'autant qu'ils avaient découvert que tu étais acteur, que tu tirais le diable par la queue, que tu étais mécréant, que ton père était chauffeur de taxi…

— Mais que mon père soit chauffeur de taxi… quel rapport ?

— C'était bien la dernière chose qu'ils souhaitaient pour leur fille.

— Un beau-père chauffeur de taxi ?

— Un chauffeur de taxi comme beau-père et un histrion sans le sou comme mari.

— On dirait un roman.

— Ce n'est pas tout. Elena, qui était à cent lieues de se douter que son secret avait été découvert parce que j'avais trop parlé, t'a écrit une deuxième lettre et me l'a confiée pour que je la poste, étant donné qu'elle était punie et qu'elle n'avait plus le droit de sortir sans sa mère. Et moi...

— Tu l'as trahie une deuxième fois et tu as donné la lettre à tes parents.

— Comment le sais-tu ?

— Je le voyais venir.

— C'est exactement ce que j'ai fait. Si bien qu'il est venu une idée à mes parents. Une idée machiavélique. Comme je te l'ai dit, les parents d'Elena avaient trouvé tes lettres et avaient donc un échantillon de ton écriture. Mon père a donc eu l'idée de lui écrire, en se faisant passer pour toi, une lettre où tu lui disais, censément, que tu sortais avec une autre fille dont tu étais amoureux et que, par conséquent, il valait mieux que vous ne vous revoyiez plus.

— Et ça a marché ?

— Et comment ! Ils ont mis la lettre dans une enveloppe sur laquelle ils ont écrit le nom et l'adresse d'Elena et, au dos, ton nom et ton adresse. Ils ont mis cette enveloppe dans une autre enveloppe, qu'ils ont envoyée à l'un des associés de mon père à Madrid, qui n'a eu qu'à l'ouvrir, à prendre la première enveloppe, à la timbrer et à la poster. C'est ainsi qu'elle est arrivée à Palma, postée de Madrid. Comme si tu l'avais envoyée toi-même.

— Mais quels salauds !

— Je te l'accorde... Je suppose que, de nos jours, on peut voir les choses comme ça. Mais ses parents comme les miens étaient persuadés d'agir pour son bien, de la sauver des flammes de l'enfer, de la damnation éternelle... Ce n'est évidemment plus mon point de vue, mais à l'époque... J'étais très jeune, je croyais dur comme fer à tout ça. Comment t'expliquer ? Il y a des chaussures qu'on trouve tellement confortables qu'on n'en changerait pour rien au monde. On les garde des années, on passerait toute sa vie avec elles, et on a beaucoup de mal à se rendre compte qu'elles sont moches et passées de mode.

— Et elle a cru à ce mensonge ?

— Elle y a cru totalement. Elle a passé un mois au lit, elle a perdu je ne sais combien de kilos. Mais après, ses parents l'ont emmenée en voyage à Paris, à Londres, lui ont acheté tous les vêtements qu'elle voulait, ont été aux petits soins pour elle… Et puis, c'était encore une enfant. C'est plus facile, à cet âge-là, d'oublier un chagrin d'amour. Ensuite, elle a fait la connaissance de Jaume et s'est mariée tout de suite, après des fiançailles en bonne et due forme.

— Grossière erreur.

— Oui.

— En général, il faut essayer plusieurs paires avant de se décider pour une.

— À qui le dis-tu ! Il y a des chaussures très belles et très chères, mais ni le prix ni l'aspect ne garantissent la qualité.

— Et elle a fini par savoir, pour cette histoire de lettres ?

— Bien sûr que non. Je n'ai jamais eu le courage de le lui avouer.

— Et maintenant, tu essaies de te racheter ? Tu te sens coupable ?

— Disons que j'ai fini par comprendre qu'on ne doit pas s'obstiner à porter des chaussures qui ne sont pas à votre taille. On aura tôt ou tard des ampoules. Et il n'y a rien à faire pour qu'elles vous aillent… On peut toujours les rembourrer avec du papier journal, mettre deux paires de collants, c'est peine perdue. La seule chose à faire, c'est acheter des chaussures dans lesquelles on se sent bien.

— C'est pour ça que tu es en train d'essayer tes chaussures neuves.

— Tu sais, David, j'aime beaucoup ma cousine. Tu ne peux pas savoir combien j'ai regretté, durant toutes ces années, la bêtise que j'ai faite autrefois. Je n'arrive pas à m'empêcher de me dire que, si j'avais tenu ma langue, si je n'avais pas remis cette lettre, Elenita aurait probablement fini son droit et se serait mariée. Je ne sais pas si ç'aurait été avec toi ou avec un autre, mais au moins ça n'aurait pas été par dépit, avec le premier garçon que sa famille lui a présenté. Elle aurait probablement eu des enfants, et une vie plus heureuse. Et, qui sait, sans ce dégoût de la vie qui s'en est suivi, le cancer ne se serait peut-être pas niché dans son corps…

— Ça, tu ne peux pas le savoir. Tu ne peux pas savoir quelle aurait été sa vie. Peut-être aurait-elle rencontré un homme encore pire que celui qu'elle a épousé. Peut-être son destin était-il écrit sans que personne y puisse rien, et n'as-tu été qu'un instrument de ce destin… De toute façon, on ne peut rien changer au passé.

— Mais au présent, si.

LE CŒUR FINIT PAR SE LASSER

Elena au lit, son corps à la fois ténébreux et rayonnant, impeccablement ajusté aux contours du pyjama neuf, noir cette fois. Le contraste de la soie noire avec le marbre blanc de la peau. Le désir de David que la soie s'effiloche. Pour la première fois, il s'autorise à imaginer Elena nue. Il a visiblement fait un effort, car il porte une chemise blanche, propre et bien repassée, et une veste en lin avec, toujours, un jeans.

— Tu es là ? À vrai dire, je n'étais pas sûre que tu viendrais.

— Pourquoi est-ce que je ne serais pas venu, enfin ? J'avais dit que je viendrais, donc me voici.

— S'il te plaît, dis-moi que tu n'es pas venu seulement pour tenir une promesse…

— Non, je suis venu parce que j'en avais envie.

— Et parce que tu avais pitié. Dis-moi, s'il te plaît, que tu n'es pas venu par pitié. Je me doute que ce sera un mensonge, que tu es bel et bien venu par pitié, mais je veux que tu me mentes et que tu me dises que tu n'es venu ni par pitié ni par compassion.

David plaque sa main sur sa poitrine et déclame théâtralement :

— Je jure sur ma foi et mon honneur que la pitié n'est pas ce qui m'amène à vous rendre visite.

— Ah, comme tu l'as bien dit ! J'adore ! Que tu es divertissant ! Merci ! Tu ne peux pas savoir à quel point j'en ai assez d'inspirer la pitié. Et ça ne date pas de maintenant. Depuis que cette affaire autour de Jaume est devenue publique, tout le monde me regardait d'un air apitoyé : « Pauvre Elena, pauvre petite… » Tu sais ce qu'il y a de pire, dans la compassion, David ?

— Non. Quoi ?

— D'être prise pour une idiote. Ça se lit dans leurs yeux : « Pauvre Elena qui ne savait pas, cette idiote, quelle sorte d'homme était son mari… »

— Tu veux dire que… tu savais quelque chose ?

— Mais bien sûr que je le savais.

— Tu le savais ?

— C'est-à-dire, je ne savais pas pour l'argent et les cartes de crédit, mais je ne suis pas idiote, j'ai les yeux en face des trous.

— Mais… comment dire… ça ne te faisait rien ?

Elena se redresse dans le lit jusqu'à se retrouver en position assise, comme un lutin espiègle et chatoyant.

— Les choses ne sont pas si simples. Tout ne vous tombe pas dessus du jour au lendemain, c'est quelque chose de graduel. Je me suis mariée très jeune. J'ai été mariée vingt ans, tu sais ? Je ne sais pas si on peut le comprendre sans l'avoir vécu…

— Je te comprends peut-être mieux que tu ne le crois. Au moins, je comprends que les choses se passent progressivement. On s'obstine à se mentir à soi-même et on finit par nier l'évidence.

— Je ne suis pas sûre que ce soit ce qui s'est passé. Je n'ai pas l'impression de m'être menti à moi-même…

— Peut-être est-ce lui qui se mentait à lui-même ?

— C'est exactement ça. Tu as mis en plein dans le mille. Écoute, quand je l'ai connu, comment aurais-je pu imaginer que… Mais je crois que lui non plus n'en était pas conscient à l'époque.

— N'était pas conscient de quoi ?

— De préférer les hommes.

— Enfin, ce sont tout de même des choses dont on se rend compte.

— Pas forcément. On ferme les yeux devant ce qu'on ne veut pas voir, et le tour est joué. On nie les choses pour ne pas les voir. Ne me dis pas que ça ne t'est jamais arrivé.

— J'ai toujours su que j'aimais les femmes.

— Mais ça ne t'est jamais arrivé qu'il y ait une femme que tu n'aimes pas, que tu ne supportes pas, et que tu finisses par te rendre compte, longtemps après, qu'en réalité tu en étais amoureux ? Et que tu ne l'as pas vu parce que tu refusais de le voir, parce que tu étais dans le déni ?

David reste silencieux, et *le ciel se met à mûrir dans la glaise de ses yeux pensifs*[1].

— Si, ça m'est arrivé.

— Eh bien, je crois que Jaume ne voyait pas ce qu'il ne voulait pas voir, ce n'est pas plus compliqué que ça. Et moi non plus, je ne voulais pas le voir.

— Qu'il était gay.

— Oui. C'était un très beau garçon à l'époque, en plus d'être un beau parti. Son père avait le plus gros cabinet d'avocats de Palma. Et moi, mon Dieu, je me suis laissé séduire. Il me faisait livrer des bouquets fastueux, m'emmenait dans les meilleurs restaurants, tu n'imagines pas les cadeaux qu'il me faisait… Des

1. Jaime Torres Bodet (poète mexicain, 1902-1974), *Agosto*.

boucles d'oreilles en émeraude… Des cadeaux magnifiques, pas simplement coûteux. Il avait beaucoup de goût, que ce soit pour s'habiller, pour se parfumer, il était toujours tellement élégant, tellement attentif aux détails, tellement… Enfin, tellement…

— Tellement gay ?

— Oui. Et moi, évidemment, j'étais incapable de déchiffrer ces indices. J'avais très peu d'expérience, ce n'est pas à toi que je vais l'apprendre.

— Non, bien sûr…

— Pendant tout le temps où nous étions fiancés, il m'embrassait, mais c'était tout. Il n'a jamais cherché à aller plus loin. Et moi, je me disais qu'il me respectait, que c'était un vrai gentleman. Les rares fois, vers la fin, quand la date du mariage était déjà fixée, où nous avons tenté quelque chose, ça n'a rien donné, mais nous nous disions que c'était de ne pas être mariés qui nous bloquait, si bien que nous n'avons pas attaché d'importance à son… à son problème.

— Son problème ?

— Son impuissance. Il disait que Dieu avait choisi de nous protéger de la tentation de commettre l'acte de chair avant le mariage.

— Putain, quel tordu… Pourtant, tu m'as dit que votre mariage a bien été consommé.

— Oui, plus tard, mais il a fallu du temps… et de la patience. Je me disais que c'était simplement un garçon très timide, et que, maintenant que nous étions mariés, je pourrais l'aider à surmonter cette timidité. En fait, j'avais envie de guider ses premiers pas. Sauf que ce n'est pas comme ça que les choses se sont passées.

— Mais alors ? Entre vous, il y a tout de même eu… ?

— Des relations sexuelles ?

— Oui.

— Il y en a eu, mais très peu. Mais moi, je trouvais ça normal. Dans ma famille, on avait l'obsession de la pureté, de la chasteté, de la virginité... Donc, je pensais que chez lui, c'était pareil. Il ne m'est pas venu à l'idée que ça puisse avoir une autre cause. J'aurais tout de même dû remarquer quelque chose à ce moment-là. Mais pour tout te dire, ça m'était égal. Ça ne me manquait pas. J'avais une maison merveilleuse, un bateau, nous faisions de beaux voyages. Paris pour le shopping, Milan pour l'opéra... Nous avons visité comme ça la moitié de l'Europe. J'étais ravie. Je l'aimais vraiment, tu sais, et je crois qu'il m'aimait aussi. Pas comme un homme aime une femme, bien sûr, mais comme on aime une sœur... Il y a tellement de formes d'amour. Et il s'est toujours très bien comporté avec moi, avec beaucoup de respect, beaucoup d'affection, de douceur...

— Donc, tu étais heureuse ?

— Je n'étais pas malheureuse, en tout cas. Mais je n'étais pas vraiment heureuse non plus. Le pire, ce n'était pas l'absence de sexualité, de toute façon ce n'était pas quelque chose qui comptait beaucoup pour moi. L'important, à mes yeux, c'était que je l'aimais, ou que je croyais l'aimer. Ce que je me dis aujourd'hui, c'est que j'éprouvais une part de reconnaissance et une part de pitié.

— Je ne comprends pas bien. Pourquoi de la reconnaissance et pourquoi de la pitié ?

— De la reconnaissance pour m'avoir épousée alors que j'avais, ou plutôt qu'on m'avait inculqué, le sentiment d'être une espèce de monstre. Je me répétais : « Je ne suis pas vierge, j'ai péché avec ce garçon de Madrid, je ne suis pas une bonne chrétienne, je n'arrive pas vierge au mariage... »

— Soit. Mais de la pitié ? Qu'est-ce que tu entends par « pitié » ?

— Je le voyais si fragile, si vulnérable... Je ne savais pas pourquoi, mais je voyais bien qu'il souffrait. C'était un homme bon, doux, affectueux.

— Réellement ?

— Oui, réellement, tu peux me croire... Et par la suite, quand l'affaire a éclaté, tous ces gens autour de moi qui le traînaient plus bas que terre : « Ma pauvre petite, tout ce que tu as eu à endurer... » Mais, en vrai, je n'ai rien eu à endurer. Il ne m'a jamais battue ni maltraitée ni rien de ce genre. Jamais il n'a élevé la voix contre moi. Ce n'était pas un mauvais homme. Il était malade, c'est tout. Mais ce n'était pas un mauvais homme.

— Malade ? Tu penses que les homosexuels sont des malades ?

— Les homosexuels, non, mais les cocaïnomanes, si. Tu sais, David, nous sommes tous des malades. Moi, ça va de soi. Mais toi aussi. À chaque heure qui passe, tu attrapes un virus, qu'on l'appelle solitude, angoisse, ou frustration... Nous passons tous par là un jour ou l'autre.

— Certes, mais après ? L'argent, il s'en est servi pour quoi ? Pour payer ses *rent boys*, ou sa coke ?

— Eh bien, je n'en sais rien. Les deux, probablement. Tu sais, l'évolution a été très lente... Entre le garçon que j'avais connu et le monsieur qui s'est retrouvé en prison, il s'est passé vingt ans. Vingt ans pendant lesquels il s'est mis peu à peu à changer de mode de vie, à faire de la politique, à être de moins en moins à la maison... Moi, j'avais ma vie à moi. Ma gym, mon voilier, ma famille, mon magasin.

— Ton magasin ?

— Oui, parce que j'avais un magasin, tu sais ? Une boutique de vêtements. Et ça me plaisait bien, j'adore les fringues, j'aimais bien recevoir les clientes… Je savais que mon mari allait mal, je me rendais compte de certaines choses, je voyais bien qu'il y avait des soirs où il ne rentrait pas, mais je n'en souffrais pas, j'étais bien comme j'étais… Voilà ce que je voulais te faire comprendre. Je ne pensais pas à divorcer, pour la même raison qui fait qu'aucune ou presque de mes amies ne pense à divorcer. Elles sont bien comme elles sont, peu leur importe ce que font leurs maris. Sauf que leurs maris à elles, c'est avec des femmes, et qu'ils ne se font pas prendre. Pourtant, ils ont commis autant de malversations, sinon plus, que dis-je, infiniment plus que n'en a commis mon mari. Pots-de-vin, dessous-de-table… Si je te racontais ! L'hypocrisie est une faute contre la morale, mais une grande vertu en politique… Bref, je ne suis ni une victime, ni une idiote, ni une pauvre petite chose.

— Je n'ai pas dit que tu l'étais, jamais de la vie.

— Non, bien sûr que non. Désolée, mais il fallait que je te dise ce que j'ai sur le cœur. Toutes ces messes, ces conférences sur la famille, mais où est la charité chrétienne dans tout ça ? Est-ce que tu me crois si je te dis que personne de sa famille, je dis bien personne, n'est allé lui rendre visite en prison ? Et quand moi j'y allais, on disait de moi : « Pauvre Elena, elle est si dévouée, c'est une sainte… » Alors que si je suis allée le voir, c'est parce que je l'aimais. Et je l'aime encore. Il s'est toujours très bien comporté avec moi, nous avions une vraie relation d'amitié, ce n'était pas un mauvais homme, tu peux me croire…

— Mais je te crois, n'aie pas peur, je te crois.

— Pardon, je crois que je me suis encore échauffée… Quelle idée, aussi, de raconter ma vie à un inconnu !

— Je ne suis pas un inconnu.

— Presque… Enfin, on se comprend.

— Elena, si tu me racontes ta vie, c'est parce que ça t'est plus facile que de la raconter à tes amis ou à ta famille. En plus, je dois vraiment avoir la tête du type à qui tout le monde fait ses confidences. J'ai eu une saison, il y a quelques années, où je prenais beaucoup le train parce que j'allais de ville en ville pour dire des monologues sur scène. Et ça ne ratait jamais. Un monsieur s'asseyait à côté de moi et, au bout de dix minutes, il me parlait de ses enfants… Les gens sont prêts à raconter à un parfait inconnu des choses qu'ils ne diraient jamais à leur meilleur ami. Parce que le meilleur ami, on va le revoir, alors que l'inconnu, on ne le reverra jamais, et puis il ne vous jugera pas. C'est pour ça qu'on parle à son confesseur, ou à son psy, mais pas à son père, à son meilleur ami, à son conjoint…

— Je ne sais pas, j'ai peut-être un besoin désespéré que quelqu'un me comprenne.

— Tu sais, Elena, je te comprends mieux que tu ne le crois. Dans le milieu où je vis, comme tu peux imaginer, la cocaïne circule beaucoup. Je vois bien comment ça se passe, comment les gens, peu à peu, se mettent à changer. Je sais que ça ne se fait pas du jour au lendemain. Je le sais parfaitement.

— Pour être sincère avec toi, la seule chose que je regrette vraiment, c'est de ne pas avoir eu d'enfants. Nous aurions pu en avoir si j'avais, je ne sais pas, si j'avais fait plus d'efforts pour ça, si j'avais été plus insistante. Mais au lit, il n'était pas vraiment demandeur, et je ne l'étais pas tellement plus… Et évidemment, ce n'est pas comme ça qu'on a des enfants.

Mais finalement, ce n'est pas forcément plus mal. Tu imagines, si nous avions eu des enfants. Voir leur père en prison, leur mère condamnée…

— Elena… S'il te plaît… Ne dis pas des choses pareilles…

— Ne pas dire quoi ?

— Que tu es condamnée. Tu n'es pas condamnée.

— J'ai une leucémie, je ne sais pas si tu es au courant.

— Bien sûr que je suis au courant, mais il y a des traitements, des greffes de moelle osseuse par exemple.

— J'en ai fait une. Et elle a échoué.

— Eh bien, tu en feras une deuxième. Tu es tout de même dans le meilleur hôpital de Majorque.

— S'il y avait le moindre espoir, je ne serais pas ici, je serais aux États-Unis. S'il te plaît, je te l'ai déjà dit, je n'aime pas qu'on me prenne pour une demeurée. Je sais très bien ce que j'ai. J'ai eu du mal à l'accepter au début, je m'énervais contre tout le monde, contre les infirmières, contre les gens qui venaient me voir… Ensuite, j'ai fait une dépression, je passais toutes mes journées à pleurer. J'ai fini par accepter mon sort. Il y a un moment où le cœur finit par se lasser. Les choses sont comme elles sont, c'est tout. Ça ne sert à rien de pleurer.

Un long silence bleuté, embarrassé, s'installe, comme un soupir profond. David ne sait manifestement que répondre. Et ce silence reste là, entre eux deux, témoin de ce qui aurait pu être et n'a pas été, *du pain qui reste sur la table, encore intact, appétissant, mais dans lequel personne ne mord*[1]. Elena poursuit :

— Je comprends évidemment que ça doit être dif-

1. Juan Domingo Argüelles (poète mexicain né en 1958), *Poema otra vez.*

ficile, pour vous tous, quand vous venez me voir. Le sentiment de frustration, d'impuissance. Voire la simple conscience que la mort est là, qu'on ne peut rien faire pour y échapper, qu'un jour ce sera votre tour. Personne ne se rend compte, évidemment, qu'un jour ce sera son tour.

L'après-midi, vaincu, se délite. Elena semble parler pour elle-même plus que pour David, tandis que persiste le flot tranquille des syllabes.

— Avant qu'il m'arrive ça, jamais il ne m'était venu à l'esprit que je pourrais mourir un jour. C'était quelque chose qui arrivait aux autres. Je pensais que je mourrais de vieillesse, comme tout le monde…

David reste muet, défait, intérieurement dévasté, comme agité jusqu'au tréfonds de l'âme par le pressentiment d'infinies amertumes.

— Mais la mort fait partie de la vie. Nous naissons tous avec une date de péremption. Nous ne pensons jamais, évidemment, que notre tour viendra avant celui des autres. Ni qu'il va nous tomber dessus une longue maladie, comme la mienne… Mais ces maladies existent, il faut donc bien qu'elles tombent sur certains d'entre nous. Si l'on accepte la vie, il faut accepter l'existence de la mort… – Elena se rend compte à cet instant que David la regarde fixement, sans savoir que dire. – Mon Dieu, je sens que je suis en train de te démoraliser. Alors que tu es venu ici pour me redonner le moral, pas pour que ce soit moi qui te le fasse perdre. Parlons plutôt d'autre chose, je ne sais pas, de ton fils… Tu m'as bien dit que tu avais un fils ? S'il ressemble à son père, il doit être très beau.

David lui répond d'une voix éteinte, vitreuse. La voix d'un homme qu'on sent abattu.

— Beau, oui. Et intelligent. Il a de très bonnes notes

à l'école. Il est aussi très sportif. Il joue au foot. Mais, comme je te l'ai dit, je ne le vois pas beaucoup… La dernière fois, c'était pour son anniversaire, il y a sept mois.

— Vraiment ?

— Sa mère ne veut plus me voir. Et je la comprends. Je me rends compte, maintenant, que je suis loin, très loin de m'être bien comporté avec elle. Disons que j'ai un peu manqué de raffinement… Donc, bien sûr, le gamin… il me voit avec les yeux de sa mère.

— Et tu ne peux pas arranger les choses ? Demander pardon à ton ex, essayer de renouer le fil avec ton fils ? Est-ce que tu lui as dit ce que tu viens de me dire à moi ?

— À vrai dire, non. Elle refuse même qu'on se parle. Quelquefois, la vie n'est qu'une longue suite d'erreurs, un escalier qu'on descend marche après marche…

— Alors écris-lui.

— Je ne sais pas écrire.

— Comment ça ? Tu écrivais si bien…

— Je n'ai jamais écrit de ma vie !

— Mais si… Je me rappelle encore tous ces beaux poèmes que tu m'écrivais…

— Ah oui… les poèmes…

— Eh bien, si tu lui envoyais une lettre ou un poème…

— Non, vraiment, je ne suis vraiment pas fait pour ça…

— Écoute, David, je ne veux pas être pesante, mais ça fait des années que je suis malade. Je t'ai dit que j'ai déjà subi une première transplantation… Ensuite, la maladie est revenue. Pendant ce temps, un temps que j'ai trouvé très long, comme tu peux t'en douter, j'ai eu tout le loisir de réfléchir. De réfléchir aux bêtises que nous faisons, au peu de cas que nous faisons de la vie. Et ce que j'ai surtout appris, c'est à pardonner, à comprendre que certaines choses que les gens croient très importantes, en fait, ne le sont pas. Regarde mon ex-mari… Quand j'allais le voir en prison, tout le monde me prenait pour une sainte. L'évêque lui-même, on me l'a rapporté, me citait en modèle d'abnégation chrétienne. Les gens croyaient que je faisais œuvre de charité. Pas du tout. Je considérais simplement que le pauvre était plus une victime qu'un salaud.

— Une victime ?

— Oui, une victime. Imagine que tu aimes les garçons et que tu ne puisses le dire à personne, que tu ne puisses même pas te l'avouer à toi-même. Et que tu finisses par sombrer dans la boisson et la drogue pour oublier ce qui t'arrive et qui te fait souffrir. Je comprenais bien qu'il n'avait pas fait tout ça pour me faire souffrir moi, mais parce qu'il ne pouvait pas faire autrement. Et je ne voulais pas mourir rongée par l'amertume et la rancœur. Rien à voir avec la sainteté ! Je ne suis pas allée le voir par gentillesse envers lui, mais pour ma tranquillité à moi.

À cet instant, Elenita remarque que David a enfoui son visage dans ses mains. Et que son corps rompu, creux comme un tambour battu par la vie, est pris de spasmes, comme un lent bercement. Elle quitte son lit, s'approche de lui avec précaution, presque sur la pointe des pieds, et lui effleure presque imperceptiblement l'épaule, comme une caresse.

— David… David, tu pleures ?

ELLE S'ÉTAIT PERSUADÉE QUE C'ÉTAIT DE L'AMOUR

C'était un 15 octobre, jour de la Sainte-Thérèse, à la soirée d'anniversaire d'une amie, au Club nautique. Elena était là, ses parents étaient là, tout Palma était là, et elle se sentait minuscule, insignifiante. Pendant que son père avait le dos tourné, elle avait hélé un serveur et sifflé d'affilée deux coupes de *cava*. Tout avait alors changé de couleur pour prendre une teinte dorée, d'un doré pétillant. Elle avait été prise d'une envie de rire, de parler avec tout le monde, et s'était mise à flirter effrontément avec un garçon qui ne lui avait jamais plu, mais dont elle savait qu'elle lui plaisait. Ce garçon, qui plus tard devait en épouser une autre, joue un rôle important dans l'histoire que nous allons raconter, mais nous y reviendrons. Puis elle avait décidé qu'elle se sentait mal et s'était approchée de la piscine, quand soudain quelqu'un l'avait prise par la taille.

C'était lui.

Un mètre quatre-vingt-dix, costume Dolce & Gabbana, parfum Atkinsons reconnaissable à des kilomètres, sourire éclatant et cheveux gominés : Jaume Puig-Pujol, sans doute le meilleur parti de tout Palma. Jaume Puig-

Pujol, tout aussi soûl qu'elle, car lui aussi était timide, et avait honte de ce qu'il était. Mais, à l'époque, elle ignorait complètement – et ne pouvait pas deviner – que ses motivations étaient à ce point semblables aux siennes.

Pris de boisson, donc, l'un et l'autre, ils avaient trouvé un coin à l'abri des regards et s'étaient embrassés avidement. Elena était euphorique, sentait son sang pétiller comme du champagne. C'était le troisième garçon qu'elle embrassait. Et le plus beau des trois. « Fasse le Ciel que personne ne nous voie, surtout mes parents, ça ferait toute une histoire, mais fasse le Ciel aussi qu'il continue à m'embrasser ! » La musique que jouait la sono devait devenir l'air favori de Jaume, qui plus tard en parlerait toujours, à la manière des films américains, comme de « notre chanson ». Vingt ans après, Elena déteste cet air.

Dans toutes ses versions.

Can't Take My Eyes Off You.

La fête est finie. La musique s'est arrêtée. Elena a filé à la salle de bains. Elle s'est aspergé la nuque d'eau froide, s'est fourré dans la bouche un chewing-gum tiré du paquet qu'elle avait dans son sac pour tenter de dissimuler son haleine avinée. Elle a cherché ses parents. Elle les a retrouvés sur la piste de danse, l'air profondément préoccupés. Puis elle a repensé à Jaume. Ils n'ont même pas échangé leurs numéros de téléphone. Ils ne se sont fait ni déclaration ni promesse d'aucune sorte. Je suis une pute, s'est-elle dit. J'embrasse un garçon que je connais à peine. Je suis une pute. Mes parents avaient raison, ma cousine avait raison.

Le lendemain après-midi, le téléphone sonne chez ses parents. Bonjour, je suis Jaume Puig-Pujol, je voudrais parler à Elena. Elena sait comment il a eu son numéro.

Il lui a suffi de le demander à ses parents, ses parents à lui, bons amis de ses parents à elle. Jaume lui demande s'il peut l'inviter à dîner. Elena, à son tour, demande à ses parents. Les parents acceptent à une condition : qu'elle soit de retour avant minuit. Elena se sent rachetée. Elle a changé d'étiquette. Elle n'est plus une pute. Elle est Cendrillon.

Et Jaume arrive avec une voiture énorme qui sent Atkinsons, elle aussi, par-dessus l'odeur de cuir neuf des sièges. Jaume représente tout ce qu'elle regrette d'avoir perdu. La dignité, le respect. Jaume qui a ce nom composé si chic, ce mètre quatre-vingt-dix, ce sourire lumineux, ces brillantes études menées sans coup férir. Jaume qui est le garçon auquel toute mère rêve de marier sa fille. Jaume qui représente et qui n'est pas. Jaume qui la regarde tout au long du dîner avec des yeux de merlan frit, sans dire un mot. Jaume qui lui paraît tout de même un peu candide. Jaume avec sa voix flûtée. Jaume avec son corps parfait. Jaume qui incarne le monde auquel elle appartient de droit, par l'orgueil de son sang et de sa naissance. Le monde ouaté dans lequel elle est à l'aise. Le monde auquel elle veut retourner après sa brève escapade à Madrid. Le monde dans lequel elle veut retrouver sa place, dans lequel elle veut se sentir acceptée.

Tout, ensuite, va très vite. Dès leur deuxième rendez-vous, Jaume lui a dit qu'il l'aimait. Plus tard, devenue adulte, elle comprendra que tout est allé trop vite, qu'il faisait ce qu'il avait vu au cinéma, qu'il jouait un rôle, y compris à ses propres yeux. Qu'il voulait être quelqu'un d'autre, un homme hétérosexuel avec une fiancée hétérosexuelle, jolie et de bonne famille. Être celui qu'il n'était pas.

Elle s'était enflammée par contact, comme une allumette, et avait répondu par un « moi aussi je t'aime » qui, en réalité, voulait dire : « J'aime que tu sois riche, j'aime que tu sois beau, j'aime que tu sois grand, j'aime que tu plaises à mes parents, j'aime que tu m'embrasses, j'aime ta façon de me regarder, j'aime ton eau de toilette, j'aime la coupe de tes vêtements, j'aime être assise à côté de toi, j'aime ce que j'ai l'impression d'être à cause de toi, j'aime que mes parents me respectent. » Et ce sentiment de triomphe avait éclipsé tout ce qu'elle avait pu ressentir et souffrir à cause de David.

Elle s'était persuadée que c'était de l'amour. Elle était trop jeune pour comprendre que ce n'en était pas.

Les deux premières années avaient été étourdissantes. Un déluge de cadeaux. Des boucles d'oreilles, des chaussures, des foulards. Des cadeaux d'un goût incroyablement raffiné. Le genre de cadeaux que seul un homme gay peut offrir. Elle ne l'a compris que trop tard.

Et puis, il y avait toujours quelque chose à faire ensemble. Une régate, une fête dans un restaurant sur la plage, une sortie en mer sur le bateau de ses parents, un tour à moto. Elle n'avait à décider de rien. Jaume avait toujours des idées. Il lui suffisait d'être belle, bien habillée, et de sourire. C'était on ne peut plus facile, et elle se sentait intensément heureuse. Elle était – pourquoi le nier ? – la personne la plus heureuse de l'île, de l'archipel, elle se sentait intensément amoureuse. Enviée, fière, lumineuse, triomphante, juchée sur son orgueil insolent.

Et dans cette *hubris* euphorique, dans ce tourbillon qui entraîne à faire toujours plus de choses, à se sentir la vedette d'une publicité pour une marque de vêtements, de voitures, d'eau de toilette, deux années avaient passé durant lesquelles elle n'avait rien fait d'autre qu'être la fiancée de Jaume. Ni fait d'études, ni passé de diplômes, pas même le brevet de yachtman dont elle avait rêvé, ni suivi les cours de langues qu'elle s'était promis de suivre. Uniquement du shopping afin d'être belle pour lui, de la gym afin d'être mince pour lui, retrouver ses amies et sa cousine afin de parler de lui. Une vie par procuration, par et pour lui.

Elle s'était persuadée que c'était de l'amour. Elle était trop jeune pour comprendre que ce n'en était pas.

De fait, Elena était une fille de son temps. L'amour est devenu une utopie, une construction imaginaire. Le couple est désormais exploité par le marché comme référence et comme mode de consommation. Aujourd'hui, pour être aimé, il faut être sexy, ce qui veut dire consommer : cosmétiques, coiffure, salle de gym. Pour trouver l'âme sœur, il faut dépenser : aller en boîte, fréquenter les restaurants, les bars. Et pour faire durer cette relation, il faut encore dépenser : dîner dehors, boire des cocktails, voyager, avoir des activités culturelles épanouissantes.

Ce nouveau discours amoureux, de même que l'activité économique qu'il suscite, se cultive et se stylise à travers les films, les séries télévisées, la publicité, un certain type de romans. Les médias redessinent et reformatent nos émotions. L'amour et la sexualité stimulent l'économie, qui stimule en retour l'amour et la sexualité. Elena s'est tout bonnement adaptée à son environnement, comme le plus habile – quoique le plus voyant – des caméléons.

Et le moment inévitable était arrivé, où ils s'étaient mis à faire des projets de mariage. Jaume n'avait pas fait la déclaration d'usage, ne s'était pas agenouillé, n'avait pas acheté de bague. Elle ne se rappelle pas quand il avait abordé le sujet pour la première fois. L'envie leur était simplement venue à tous les deux.

Les préparatifs avaient alors envahi l'univers d'Elena. Les faire-part, la robe, les centres de table, le menu, la musique, le photographe, la pièce montée, le voyage de noces, la liste, la préparation religieuse, les demoiselles d'honneur, les alliances, le coiffeur, les fleurs, l'état civil... Une période de folie, une agitation frénétique à laquelle Jaume n'avait pris aucune part. C'est elle seule qui, telle une petite fourmi opiniâtre, avait contacté et rencontré chaque fournisseur et tout organisé avec maestria. Elle était occupée. Elle n'avait pas à penser.

Puis, après le mariage, il y avait eu la maison. Les travaux. L'ameublement. La décoration. Encore une année d'activité fébrile, qui l'avait aidée à ne pas penser. Maçonnerie, luminaires, électricité, plomberie, bacs de douche, sanitaires, bidets, miroirs, carreaux en grès, robinetterie, douche avec thermostat, jacuzzi, chaudière à condensation, thermostats électroniques, porte-serviettes chauffants, lampes, appliques, parquet, placoplâtre, carrelage, mastic, portes lisses, portes ouvragées, portes en verre, prises, interrupteurs, lignes électriques, différentiels, surtensions, prises de téléphone, prises internet, prises de télévision, box, air conditionné, murs, peinture, ocre rouge, bleu lavande, bleu turquoise, rose thé, rose nuage, abricot, jaune orangé, jaune citron, safran, curry, carotte, mandarine, pêche, sanguine, terre de Sienne, lits, sofas, étagères, linge de lit, draps du dessous, draps du dessus, taies d'oreiller, couvre-lits, rideaux, voilages, stores, linge de table, couverts, vaisselle, portemanteaux, porte-parapluies, miroirs, lave-linge, four, réfrigérateur, micro-ondes, cuisinière électrique, armoires, guéridons, commodes, coiffeuses, tables, téléviseurs, bonheur-du-jour, sans oublier le piano dont personne jamais ne jouerait…

Rénover et décorer une maison peut prendre deux bonnes années, et remplir une vie.

Puis étaient venues les questions. À quand le bébé ? Ce bébé qui ne venait pas. Elena n'avait personne à qui parler, personne à qui confesser ses doutes. « Jaume ne m'a jamais embrassé le vagin. Est-ce normal ? Il m'embrasse, me caresse, puis se masturbe. Il ne me pénètre presque jamais. Est-ce normal ? Il ne m'embrasse jamais les seins. Est-ce normal ? Pourquoi a-t-il une telle obsession pour les vêtements ? Pourquoi regarde-t-il tant mes chaussures ? Pourquoi, quand il critique une femme, lui reproche-t-il avant tout d'être mal habillée ? Et pourquoi insiste-t-il toujours pour que je sois bien habillée ? Pourquoi m'achète-t-il autant de vêtements ? Est-ce normal ? Mais qu'est-ce qui est normal et qu'est-ce qui ne l'est pas ? Quelle est la cause étrange et obscure qui peut expliquer ce qui nous constitue, dans l'espace et dans le temps, en tant qu'êtres humains ? »

Notre partenaire véritable est le doute, et ce doute naît de notre aspiration à la simultanéité. Il est très rare que deux personnes éprouvent l'une pour l'autre un amour d'une intensité égale. C'est pourquoi l'amour se vit toujours dans l'angoisse. Le couple parfait n'existe pas, c'est quelque chose qu'il faut accepter pour se risquer dans une relation de couple. La peur de l'intimité, la peur des conflits, de l'abandon, conduit à la solitude, car il est impossible d'aimer sans souffrir.

L'amour n'est possible qu'entre deux personnes qui assument la différence de leurs passés, de leurs croyances, de leurs illusions. Pour aimer l'autre, il faut se connaître soi-même en profondeur, connaître ses propres démons intérieurs. Ne pas mentir à l'autre sur son identité, et surtout ne pas se mentir à soi-même. Ne pas croire que l'on va être ce que l'on n'est pas, encore moins que l'autre va être ce qu'on veut qu'il soit. Chose étrange, Elena a compris, avec le temps, qu'elle avait vraiment aimé Jaume et que Jaume l'avait aimée aussi : cet amour, qui n'a cependant pas pu se concrétiser sur le plan physique, était né de leur commun besoin désespéré d'être ce qu'ils n'étaient pas.

Aucune relation de couple, qu'elle soit bonne ou mauvaise, n'est le fruit du hasard. Il y a toujours une sorte de collision inconsciente qui fait que deux personnes se rapprochent. Une femme qui épouse un homosexuel dira qu'elle ne s'est jamais aperçue de rien, mais la vérité est qu'une partie d'elle-même l'a toujours su, et accepté. Nombreuses sont les personnes qui ne peuvent s'accepter comme elles sont, pour des raisons de pression sociale, de devoir-être, de conformité au modèle que leur assigne leur famille ou leur milieu. Leurs problèmes se gèrent de façon consciente ou inconsciente, mais toujours par le déni. On tend à éviter le conflit, à ne pas se dire les choses, à ne pas faire preuve de franchise dans la sphère la plus intime. Cela vaut pour l'homme comme pour la femme, car le mensonge, dans ce domaine, est partagé : ne pas dire et ne pas savoir parce qu'on ne veut pas savoir. Lorsqu'une femme choisit de refouler ses doutes, de les ignorer, c'est qu'elle aussi porte des peurs ou des questions irrésolues. Tout fonctionne comme dans l'armée américaine : *don't ask, don't tell.* Si je ne pose pas de questions, l'autre ne m'en posera pas non plus.

Le désir est ce qui définit une personne, toute personne se définit à travers ce qu'elle désire. Mais si une personne désire ne pas désirer ce qu'elle désire, comment se définit-elle ?

À travers le silence, à travers le mensonge.

La vie est si confortable à l'intérieur de ce mensonge, de ce mensonge en forme de villa à six millions d'euros. En forme de couple au sein duquel on parle beaucoup, mais de sujets sans conséquence. Oui, Elena et Jaume se parlaient. Ils parlaient de chaussures, des voyages qu'ils projetaient, des films qu'ils avaient envie de louer, se demandaient s'ils iraient déjeuner le dimanche chez ses parents à lui ou à elle, s'il valait mieux se baigner à telle crique ou à telle autre, s'il pleuvrait samedi.

Il y avait des sujets qu'ils n'abordaient pas. Des sujets importants, emmurés dans le silence qui les rapprochait. Un silence tremblant de peur, vibrant d'émotion, un silence triste, résigné, vaguement amoureux. Un silence religieux, virginal, monastique, répressif.

Si l'un des deux, ou tous les deux, avait pu compter sur le soutien inconditionnel de sa famille, si l'un des deux, ou tous les deux, ne s'était pas trouvé devant une telle masse de tâches émotionnelles à accomplir, ce mariage n'aurait jamais eu lieu. Jaume était d'une famille qui n'aurait jamais accepté son homosexualité. Elena était d'une famille qui avait censuré sa relation avec son premier petit ami parce qu'il était pauvre. Tous deux avaient tenté de plaire à leurs familles. De fait, Jaume n'avait pas trompé Elena davantage qu'Elena n'avait trompé Jaume.

Lorsque nous sommes enfants, nous n'avons pas de sens critique. Nous ne sommes pas aptes à discerner si ce que nous entendons est vrai ou s'il s'agit seulement de préjugés. Nous nous contentons de croire ce que disent les adultes, nous l'assimilons sans le filtrer, sans le discuter. Nous y ajoutons foi. Nous le gobons sans autre forme de procès. C'est pourquoi Jaume et Elena mentaient à leurs familles, se mentaient l'un à l'autre et, surtout, se mentaient à eux-mêmes. Parce qu'ils ne discutaient pas, ne doutaient pas.

La honte comme la culpabilité sont des émotions sociales, qui servent à réguler notre relation avec notre environnement. Jaume et Elena savaient parfaitement quelles attitudes, quels comportements leur vaudraient le soutien du groupe, et lesquels le leur feraient perdre. Jaume et Elena ont été vaincus par leur honte. Par leur sentiment d'échec et de faute. Par leur état de vulnérabilité. Jaume, Elena le sait maintenant, souffrait de ne pouvoir être ce qu'il était. Mais elle souffrait du même mal, quoique de façon moins criante. Elle mentait tout autant que lui.

Elena souffrait parce qu'elle n'avait pas oublié David. Elle souffrait parce qu'elle n'avait pas oublié ces nuits madrilènes, ces nuits libres, heureuses, fertiles. Elle partageait avec Jaume l'angoisse de devoir se taire, la honte de savoir la vérité sur soi, la rage de devoir la cacher. La vie avait exigé d'eux quelque chose à quoi ils n'étaient pas préparés, et ils s'étaient habitués à vivre derrière un masque. Tous deux souffraient parce que le projet de vie qu'ils s'étaient construit n'était que mensonge.

Le mensonge était leur pain quotidien, le ciment de leur union, la clé de voûte de leur foyer. Leur mensonge était paré des plumes du paon, ludique, plaisant, raffiné. Il était respectable, bien habillé, sentait l'eau de toilette de marque. Il vivait dans la peur et démentait avec orgueil.

Tout, en fin de compte, se confondait. Leur vie véritable de mensonges, leur vie mensongère de vérités.

Et plus la vie est vide, plus elle pèse. La vie d'Elena était immensément vide, au point qu'elle s'inventait d'innombrables activités pour la remplir. Se réveiller à sept heures en même temps que son mari, préparer le petit-déjeuner, le prendre avec lui, ranger la cuisine, la briquer bien qu'ils aient une femme de ménage, prendre la voiture, aller à la salle de gym, faire une heure d'exercice, prendre une douche, se laver les cheveux, les sécher, déjà midi, la moitié de la journée est passée, faire une brève visite à ses parents, ou peut-être à Alexia, aller chez le coiffeur, déjeuner soit avec Alexia, soit avec son mari, mais jamais seule… La journée se dissolvait dans l'attente constante du retour de Jaume. Jusqu'au moment où Alexia lui avait suggéré d'ouvrir ensemble une boutique de vêtements, une franchise. C'est elle qui avait trouvé le local, petit, charmant, élégant, et Elena qui s'en occupait. Elle pouvait ainsi oublier que quelque chose lui manquait. Se sentir heureuse. Se dire à elle-même qu'elle se sentait heureuse. Ne pas remarquer la monotonie de ce temps vide. Cet ennui profond et vain, ce naufrage invisible, cette léthargie distinguée. La vie s'écoulait comme on pouvait s'y attendre. Cet enfant qui ne venait pas. Les gens qui posaient des questions, puis qui se lassaient de poser des questions. Jaume qui s'éloignait chaque jour un peu plus, millimètre par millimètre, insensiblement.

Une vie simple qui se suffisait à elle-même. Rien à espérer, rien à redouter. Tout lui était donné, tout semblait aller de soi. Elle s'ennuyait comme un aiguilleur sur une voie désaffectée, comme *la langueur inutile d'une dame d'un autre temps*[1], mais comment s'avouer qu'elle s'était trompée, à qui le dire, où aller, comment tout recommencer, et d'ailleurs pourquoi recommencer

1. Vicente Gallego (poète espagnol né en 1963), *La perspectiva miente*, in *La plata de los días* (1996).

quand rien, en surface, n'a l'air d'aller mal, et qu'il n'y a pas de raison d'abandonner une vie si confortable ? Je suis mariée à un homme politique important, un homme de belle allure, prévenant et affectueux, je suis propriétaire d'une petite boutique florissante, je dîne dans les meilleurs restaurants de Palma, je voyage souvent, je suis belle, distinguée, respectée, j'ai une vie bien organisée, ma maison a eu droit à plusieurs articles dans des revues de décoration, je suis enviée, admirée, que demander ou désirer de plus ? Je n'ai pas le droit de me plaindre. De me plaindre de dormir seule, de me plaindre que Jaume appelle au dernier moment pour me dire, une fois de plus, de ne pas l'attendre pour dîner. Je peux oublier ma frustration comme j'oublie mon propre passé.

Elena vivait avec l'idée fixe que son âme comme son enveloppe terrestre rétrécissaient et qu'elle finirait par devenir un petit point insignifiant, par devenir invisible pour elle-même et pour les autres, comme elle l'était déjà pour son mari. Elle voyait sa vie comme un puits en train de se tarir sans qu'on sache pourquoi, et dont l'eau disparaîtrait dans la vase de l'ennui et de la désillusion. Personne ne buvait à la source d'Elena, ne buvait de cette eau qui avait été claire et pure et qui était désormais délétère, corrompue par la frustration.

Elle sentait la grisaille de sa vie sans éclat l'enserrer et l'effacer lentement. Rien ne subsistait de ses illusions de jeunesse. De l'homme qu'elle avait cru aimer, il ne lui restait que la présence lasse à ses côtés certaines nuits, l'alliance et le nom de famille. Ah, si, autre chose : l'odeur de son eau de toilette. Cette odeur de lavande, de citron et de bergamote qu'elle avait fini par détester.

Quand ils s'étaient connus, jeunes, ils s'appelaient

« mon amour ». Au bout de quelques années, ces mots résonnaient dans le vide, prononcés d'un ton plus routinier que convaincu. Au fil du temps, ils finiraient par lui écorcher la gorge, car elle savait qu'il ne restait plus rien de leur amour, si tant est qu'il y ait eu entre eux quelque chose qui méritait ce nom. Sa vie était l'attente interminable d'un événement qui devait survenir, la réveiller. Tout, en somme, était déjà là, sous-jacent.

Un tourment inexprimable, un doute auquel elle ne pouvait donner ni nom ni forme, une interrogation coupable qu'elle n'osait partager. Comme si son cœur frappait sourdement à une porte close. Comme si son mari ne vivait pas, en dehors de cette maison, une autre vie qu'elle imaginait ou pressentait mais ne voulait pas voir. Comme si elle ne restait pas éveillée les nuits, de plus en plus fréquentes, où Jaume ne dormait pas avec elle. Comme si son couple n'était pas une corde raide sur laquelle elle marchait sans filet au-dessus du vide, redoutant de trébucher.

La première communion de Cati, la fille aînée d'Alexia, avait lieu à la cathédrale. Elena a attendu que la messe ait commencé pour entrer. Cela faisait des années qu'elle n'était pas retournée sur les lieux de son mariage. Elle aurait préféré ne pas venir, tant le souvenir était douloureux. Elle aurait voulu au moins s'asseoir au dernier rang pour ne pas attirer les regards, mais c'était impossible. Elle était l'épouse du premier adjoint, et se devait de s'asseoir à côté de lui, au premier rang, où ils avaient leur place réservée.

« Ce n'est pas mon jour, nous n'aurions pas dû venir », se disait-elle intérieurement, tout en répondant d'un simple mouvement de tête à sa voisine de banc qui la regardait avec un sourire étudié. Elle ne retrouvait pas son nom, mais elles avaient le même âge. Elles s'étaient rencontrées pour cette raison, il y avait près de vingt ans, au Club Juvenil Alfabia, un centre de loisirs de l'Opus Dei, qui organisait des excursions et des activités pour adolescents. Depuis, cette femme était devenue une psychologue jouissant d'une certaine réputation dans le microcosme local, bien qu'elle ait eu toutes les peines du monde à décrocher son diplôme. Elena savait qu'elle donnait notamment des conférences sur l'homosexualité. Toujours pour défendre le point de vue selon lequel celle-ci serait la conséquence d'un trauma infantile non résolu. Elle se souvenait d'elle comme d'une personne peu intelligente et dépourvue d'empathie, mais non d'ambition.

Elena s'enhardit à regarder autour d'elle pour essayer d'apercevoir le père de sa voisine. Il était assis deux rangs derrière, à gauche, à côté de son épouse. Il avait vieilli. Il se prénommait Biel, devait avoir un peu plus de soixante-dix ans, et était un fidèle parmi les fidèles de l'Opus Dei. Tout Palma savait qu'il était homosexuel. Il avait été, paraît-il, dénoncé par un ancien amant, qui avait écrit une lettre à sa famille dans un accès de jalousie. L'histoire, qui avait largement circulé, était revenue aux oreilles d'Elena par l'intermédiaire d'Alexia, qui n'avait fait que répéter les commérages qu'on lui avait rapportés. Oui, c'était bien lui, ce Biel Llopart qui se faisait traiter pour son « problème » dans une clinique de l'Opus Dei. Il était trésorier d'un nombre incalculable de sociétés liées à l'Opus Dei. On disait qu'il avait eu l'audace de dénoncer, au beau milieu d'un conseil d'administration, des comptes falsifiés, et que quelqu'un lui avait alors renvoyé sans ménagement une allusion manifeste à ses mœurs. C'était le genre d'histoire que se racontaient à mi-voix, en chuchotant, tous ces gens de bien qui, n'osant évoquer à voix haute ces secrets inavouables, préféraient se les transmettre les uns aux autres de façon voilée, dans l'intimité, comme s'il s'agissait d'une maladie vénérienne.

Mais il leur fallait bien accepter Biel car, comme l'avait tant de fois entendu Elena, Dieu ne veut pas la mort du pécheur, mais sa rédemption et son salut : « Va et ne pèche plus », avait dit Jésus à la femme adultère. Si Biel avait cessé de pécher et que sa femme lui avait pardonné, à quel titre les autres s'arrogeaient-ils le droit de juger ? Ils ne s'en privaient pourtant pas. Comme Elena avait fini par le comprendre, l'hypocrisie est certes un péché, mais aussi une grande vertu sociale.

Biel regardait parfois Elena et Jaume à la dérobée, lorsqu'il pensait ne pas être vu de ce dernier. Elle se demandait s'il regardait Jaume parce qu'il était attiré physiquement par lui, ou parce que tout Palma commençait à murmurer sur la vie nocturne de son mari et qu'il se cherchait un semblable. Biel lui avait toujours paru un homme estimable ; battu par la vie, mais estimable. Tout le monde ricanait dans son dos sur son « inversion », mais lui faisait ensuite bonne figure, ainsi qu'à son épouse. Cette épouse mélancolique qui était là, à côté de l'homme qu'elle aimait, et dont elle savait qu'il ne pourrait jamais l'aimer vraiment.

Elena la comprenait profondément. Elle se demandait si cette femme se sentait, comme elle, trompée, si elle pensait qu'il était de toute façon trop tard. Le simple fait de la regarder lui était douloureux, tant elle avait l'air seule. Elle allait tous les dimanches à la messe, ses enfants étaient de fervents pratiquants comme l'avaient été son père et sa mère. Mais l'Opus Dei l'avait détruite comme elle avait détruit Elena. Car l'Opus Dei, en obligeant Jaume à renoncer à ce qu'il était, l'avait obligé par là même à lui mentir.

Elena se posait les questions suivantes : Si Biel devait renaître, choisirait-il de ne pas être homosexuel, ou de ne pas mentir ? De ne pas revivre la fausse existence qui l'attendait à la sortie de l'église ? De ne pas se sentir responsable des souffrances de tant de personnes ? De ne pas encourir le mépris de sa fille qui donnait des conférences sur la façon de guérir l'homosexualité ? Et cette femme, son épouse, qui était à ses côtés : Si elle avait non pas soixante-dix ans mais son âge à elle, si elle était d'une génération où le divorce, même au sein de l'Opus Dei, ne faisait plus scandale, choisirait-elle de divorcer ?

La nuit même, Elena, profitant de ce que son mari était complètement ivre après le repas de première communion et les nombreux whiskys bus ensuite au Club nautique, s'était enhardie à poser la question qu'elle n'avait jamais posée.

La question qu'elle n'avait jamais posée parce qu'elle aurait abouti à révéler l'inavouable vérité. Et parce que accepter la vérité suppose de tuer l'illusion et d'en faire son deuil.

Elle avait donc fini par lui demander : « Quand as-tu su que tu étais homosexuel ? »

Il avait répondu : « À l'adolescence. »

Elle lui avait alors dit : « Pourquoi m'as-tu épousée ? »

Et il avait répondu : « Parce que je ne voulais pas l'être. »

Puis, aussitôt après, il s'était endormi comme une masse.

AVEC QUEL FIER DÉDAIN

David, allongé sur le lit, un livre à la main, une cigarette dans l'autre, fume en lisant :

Avec quel fier dédain,
Dans ta superbe, tu méprises le risque de mourir
Pour bientôt, languissante et repliée,
Montrer les tristes signes de la fin,
En sorte que mort sage et folle vie
Font de ta vie et mort leurre et leçon[1].

Le téléphone sur la table de nuit sonne. David décroche.

— Allô ?... Caroline ! Bonsoir, mon amour, comme ça fait du bien de t'entendre.

— (...)

— Bien, je vais bien.

1. *« Cuán altiva en tu pompa, presumida, /soberbia, el riesgo de morir desdeñas ; /y luego, desmayada y encogida, /de tu caduco ser das mustias señas ! /Con qué, con docta muerte y necia vida, /viviendo engañas y muriendo enseñas ! »* Sœur Juana Inés de la Cruz (1651-1695), « À une rose », traduction de Mathilde Pomès, in *Les Poésies mexicaines. Anthologie des origines à nos jours*, Seghers, 1961.

— (…)

— Non, enfin je ne sais pas.

— (…)

— Je vais rester encore quelques jours.

— (…)

— Mais je ne sais pas, je ne sais pas combien, je n'ai pas calculé.

— (…)

— En fait, c'est que… Quand je me suis retrouvé seul ici, j'ai réalisé que je m'y sentais bien… Que ça me permettait de réfléchir, de me retrouver.

— (…)

— Mais non, Caroline, ce ne sont pas des phrases toutes faites, ne te mets pas dans cet état. Tout le monde a besoin d'être seul de temps en temps.

— (…)

— Ah, toi non, tu n'en as pas besoin. Tu ne mesures pas la chance que tu as d'être une fille aussi équilibrée…

— (…)

— Mais non, Caroline, je ne me moque pas de toi. Au contraire, je trouve très bien que tu n'aies jamais de crises existentielles.

— (…)

— Non, il vaut mieux que tu ne viennes pas.

— (…)

— Mais non, je ne suis pas avec quelqu'un d'autre, Caroline ! Comme tu as peu confiance en moi, bon sang… Si j'étais avec une autre, je te le dirais, tu sais bien que je ne t'ai jamais menti. Je t'assure que ce n'est pas du tout ce que tu crois.

— (…)

— Caroline, toi et moi, nous savons où nous en sommes, quel type de relation nous avons. Nous sommes libres, non ? Je ne t'ai jamais demandé d'autres explications que celles que tu voulais bien me donner, et je ne vois vraiment pas à quoi rime tout ce sermon que tu es en train de me débiter.

— (…)

— Comment ça, avec quoi je paie l'hôtel ? Mais qu'est-ce que c'est que ces questions ?

— (…)

— Si tu veux savoir, l'hôtel est payé par le type qui m'a engagé, le type du cabaret où je dis mes monologues.

— (…)

— Oui, je sais que c'est un hôtel très cher, mais si le type est bourré de fric et veut le dépenser, c'est son problème, non ?

— (…)

— Non, je ne veux pas que tu viennes.

— (…)

— Parce que.

— (…)

— C'est simplement que je suis seul ici et que j'ai saisi l'occasion pour me détendre, pour être tranquille, pour réfléchir.

— (…)

— Caroline, ce n'est pas à toi de contrôler mon emploi du temps, ni ce que je fais ou ne fais pas.

— (…)

— Écoute, ça suffit, Caroline, s'il te plaît, épargne-moi ces âneries…

Il reste à regarder le combiné avec un air effaré, comme un chat hypnotisé par une mite. Caroline a raccroché.

LA GRENOUILLE ÉBOUILLANTÉE

Elena est endormie. David, assis sur la chaise à côté du lit, la regarde. Elena est vivante. Le sang, même si c'est en partie un sang malade et en partie un sang qui n'est pas le sien, accomplit son lent travail de circulation afin qu'Elena puisse dormir. Dehors, à l'extérieur de la chambre stérile, dans la rue, dans l'île, dans le monde, des milliers de vies suivent leur cours, dans un même et prodigieux moment, tandis que celle d'Elena endormie s'estompe, dissoute dans la morphine et les médicaments, dans un temps différent, étranger à celui de ces vies qui s'affairent à l'extérieur de cette chambre. Au pays que lui construit le sommeil, Elena semble apaisée, tranquille, elle a le visage serein et les lèvres ouvertes. Progressivement, elle ouvre les yeux, les pose lentement sur lui, le regarde sans l'identifier encore, et ses yeux humides resplendissent comme une vague bleue sur la crête de laquelle se réverbérerait le soleil. Elle finit par sourire et par se redresser lentement, somnolente, en s'étirant longuement, à la manière des chats.

— Ah, c'est toi… Salut. Ça fait longtemps que tu es là ?

— Non, ne t'en fais pas… Pas très longtemps. Mais j'étais bien… Au calme, en paix. Je ne sais pas, ce silence… Et je te regardais dormir. C'est incroyable, mais ça fait des années que je ne m'étais pas senti aussi bien. Pourtant, si l'on m'avait dit que je me sentirais bien dans une chambre d'hôpital, auprès de quelqu'un qui…

Il s'arrête, n'ose pas dire le mot qui vient mourir sur ses lèvres.

— Quelqu'un qui est condamné, en phase terminale. Tu peux le dire, ça m'est égal.

— Si tu veux : quelqu'un qui est condamné, en phase terminale.

Elena rit.

— Tu as dit ça magnifiquement. Alors, ça va mieux ? Je regrette pour l'autre jour, je regrette de t'avoir fait pleurer, ce n'était pas mon intention.

— Tu sais, peut-être que j'en avais besoin, d'une certaine façon… En fait, il y a quelque chose que je ne t'ai pas raconté… À vrai dire, ce n'est pas quelque chose que je raconte beaucoup autour de moi… Mais à toi, justement, il faut que je le raconte.

— N'en dis pas plus. Toi aussi, tu aimes les garçons.

— Mais non, pas du tout, rien à voir.

— Alors ?

— L'autre addiction de ton mari. C'est blanc, c'est dans une bouteille…

— Malibu !

— Non, cocaïne.

— La cocaïne ne se met pas en bouteille.

— Qu'importe le flacon… C'est comme ça que j'ai perdu ma copine, mon fils et mon travail à la Compagnie de théâtre classique. Avec le salaire mensuel et la couverture sociale qui allaient avec, et qui faisaient que je vivais très bien. Pas aussi bien que toi, bien sûr, mais très à l'aise. Vraiment très à l'aise. Un travail qui me passionnait, un bel appartement en plein centre, une compagne ravissante, et un fils… Un fils que je ne suis pas parvenu à connaître vraiment, à ressentir comme étant mon fils, à élever comme un père, étant donné qu'elle est partie alors qu'elle était enceinte… Tout ça pour te dire que je comprends parfaitement l'histoire de ton mari, je connais bien le processus. Heureusement que je n'avais pas de carte de crédit de la mairie, sinon je ne sais pas comment ça aurait fini !

— C'était donc si terrible ?

— Ce n'est pas à toi que je vais apprendre comment les choses se passent… Ça a été très progressif.

— Je sais, comme quand on dévale une pente.

— Tout va très lentement au début, c'est pour ça qu'on ne se rend pas compte…

— Tu as entendu parler de l'expérience de la grenouille ?

— Quelle grenouille ? Ils ont donné de la coke à une grenouille ?

— Mais non, mon Dieu, qu'est-ce que tu vas chercher… Je parle de l'expérience de la grenouille ébouillantée. Il paraît qu'il faut juste une marmite, de l'eau et une grenouille. D'après ce que j'ai lu, l'expérience consistait à mettre l'eau à bouillir et, une fois qu'elle était à ébullition, à y plonger la grenouille. Comme tu peux t'en douter, la grenouille, en sentant que l'eau était bouillante, s'empressait de bondir hors de la marmite. Une décision claire et nette, radicale. Mais si on commençait par mettre la grenouille dans l'eau et qu'ensuite on chauffait à feu très doux, la grenouille restait à barboter, toute heureuse, tandis que la température s'élevait peu à peu. Et du fait de sa grande capacité d'adaptation, elle s'habituait à cette eau de plus en plus chaude, où elle nageait tout de même de plus en plus lentement… Jusqu'à ce qu'elle finisse littéralement ébouillantée !

— Quelle cruauté, c'est vraiment atroce…

— Peut-être, mais ça explique parfaitement ce qui m'est arrivé. Tout évoluait si lentement, si imperceptiblement, que je continuais à barboter tout heureuse dans ma marmite. Au début, on faisait tout ensemble. On voyageait, on dînait dehors… Puis il s'est mis à avoir des dîners professionnels… Et moi, je le croyais. Et à partir en voyages d'affaires… Je l'ai cru aussi. Puis il s'est mis à rentrer de plus en plus tard, et de plus en plus ivre… Mais ça n'est pas arrivé du jour au lendemain, le processus a été très long, sur des années… Et moi, j'étais si heureuse, si heureuse de ma boutique merveilleuse, de mon bateau merveilleux, de ma maison merveilleuse, de mes amis merveilleux, de mes neveux merveilleux, de mes nièces merveilleuses, de mes chiens merveilleux…

— Tu avais des chiens ?

— Deux. Des golden retrievers.

— Merveilleux, je suppose ?

— Absolument merveilleux. Ils sont chez Alexia, maintenant. C'est elle qui les a récupérés.

— Ta cousine t'aime vraiment beaucoup. Je ne sais pas si tu en es bien consciente.

— Oui, la pauvre…

— La pauvre ? Pourquoi pauvre ?

— Rien, je me comprends… Passons. Et toi, tu peux me raconter ton histoire, ou c'est trop personnel ? Je ne veux pas me mêler de ce qui ne me regarde pas…

— Je suppose que c'est un peu comme ton mari. Je travaillais à la Compagnie de théâtre classique. Je me levais tard, je partais au théâtre, je jouais. Et une fois la représentation terminée, on allait boire un verre tous ensemble. Tous les soirs, sans exception. Je buvais donc tous les soirs, mais jamais je ne me suis dit que j'avais un problème d'alcool. Je ne sais pas quand c'en est devenu un… Je ne saurais pas non plus dire quand je me suis mis à la coke. Il faut dire qu'autour de moi tout le monde en prenait. C'était normal, en tout cas dans ce milieu-là, car on ne peut pas dire que ce soit vraiment normal… Et puis, j'avais des copines, des liaisons, des coups d'un soir… Une vie heureuse, quoi. Un soir, dans un bar, j'ai rencontré une fille…

— Merveilleuse ?

— Mer-veil-leu-se.

— Vraiment ? Comment était-elle ? Qu'avait-elle de si merveilleux ?

— Eh bien… Elle te ressemblait.

Elena éclate de rire, d'un rire qui évoque le jet débordant d'écume d'une eau cristalline.

— Ne ris pas, c'est la vérité…

— Mais moi, tu ne me disais pas que j'étais merveilleuse ?

— Quand ?

— Quand nous nous sommes connus, à Madrid, il y a vingt ans et quelques.

— Je ne te le disais pas ? Mais j'aurais dû !

— Non, tu ne me l'as jamais dit. Tu m'écrivais des poèmes, très beaux, mais très bizarres à vrai dire. Je ne comprenais pas grand-chose à ce que tu m'écrivais. C'était si… si abstrait.

— Si tu le dis… J'étais jeune…

— Nous étions jeunes tous les deux. Et elle était comment ? En quoi me ressemblait-elle ?

— Physiquement, en rien… Eva était… elle est toujours, d'ailleurs… très grande. Très… comment dire ? hiératique.

— Hiératique ? Quel drôle de mot !

— Elle était comme une déesse grecque. Digne,

majestueuse, marmoréenne… Un peu comme ta cousine Alexia.

— Mais moi, je ne suis pas du tout comme ça.

— C'était quelqu'un de très bien, comme toi. Je crois que vous êtes les deux meilleures personnes que j'aie connues de ma vie.

— Qu'est-ce que tu dis là ? Tu me vois vraiment comme ça ?

— Mais oui.

— Comme tu me connais mal, David, je n'ai rien d'une bonne personne. Vraiment rien.

— À mes yeux, si. Comme elle.

— Comme tu voudras, je ne veux pas te faire redescendre de ton nuage… Et comment l'as-tu rencontrée ?

— Qui ?

— Ta statue grecque.

— Dans un bar, je te l'ai dit. Au début, tout était… merveilleux ! – Elena rit, mais cette fois d'un rire différent, sceptique, moqueur, dont le timbre sec comporte une nuance de subtile ironie. – Elle venait me retrouver tous les soirs à la sortie du théâtre, et on faisait la tournée des bars. Ensuite, on rentrait à la maison et on faisait l'amour pendant des heures. Mais elle était bien plus raisonnable que moi. Elle était capable de boire, de se faire quelques rails de coke, mais elle était loin de boire et de sniffer autant que moi. Même son appartement était en ordre. Et avec elle, je me sentais… bien. À l'abri.

— À l'abri ?

— Oui, je la voyais si mature, si cadrée, que je me disais : « Avec cette fille, il ne peut rien m'arriver, je ne dévalerai jamais la pente. » C'est peut-être ce qu'a pensé ton mari en te voyant.

— Peut-être. Va savoir…

— En tout cas, moi, c'est ce que je ressentais. Le premier soir où je l'ai rencontrée, c'était dans un bar… J'étais plus que soûl. Elle m'a emmené chez elle et, à un moment, j'ai dû perdre connaissance. Je me suis réveillé sur le canapé, sous une jolie couverture toute douce, un oreiller parfumé sous la tête, et je me suis senti comme si j'étais revenu chez moi… Revenu à bon port, tu comprends ?

— Plus ou moins. Une fille attentionnée, en tout cas. N'importe quelle autre t'aurait jeté dehors.

— Elle était infirmière. Elle travaillait dans un cabinet de pédiatrie. Elle savait tout sur la façon de soigner les malades… Bref, deux mois plus tard, on vivait ensemble. Très vite, elle a cessé de traîner dehors avec moi, de boire, de se droguer. Parce que, comme je te l'ai dit, elle avait un travail. Au début, elle allait bosser presque sans avoir dormi, puis elle a bien vu que ce n'était plus possible. Si bien que je rentrais à la maison à point d'heure, et elle était déjà partie travailler quand je me réveillais. Je passais la prendre à son travail, on déjeunait ensemble, puis elle retournait au cabinet et moi j'allais au théâtre…

Il ne sait pas comment continuer, comment expliquer à Elena qu'aujourd'hui, alors qu'il ne se souvient même plus de la couleur des yeux d'Eva, il se rappelle cette sensation d'euphorie, cette émotion qu'il éprouvait hier (se la rappeler, c'est la revivre), gravée pour toujours en lettres de feu dans sa mémoire. Et ce sont ces souvenirs qui l'aident à relier le passé au présent. Ce tremblement dont ses mains sont prises à nouveau, ce tremblement qui le reprend en présence d'Elena, cette euphorie revécue, ces bonheurs semblables entrevus à travers le corps de ces deux femmes si différentes, sa totale certitude, enfin assumée, de s'être trompé, d'avoir détruit le premier par sa faute, et le frisson d'effroi qui parcourt son échine à l'idée de ruiner le second, mais qui lui permet de prétendre, à nouveau, exister.

Elena le tire de ses divagations.

— En somme, vous ne vous voyiez que pour déjeuner.

— À peu près, sauf le mercredi qui était mon jour de relâche. Le mercredi, on se retrouvait pour dîner à la maison. C'était tout…

— Merveilleux.

— Comme tu dis. Nous avons vécu comme ça plusieurs années. Je crois qu'elle considérait qu'il valait mieux que ce soit elle qui gère le quotidien, étant donné que j'étais du genre à ne m'occuper de rien. C'est elle qui se chargeait de payer les factures, de faire les courses… Pour moi, c'était la belle vie. Et un jour, de but en blanc, elle me dit qu'elle est enceinte. Ça m'a terrifié.

— Pourquoi ? Tu n'aimes pas les enfants ?

— Mais si, bien sûr, je les adore. Ceux des autres. Je ne voulais pas en avoir à moi. Des enfants, ça veut dire des responsabilités, et les responsabilités n'ont jamais été mon fort. C'est à ce moment-là que je me suis mis à boire et à me droguer pour de bon. Et à avoir des problèmes au boulot… Je ne savais plus mon texte, j'arrivais en retard aux représentations. C'est elle qui, comme toujours, a pris les choses en main. Elle m'a convaincu d'aller voir un thérapeute. Ou plutôt elle m'y a traîné de force. Je me suis retrouvé tout droit en cure de désintoxication. Et je me suis mis à la détester, la pauvre.

— À ce point ?

— Oui. Parce que je me sentais pris au piège, avec cet enfant qui allait arriver. Et puis… C'est très difficile à expliquer…

— Tu n'es pas forcé de continuer, si tu ne veux pas.

— Si, c'est seulement que je ne trouve pas les mots… Tu vois, elle… ne remplissait plus sa fonction, qui consistait à faire que j'aille bien, elle ne s'occupait plus de moi. Mais surtout… je me suis mis à la détester… parce qu'elle avait l'air si forte alors que moi, je me sentais faible, vulnérable. Tu sais, nous avons tous besoin, même si ce n'est pas vrai, de nous sentir en charge de notre propre vie. Et quand quelqu'un nous aide, au lieu de lui en être reconnaissants, nous éprouvons du ressentiment, sur le mode « pourquoi, merde, est-ce que tu te mêles de mes affaires alors que je ne t'ai rien demandé ? ».

— Je ne me suis jamais dit ce genre de choses. Mais, de fait, je n'ai jamais aidé mon mari.

— Tu as bien fait, Elena. Quand quelqu'un se drogue, c'est parce qu'il a décidé de se droguer, et s'il veut arrêter, ce sera parce qu'il aura décidé d'arrêter, pas parce qu'il va avoir un enfant ou parce que sa femme le tanne pour qu'il arrête. Avant cette histoire d'enfant et ce qui s'en est suivi, je ne me suis jamais dit qu'il fallait que j'arrête de boire ou de me droguer. J'étais peut-être malade, mais j'étais bien dans ma peau, j'aimais bien la vie que j'avais. Je ne voulais pas arrêter. Et il est arrivé ce qui devait arriver…

— Tu l'as quittée ?

— Non. Un soir, je suis sorti et j'ai fait n'importe quoi… J'ai disparu pendant trois jours. C'est comme ça que j'ai perdu mon travail, et que j'ai perdu Eva, bien sûr.

— Ils t'ont renvoyé ?

— Oui. Je l'avais bien cherché. Trois soirs de suite, je ne suis pas venu jouer, et personne ne savait où j'étais. À cette époque il n'y avait pas de portables…

— Il y a quinze ans ? Mais si, il y en avait déjà…

— Oui, mais moi je n'en avais pas. Si bien que personne ne pouvait me joindre.

— En somme, tu as eu ce que tu voulais, non ? Adieu les responsabilités. Puisqu'elle te quittait, il n'y avait plus ce problème d'enfant.

— Non, ce n'était pas tout à fait ça… Ou si, d'une certaine façon… Mais je ne l'ai pas fait consciemment.

— Je te dis ça parce que mon mari, quand je suis allée le voir en prison, m'a dit une chose qui te fera peut-être réfléchir…

— Il avait volé tout cet argent parce qu'il voulait que tu le quittes ?

— Pas exactement. Je ne sais pas si tu sais, mais, au procès, il a tenté de faire valoir comme circonstance atténuante son addiction au sexe et à la cocaïne. En fait, c'est plutôt l'avocat qui a joué cette carte. Ça n'a servi à rien, puisqu'il s'est quand même retrouvé en prison. Mais en prison, il y a des psychologues. Et il semble qu'il ait beaucoup parlé avec l'un d'eux…

— Et il s'est désintoxiqué ?

— Allons donc ! Comment aurait-il pu ? En prison, il y a encore plus de drogue et de prostitution qu'au-dehors… Mais il parlait avec ce psychologue. Et il est arrivé à la conclusion qu'en fait il avait cherché à se faire prendre…

— Comment ça, cherché à se faire prendre ?

— J'ai eu la même réaction sur le moment… Mais tu sais, nous avions de l'argent à ne savoir qu'en faire. Sa famille est richissime. Il n'avait pas besoin de se servir de sa carte de crédit professionnelle pour financer ses vices. Ou alors, il aurait pu mieux se cacher.

— Cinquante mille euros, c'est tout de même une grosse somme.

— Ne sois pas candide. Cinquante mille euros, David, c'est la moitié du prix de ma voiture. Et ma voiture, c'est lui qui me l'a offerte. Ici, à Palma, tout le monde fraude plus ou moins, et sans se faire prendre... Il est de plus en plus évident pour moi que c'est ce qu'il cherchait. Et il savait que s'il utilisait la Visa de la mairie, il se ferait forcément prendre.

— Pourquoi ? Cet argent ne venait pas d'une caisse noire ?

— Si, bien sûr, mais il y a tout de même un moment, caisse noire ou pas, où les comptes doivent apparaître quelque part, ne serait-ce que pour que quelqu'un, le parti, le maire, son cabinet, soit au courant. Je pense que c'est comme ça que le lièvre a été levé. Quelqu'un a fait sortir l'information, forcément. C'est ce qui me fait dire qu'il s'agissait d'un acte désespéré de sa part, d'un appel au secours. C'est évident pour moi, et je crois que pour lui aussi.

— Mais ça ne lui a servi à rien... À rien.

— Ça lui a au moins servi à sortir du placard. Et à ce que toute sa famille soit au courant.

— Comme sortie du placard, c'est plutôt spectaculaire.

— Ne me dis pas que ta sortie à toi ne l'a pas été... Drôle de façon de dire à sa femme qu'on veut la quitter.

— Je ne voulais pas la quitter. Et puis, ce n'était pas ma femme, nous n'avons jamais été mariés.

— Bien sûr que si, tu voulais la quitter. Et si c'est la mère de ton enfant, c'est ta femme, même si aucun papier officiel ne l'atteste.

— Écoute, mademoiselle Je-sais-tout, qu'est-ce que tu sais de ma vie, bordel de merde, et de ce que je voulais faire ou ne pas faire, et si j'aimais Eva ou pas ? Tu m'as bien dit que tu n'aimais pas vexer les gens, n'est-ce pas ? Eh bien, je ne suis pas du tout vexé, mais je ne te permets pas d'user avec moi de ce ton de maîtresse d'école et de me faire la leçon...

— C'est bon, c'est bon... Tu n'as pas besoin de le prendre comme ça. J'ai touché un point sensible, n'est-ce pas ? J'ai dû viser plus juste que je ne le croyais.

— Mais... tu es bête, Elena, ou quoi ?

— Tu reconnaîtras, David, que le déni est le meilleur mécanisme de défense...

— Écoute-moi bien : si c'est comme ça, je m'en vais. Je ne veux plus entendre ces bêtises, ni de toi ni de personne.

— Eh bien, va-t'en... Je ne perds pas grand-chose, après tout... Tu vois, la porte est là.

— Tu es... tu es... une ingrate.

— Et de quoi je devrais te remercier, si je peux savoir ?

David, drapé dans son inepte et auguste arrogance, reprend sa veste en lin qu'il avait laissée sur le dossier de sa chaise et s'en va.

— Mais de rien, Elena. Adieu.

Elle, digne, altière, marmoréenne, belle et resplendissante comme un monolithe au milieu du désert :

— Ce fut un plaisir.

IL FAUT ÊTRE DEUX POUR DANSER LE TANGO

David avait toujours aimé les filles bon chic bon genre. Peut-être justement parce que lui ne l'était pas. Peut-être pensait-il que la distinction se transmettait par osmose, comme une maladie vénérienne. C'est pour cela qu'Alexia et Elena lui plaisaient. Pour cela aussi qu'il avait tant aimé Eva. Pas pour sa beauté, pourtant éclatante, mais pour sa diction exquise, sa façon d'allonger les voyelles en parlant, la distinction avec laquelle elle tenait ses couverts, tous ces petits détails qui montraient qu'elle avait fréquenté une école privée et grandi dans une maison avec quatre salles de bains et employée de maison à demeure.

David avait toujours voulu être ce qu'il n'était pas. Et pour le devenir, le plus facile était encore de se rapprocher de ceux auxquels il voulait ressembler. On pourrait qualifier David d'arriviste, d'ambitieux, d'opportuniste… Ou dire, tout simplement, qu'il était sensible à l'harmonie, à la bonne éducation, aux bonnes manières, aux façons délicates. Le fait est que, lorsqu'il sentait la présence de l'argent, il se sentait attiré comme le papillon de nuit par la lumière. Mais ce n'était pas l'argent qui le motivait, ou pas exclusivement. Il aimait se sentir différent, membre d'un club de gens un peu au-dessus du lot.

Au lecteur de juger.

Ou non.

David a dit la vérité à Elena sur sa relation avec Eva.

Mais pas *toute* la vérité.

« Nous avons vécu comme ça plusieurs années. Je crois qu'elle considérait qu'il valait mieux que ce soit elle qui gère le quotidien, étant donné que j'étais du genre à ne m'occuper de rien. C'est elle qui se chargeait de payer les factures, de faire les courses... Pour moi, c'était la belle vie. Et un jour, de but en blanc, elle me dit qu'elle est enceinte. Ça m'a terrifié. Je ne voulais pas avoir d'enfants. Des enfants, ça veut dire des responsabilités, et les responsabilités n'ont jamais été mon fort. C'est à ce moment-là que je me suis mis à boire et à me droguer pour de bon. Et à avoir des problèmes au boulot... Je ne savais plus mon texte, j'arrivais en retard aux représentations. C'est elle qui, comme toujours, a pris les choses en main. Elle m'a convaincu d'aller voir un thérapeute. Ou plutôt elle m'y a traîné de force. Je me suis retrouvé tout droit en cure de désintoxication. Et je me suis mis à la détester, la pauvre. Parce que je me sentais pris au piège, avec cet enfant qui allait arriver. Et puis aussi parce qu'elle ne remplissait plus sa fonction, qui consistait à faire que j'aille bien, elle ne s'occupait plus de moi. Mais surtout... je me suis mis à la détester... parce qu'elle avait l'air si forte alors que moi, je me sentais faible, vulnérable. Un soir, je suis sorti et j'ai fait n'importe quoi... J'ai disparu pendant trois jours. C'est comme ça que j'ai perdu mon travail, et que j'ai perdu Eva, bien sûr. »

C'est *une partie* de la vérité, mais pas *toute* la vérité. L'histoire complète est évidemment bien plus longue.

La première année, tout était parfait. Il sortait du théâtre et rentrait à la maison, où elle l'attendait encore éveillée, bien qu'elle sache qu'elle devait se lever à sept heures et qu'elle n'allait presque pas dormir. Ils faisaient l'amour, se parlaient, s'écroulaient enchevêtrés, avares de vertiges et gorgés de désir. Ils s'aimaient, se désiraient, se dévoraient, s'idéalisaient, s'imaginaient l'un l'autre. Éblouis, aveugles, ils brisaient le silence de la nuit en murmurant le nom de l'autre, le répétant, le réinventant, se l'échangeant, au milieu de caresses qui étaient autant de gages.

Mais une fois passée cette première année, elle était déjà endormie lorsqu'il revenait. Il en avait conclu que cela n'avait pas de sens de rentrer dormir à ses côtés, et avait donc repris ses habitudes d'avant.

Après la représentation, il allait prendre un verre avec ses camarades. Les premiers temps, il essayait de ne pas trop s'attarder, mais les nuits étaient vite devenues extensibles. Il s'était toutefois fixé une limite. Il fallait qu'il rentre avant six heures et demie, car Eva se réveillait à sept heures et il était important qu'il soit là, qu'ils prennent au moins le petit-déjeuner ensemble. Il arrivait donc à six heures et demie et se douchait pour se débarrasser de l'odeur de fumée, et de celle de l'ivresse.

Mais un jour vint où, à sept heures, il n'était toujours pas rentré. Et ce fut le commencement de la fin.

Ils se mirent à jouer au chat et à la souris. Elle souffrait parce qu'il ne rentrait pas. Elle l'imaginait dormant avec d'autres femmes. Elle pleurait la nuit. Elle se mit à prendre des médicaments pour dormir. À lire les messages sur son portable, à faire ses poches, à poser des questions. Elle se plaignait, se désespérait, devenait comme une pile électrique.

La nuit, elle s'endormait comme les dauphins, un œil entrouvert, guettant son retour, attentive à chaque bruit, au moindre craquement de parquet, à la moindre lueur de phare se reflétant sur la vitre. Seule au cœur de la nuit comme dans un vaste désert, elle ne parvenait jamais à dormir d'un sommeil profond et devait se contenter d'une torpeur intermittente, constellée de cauchemars qui ressemblaient à des araignées monstrueuses, dans l'éternelle attente du retour de David.

Elle avait cru que son amour durerait toute la vie. Elle l'avait cru très sérieusement. Mais tout a une fin. Tout a une fin quand on se laisse définir par l'attitude d'autrui, quand on souffre de dépendance envers quelqu'un, quand on se laisse gagner par la complaisance envers l'angoisse, la tristesse, l'autodestruction, l'intensité d'autrui, quand on est centré sur l'autre au point de renoncer à soi, quand on se laisse entraîner par l'autre dans sa chute.

Tout prit fin lorsque Eva se mit en tête de protéger, de contrôler, de persécuter David. Elle alternait immixtions discrètes et irruptions inopinées dans son intimité. Nous avons déjà dit qu'elle faisait ses poches et lisait les messages sur son mobile. Certains soirs, elle venait le chercher à l'improviste à la sortie du théâtre dans le seul but de s'assurer qu'il n'était pas avec une autre.

Et David fut condamné à jouer son jeu. S'ils avaient eu un tant soit peu de recul, ils ne se seraient pas usés à ces stratégies stériles. Mais ils partageaient une même servitude : dès lors qu'ils étaient dominés par leurs peurs (sa peur à elle qu'il l'abandonne, sa peur à lui qu'elle fasse intrusion dans sa vie), ils cessaient d'être eux-mêmes pour devenir des personnages interprétant des rôles : celui de la persécutrice et celui du persécuté.

C'est pourquoi David, sans même peut-être s'en rendre compte, endossait le rôle du persécuté, continuant de sortir jusqu'à des heures indues au lieu de rentrer chez lui, où il se serait sans nul doute trouvé bien mieux. C'est pourquoi Eva, sans même peut-être s'en rendre compte, jouait à la persécutrice, restant éveillée la nuit en attendant son retour, au lieu de prendre un comprimé pour dormir ou, plus simplement, de chercher un autre partenaire, plus casanier.

Eva et David se confondaient, s'entretissaient, s'imbriquaient sans le vouloir, et du fait qu'il revenait toujours et ne faisait rien pour que la situation cesse, il participait à sa propre persécution.

Il faut être deux pour danser le tango.

Eva a toujours pu compter sur le soutien de David. Elle a toujours cru, ou su, qu'en fin de compte il aimait ce sentiment de persécution, qui se confondait à ses yeux avec le fait d'être aimé. Jamais, de fait, il n'a contesté ses exigences, ses accusations, ses attaques imprévues, ses listes de reproches. Elle a toujours eu le soutien dont elle avait besoin pour accomplir sa tâche, et lui n'avait à opposer à son harcèlement forcené qu'un regard inexpressif.

En avion, David ne manque jamais de lire le mode d'emploi des masques à oxygène. Ce qui importe est moins le fonctionnement en lui-même que l'ordre dans lequel exécuter les instructions. Après l'étape numéro trois, « Enfiler le masque », vient l'étape numéro quatre : « Aider les enfants à enfiler les leurs. » Les enfants ne viennent pas en premier, mais en second. Souvent, nous cherchons à aider les autres. Ils comptent tellement à nos yeux que leurs besoins nous paraissent plus importants que les nôtres. Mais comment les aider si nous sommes vulnérables, si nous sommes sans protection ?

Eva qui paraissait si forte, si solide, si sûre d'elle, si organisée, était au fond très vulnérable, avait besoin d'amour, de protection. Elle était dépendante des autres, de leurs états d'âme, de leurs comportements, de leur état de santé, de leur amour. Elle avait été une enfant si gâtée, si surprotégée, dans cette maison aux quatre salles de bains, avec sa nounou à plein temps pour s'occuper d'elle, qu'elle n'avait jamais rien fait toute seule. Elle ne savait pas, ne pouvait pas. Et ne voulait pas.

C'était une dépendance paradoxale. Extérieurement, tout le monde aurait dit que c'était David qui était dépendant d'elle (elle faisait la cuisine, organisait tout, rangeait, payait les factures), mais en réalité c'est elle qui était dépendante.

Elle paraissait forte, mais elle était désemparée. Elle paraissait contrôlante mais, en réalité, c'était David qui la contrôlait.

Il faudrait l'exprimer aussi abruptement que sur les paquets de cigarettes : rester dans une relation de dépendance nuit gravement à la santé. Ce type de relation perturbe l'estime de soi et détruit la confiance en soi avec une virulence implacable. Lorsque les gens disent que leur couple les tue, ils n'exagèrent pas forcément.

Eva le disait souvent : tout ça va me tuer, tout ça va me tuer. Elle le disait en sanglotant, en soupirant, en criant, parfois en colère, parfois triste, parfois résignée. Elle le disait et s'éteignait à petit feu. Son teint était de plus en plus terne, ses cheveux et ses yeux sans éclat, son pas traînant.

Elle le disait, mais ne partait pas. Elle ne serait pas partie si sa famille ne s'en était pas mêlée, ne lui avait pas fait suivre une thérapie, ne l'avait pas persuadée que, pour l'enfant qui allait naître, il valait mieux qu'elle rompe. Elle ne serait pas partie si David ne lui avait pas dit, à un moment donné, cette phrase faite pour tuer leur amour. Cette phrase qu'il avait déjà prononcée, il est vrai, à de nombreuses reprises, même s'il s'était toujours rétracté ensuite et si Eva avait chaque fois consenti à l'oublier.

Elle ne serait pas partie si David lui-même ne lui avait pas dit cette phrase : « Je crois que je ne t'aime plus. » Elle ne serait pas partie, David en est certain, s'il l'avait suppliée de rester. Mais il était trop effrayé pour cela.

Eva n'avait pas une individualité différente de toutes ces personnes foncièrement rationnelles et pragmatiques qui sont confrontées à leur incapacité à sortir d'une relation, même lorsqu'elles savent très bien qu'elle leur est préjudiciable. Le sens commun leur dit qu'elles doivent y mettre un terme, mais bien souvent, à leur propre désespoir, elles restent accrochées à l'amour comme à une drogue. Aussi accrochées à l'amour que David à la coke.

Elles parlent et agissent comme si quelque chose les retenait, comme si leur relation était une prison où elles seraient recluses. En réalité, la porte de leur prison est grande ouverte, elles n'ont qu'un pas à faire pour sortir. Mais elles ont beau être désespérées, elles restent.

Certaines s'approchent du seuil, puis hésitent. D'autres tentent de brèves sorties, brûlant de respirer l'air du dehors, mais la peur a tôt fait de reprendre le dessus, et elles de retrouver la sécurité de la prison, engluées dans un mélange épais et confus de désespoir et de soulagement.

Quelque chose en elles leur dit qu'il faut sortir.

Quelque chose en elles leur dit qu'il ne faut pas vivre ainsi. Pourtant, comme Eva, une foule de personnes choisissent de rester dans leur prison, sans faire le moindre effort pour changer de vie. Certaines finissent par s'étioler, par agoniser dans un coin de leur cellule, au terme de longues années durant lesquelles elles n'ont pas vraiment vécu.

Chacun construit sa propre prison. Pour les uns, c'est l'amour, pour d'autres l'alcool et les drogues, la corruption, la violence, ou le travail. Parfois, il s'agit d'une prison partagée.

La prison d'Eva était la même que celle de David. La cocaïne, la prison de David, a scellé les barreaux de celle d'Eva. Une prison d'amour, coquette et confortable, à la mansuétude hypnotique, une prison partagée, faite d'émotions mêlées, de désir et de peur. Une griffe de fer enveloppée d'un gant de velours, et qui vous enserre entièrement.

Eva savait au fond d'elle-même que mieux valait pour elle mettre fin à cette relation, mais lorsque venait le moment de le faire, elle restait paralysée. Jamais elle ne parvenait à rassembler son courage.

Elle avait beau savoir qu'elle agissait contre ses intérêts, contre ses désirs les plus profonds, contre sa santé mentale, contre son être même, elle tentait de se leurrer. « Ensemble, nous ne sommes pas si mal », se disait-elle. « Nous nous voyons peu, mais ce peu de temps où nous sommes ensemble est appréciable », se disait-elle. « Je l'aime énormément, et lui aussi », se disait-elle. « Nous sommes bien comme ça », se disait-elle. Elle mentait à ses parents, à ses sœurs, à ses collègues. Elle refusait d'accepter la vérité. Elle dormait et mangeait à peine, sa taille 38 – que lui enviaient ses sœurs, ses amies, ses collègues, et qu'admirait tant son compagnon – n'était pas due à un régime à base de pamplemousse ou de protéines, mais à l'état d'anxiété permanente dans lequel elle vivait.

Ses raisons épidermiques, ses mensonges superficiels cachaient des causes plus profondes. La peur de la solitude, l'insécurité, la faible estime de soi, l'idée qu'elle ne trouverait jamais mieux. David était addict à la cocaïne et Eva était addicte à David.

L'élément addictif n'est pas tant dans la substance que dans la personne qui souffre d'addiction. Dans l'amour d'Eva pour David (si tant est que cela ait été de l'amour, mais David croit fermement se souvenir qu'il y a eu de l'amour, beaucoup d'amour, surtout de l'amour), cet élément addictif prenait la forme d'un besoin compulsif de se lier et de rester liés l'un à l'autre comme par un cordon ombilical.

Pourquoi David, lorsqu'il repense à Eva, parle-t-il toujours d'addiction ? Pourquoi ne l'appelle-t-il pas amour, attirance, ou engagement ? Il est persuadé qu'il y a eu entre eux beaucoup d'amour. Mais pour aimer, pour s'engager vraiment, il faut avoir librement choisi l'autre. Or, Eva n'était pas libre. L'amour qu'elle lui donnait reposait sur un instinct compulsif qui, par définition, limitait sa liberté.

David était incapable d'arrêter de boire ou de se droguer, alors qu'il savait que ce comportement lui était nocif. Eva était incapable de quitter David, alors qu'elle savait, de toute évidence, que David lui était nocif.

C'est pourquoi David, lorsqu'il pense à Eva, pense à une addicte, une addicte compulsive, qui avait autant besoin de lui que lui avait besoin de la coke. Une addicte paralysée de terreur à la seule pensée que leur relation pourrait cesser, la même angoisse, la même peur animale qu'il éprouvait lorsqu'il passait toute une semaine sans alcool ni drogues.

Une addicte bon chic bon genre, ça oui, divine même. Une addicte dont il aimait le phrasé délicieux, la façon d'allonger les voyelles en parlant, la distinction avec laquelle elle tenait ses couverts, tous ces petits détails qui montraient qu'elle avait fréquenté une école privée et grandi dans une maison avec quatre salles de bains et nounou à demeure. Une addicte qui était toujours en jeans Gucci. Taille 38. À deux cents euros la paire.

Tous deux souffraient du même syndrome d'abstinence. Lui pour la coke, elle pour lui.

Durant les années où ils avaient vécu ensemble, il y avait eu beaucoup de ruptures. Chaque fois qu'il s'en allait et qu'il allait habiter chez un ami, elle éprouvait une angoisse plus forte encore que celle que lui ressentait quand il passait une semaine sans se droguer : douleur physique (la poitrine, l'estomac et l'abdomen paraissaient spécialement réactifs), larmes, troubles du sommeil (elle ne fermait pas l'œil de la nuit et arrivait endormie à son travail), irritabilité, état dépressif, sentiment que sans David les plaisirs de l'existence n'avaient plus de sens et qu'il n'existait pas d'autre façon de mettre fin à cette souffrance que de le faire revenir. Le désir pouvait être intense au point de vaincre ses meilleures intentions, de la ramener à l'origine de son addiction. La même Eva qui avait jeté David dehors l'appelait en larmes, vaincue, défaite, repentante, chez l'ami qui hébergeait David.

Derrière cette dépendance extrême se trouvait un sentiment d'incomplétude, de vide, de désespoir, de tristesse, de déboussolement. Un sentiment auquel elle croyait ne pouvoir porter remède qu'en se connectant à quelque chose ou quelqu'un d'extérieur à elle.

Eva avait fait de David le centre de son existence, faute d'avoir son propre centre. Elle avait beau être entourée d'amies, se sentir adorée de sa famille, avoir un travail passionnant et bien payé dans un des cabinets médicaux les plus courus de Madrid, se savoir enviée pour sa taille 38, ses jeans Gucci, son magnifique appartement et son amant beau comme une affiche publicitaire, elle se sentait toujours seule et intensément vide.

C'est pour cette raison que, sans David, le temps, obscur comme un ciel sans étoiles, devenait douloureux, insupportable, interminable, dans cette prison qu'elle s'était construite et où elle s'était enfermée, où elle errait comme une âme en peine, ou comme un chiot à la fourrière, entonnant un chant dérisoire au cœur de l'absence, dans le silence de sa conscience. Une conscience échouée dans l'attente. Une conscience qui ne savait pas être sans David. Une conscience qui, sans David, n'était qu'une question sans réponse.

Il y a sans doute un élément addictif dans toute relation sentimentale, et ce n'est pas un mal en soi, car il peut la rendre plus intense et plus voluptueuse. Qui, après tout, peut se prétendre assez sain d'esprit, mature et maître de soi pour se suffire et ne pas avoir besoin, pour s'épanouir, d'un lien étroit avec quelqu'un ? Ce que la relation amoureuse a de meilleur, c'est le contact qu'elle établit avec cette partie enfouie de nous-mêmes qui n'apparaît que dans la confiance, dans l'intimité.

Ce qui a transformé la relation en addiction est la virulence avec laquelle ces « j'ai besoin de toi » addictifs se sont répandus comme une algue parasite, depuis le lit jusqu'à la vie quotidienne. Le lien est devenu un nœud.

Ainsi s'est créée la prison et s'est perdue la liberté. La liberté de tirer parti de ce qu'on a de meilleur en soi. La liberté d'aimer par désir et non par besoin, de choisir entre rester et partir.

Puisque Eva se sentait malheureuse avec David et voulait néanmoins rester avec lui, comment David pouvait-il savoir si sa décision de rester était fondée sur l'amour ou si elle s'accrochait à lui comme un naufragé à sa planche ?

Il n'a jamais voulu la critiquer, ni voir dans son addiction une faiblesse ou un défaut rédhibitoire. Il se sentait cependant en insécurité en sa présence. Il devinait qu'elle ne l'aimait pas pour lui, mais qu'elle avait besoin de lui malgré lui.

Il ressentait de la compassion pour elle, qui avait à la fois tout et rien. Et c'est cette compassion qui lui faisait également ressentir de la compassion pour lui-même.

La soif de tendresse d'Eva, son angoisse étaient si puissantes, si écrasantes qu'elles pouvaient réduire à néant toute considération pratique (« cette relation est préjudiciable pour ma santé ») comme tout bon sens (« une relation contraignante et sans amour doit être abandonnée »). Pour persévérer dans son addiction, Eva avait appris, face à son propre malheur, à sa douleur, à son désenchantement, à croire contre toute évidence qu'elle était heureuse, à anesthésier compulsivement la douleur, à excuser la tromperie, à enfouir la colère, à étouffer la frustration.

Cette façon de se mentir à soi-même est aussi dangereuse que la morphine qui bloque les symptômes d'une maladie grave et retarde le moment où le patient devra nécessairement se résoudre à être opéré. Jusqu'à ce qu'il soit trop tard et que l'organe malade ne puisse plus être sauvé.

Eva idéalisait David d'une manière très flatteuse pour lui. Il est *tellement* beau, *tellement* bon acteur, *tellement* viril… Qu'importe s'il est un peu écervelé ? C'est un artiste, et on sait bien que les artistes…

C'est ainsi qu'Eva graissait les rouages de la relation, de sorte que le moteur oxydé puisse continuer à tourner. Elle maquillait l'incapacité de David à faire preuve d'affection, de coopération, d'engagement. Et lorsqu'il se montrait froid, distant, dédaigneux, arrogant, elle voyait en lui un être fort, loin de l'enfant vulnérable et déshérité qu'il savait si bien être.

L'importance qu'elle attachait au maintien de sa relation avec lui l'avait amenée à développer des procédés de contrôle très puissants. Elle menaçait souvent de le quitter, bien qu'il sache parfaitement qu'elle en était incapable. Parfois, elle jouait de sa propre faiblesse comme d'autres d'un bâton ou d'une batte de baseball : « Je ne pourrais pas vivre sans toi, je ne sais pas ce que je ferais sans toi, je ne pourrais pas supporter ça sans toi », lui disait-elle, et cette faiblesse même faisait sa force. Mais elle a fini par en payer le prix, car elle se contraignait, ce faisant, à rester faible et à ne pas apparaître comme une personne à part entière.

Longtemps, David avait pu croire sans difficulté que l'estime de soi d'Eva, le sens de son existence, sa survie même, dépendaient de lui. L'addiction d'Eva le flattait terriblement, au point qu'il ne voulait pas la quitter. Il aimait sentir qu'on avait besoin de lui.

Il se demandait souvent si le fait qu'elle soit si prévenante à son égard n'était pas lié à l'insatisfaction que lui procurait leur relation. Eva, son Eva. L'amie toujours disponible, à la fois servante, secrétaire, amante, cuisinière, ménagère. Celle qui, à chaque première, savait persuader toutes ses amies d'enfance de remplir la salle et d'applaudir à tout rompre, celle qui parcourait la moitié de Madrid juchée sur des talons aiguilles de *designer* pour que jamais ne manque, dans le frigidaire, le foie gras d'oie aux truffes et au porto qu'il aimait tant, celle qui s'assurait que la femme de ménage lavait bien à la main les chemises en soie qu'elle lui avait offertes, et qui laissait à cet effet des instructions longues comme le bras, celle qui donnait tout et plus encore parce qu'elle ne voulait pas prendre le risque de s'assurer qu'il la désirerait, l'aimerait, l'apprécierait encore le jour où elle cesserait de lui être utile. Son dévouement absolu rappelait à David le temps heureux et oublié de son enfance, où il était l'objet adulé de tous les efforts et attentions de sa mère. Il aimait le sentiment de sécurité qu'il éprouvait à l'idée qu'Eva, qui s'érigeait en extension de ses désirs, avait tellement besoin de lui que jamais elle ne le quitterait.

Mais, comme Eva n'était qu'un miroir, il ne pouvait trouver en elle quoi que ce soit de nouveau ni de complémentaire : elle n'avait rien qu'elle ne tienne de lui, ne faisait rien qui ne soit pour lui. Même ses jeans Gucci trouvaient en lui leur origine, car elle en portait lors de leur première rencontre et il lui avait répété à satiété combien, de dos, elle l'excitait ainsi vêtue, si bien qu'elle s'était juré de ne plus s'habiller autrement. Aucune marque, elle s'en était convaincue, ne pourrait autant la mettre en valeur.

Lorsqu'il arrivait à David de caresser l'idée de partir, elle réussissait à ce qu'il se sente si coupable... De façon souvent subtile et voilée – regard douloureux, soupir, larmes aux paupières, silence épais – mais parfois plus explicite : « Avec tout ce que je fais pour toi, avec ce que je souffre quand je ne sais pas où tu es, hier j'ai passé toute la nuit sans dormir, à attendre que tu rentres, aujourd'hui j'ai très mal à la tête à force de ne pas avoir dormi, et j'ai mal aux yeux à force de pleurer. »

David, en écoutant cette rengaine rebattue, se sentait à la fois coupable et flatté. Flatté qu'elle l'aime à ce point, coupable de la faire souffrir. Ce mélange de vanité et de culpabilité était *une hécatombe d'espoirs, une débâcle prévisible à maints égards*[1], mais le sentiment de la faute, lentement mais sûrement, condamnait leur amour. Il sentait qu'elle avait pressé le suc de toutes ses fleurs, de tout son sang, pour remplir son calice de lassitude.

Vulnérable comme elle l'était, Eva était jalouse. Il était impossible qu'elle ne le soit pas. Elle avait peur de le perdre, peur de ne pas être à la hauteur. Elle se disait que la première fille qu'il rencontrerait dans un bar serait mieux qu'elle, plus jolie, plus séductrice, plus attirante, plus intelligente. Qu'elle taillerait du 36 au lieu de 38 et que ses jeans lui iraient infiniment mieux.

Il y avait par conséquent, au sein de leur couple, de la suspicion en guise de confiance, de la rancœur en guise d'amitié, de la confusion en guise de sérénité.

Les jeux puérils d'Eva avaient tous un point commun : leur fausseté. Elle avait déjà joué la carte de la victimisation, celle de la servilité, celle de la culpabilité, celle de la jalousie, mais jamais elle n'était elle-même quand elle jouait, jamais elle n'était honnête. Pour David, c'était comme vivre avec Eva mais sans Eva.

Il n'y avait pas eu un seul jour, durant toutes ces années, où il n'ait caressé l'idée de partir. Indécis, il se sentait pris entre deux dangers opposés, aussi délétères l'un que l'autre. Le premier était le danger inhérent à

1. Mario Benedetti, « *La culpa es de uno* », in *A título de inventario. Poesía (1950-2002)*.

son choix de rester dans une relation qu'il ressentait parfois comme malheureuse et contraignante. Le second était la souffrance qu'il pouvait se causer à lui-même et à Eva s'il décidait de rompre de façon impulsive et prématurée. Sa crainte était d'avoir des attentes irréalistes, d'attendre trop d'une relation. La crainte si humaine de se tromper, de jouer perdant.

« Peut-être, se disait-il, est-ce moi qui suis le problème. Moi qui suis trop exigeant, car elle est si douce, si bonne, si dévouée, si prévenante, si gentille, si élégante, si parfaite, si outrageusement belle… » Il se rendait compte qu'elle se comportait comme une mère et lui comme l'enfant qui ne veut pas quitter sa mère avec qui il est si bien, comme l'enfant qui pique une colère parce que sa mère n'est pas parfaite et ne satisfait pas tous ses besoins. L'enfant qui demande la permission de sortir, l'enfant qui a envie de faire des bêtises, de casser ses jouets, de donner des coups de pied partout, de salir ses vêtements, de courir les filles.

Si bonne que soit une relation, elle a toujours un coût, ne serait-ce que la perte de quelques degrés de liberté. Et si mauvaise qu'elle soit, elle comporte toujours certains avantages. David, en faisant le compte des coûts et des avantages, l'inventaire des succès et des échecs, restait échoué sur le rivage de la relation, sans le courage de reprendre la mer car il savait qu'il s'y noierait.

Dans sa tête dansaient des phrases qui se contredisaient les unes les autres. Quand on aime, c'est pour toujours… Lorsqu'on se sent mal dans une relation, ça n'a plus de sens de rester, c'est du masochisme… Il ne faut pas que je la fasse souffrir en rompant… Une relation n'est pas un engagement pour la vie, elle ne vaut que tant qu'elle vous procure ce que l'on souhaite… Une relation est toujours réparable pour peu qu'on essaie vraiment… Elle m'aime trop… Elle ne m'aime pas, elle a seulement besoin de moi… C'est triste de blesser l'autre, mais c'est la vie, il faut qu'elle apprenne à l'accepter… Je ne peux pas lui faire ça. Il était si désemparé, au milieu de toutes ces voix qui parlaient en même temps dans sa tête, qu'il se disait qu'il était en train de devenir fou.

L'idée de rompre avec Eva éveillait en lui des émotions si primaires, si terribles, si douloureuses, que sa volonté en était paralysée. Il s'habituait à la routine, à l'obligation déguisée en quiétude, faisant taire les idées qui lui venaient, étouffant ses griefs, baissant les bras, ralentissant le pas et cachant son spleen sous une feinte équanimité. Il renonçait à être celui qu'il était. C'était comme vivre avec David mais sans David.

Il devenait las de ces remises en cause, de ces contradictions, las des bonnes résolutions et des mauvaises pensées, las de se jurer qu'il arrêterait en sachant qu'il recommencerait, qu'il arrêterait la coke et récidiverait, qu'il quitterait Eva et récidiverait aussi, las de ces va-et-vient, de ces détours et retours, las des promesses brisées et des recommencements, des erreurs errantes et des vaines lamentations, las du vice et du dégoût, las de se mentir, las de la lassitude.

Épuisé, écœuré, vidé.

David ne savait pas ce qu'il voulait. Comme beaucoup, il ne savait pas au juste ce qu'il désirait vraiment, et dépendait des autres pour le savoir.

L'addiction, inexorablement, tuait l'amour. Eva était-elle un être plein d'abnégation qui luttait pour son amour, ou une grande égoïste ? Ne pouvait-elle tout simplement laisser David libre de se tromper ? Elle voulait qu'il vive la vie qu'elle voulait vivre, mais lui ne voulait pas vivre cette vie-là. Sans doute le choix de David était-il autodestructeur, mais c'était son choix. Elle vivait avec l'obsession d'améliorer, de changer, d'altérer, et finalement de contrôler son être.

Elle était à ce point centrée sur David qu'elle avait renoncé à elle-même. Elle avait renoncé à elle-même comme une martyre sublime, une bête sacrifiée sur l'autel de l'amour, animée par l'idée qu'elle se faisait de l'honneur en même temps que par son masochisme voluptueux, sa lascivité fébrile et païenne, sa servilité discrète et obsessionnelle, son romantisme fantasque et torturé, sa recherche compulsive de la plénitude. Animée par l'ivresse illusoire du dévouement.

Lui ne savait s'il devait répondre par la colère ou par le silence, par le rire ou par les larmes, il ne savait où fuir, les ailes chargées de crainte et de tristesse, où traîner ses espérances fanées, où poser ses mains vides, où enfouir cette part secrète, invisible et haïssable de lui-même.

Un jour, elle lui annonça qu'elle était enceinte. David était indigné. Ce n'était pas, disait-il, une décision partagée, discutée, réfléchie. Elle affirmait que c'était un accident, mais il ne la croyait pas.

La pilule a un taux d'échec limité à un pour cent, et il ne pouvait concevoir qu'une personne aussi rigoureuse et organisée qu'Eva, qui avait arrangé l'appartement comme une bonbonnière, avec les livres classés par ordre alphabétique sur les étagères, les vêtements rangés par couleurs dans les armoires, qui tenait sans la moindre erreur l'agenda d'un des cabinets de pédiatrie les plus réputés de Madrid, ait pu oublier une seule fois de la prendre. Un oubli si bête, si insignifiant, qui lui ressemblait si peu.

Il se disait qu'elle l'avait berné, qu'elle l'avait pris dans sa toile comme l'araignée qui tisse et scrute patiemment les fils du piège qu'elle a tendu. Il était certain qu'elle avait arrêté la pilule de façon délibérée, mais il n'en avait pas la preuve, et jamais il n'aurait osé lui proposer d'avorter. Il se sentait à ce point prisonnier qu'il se laissa happer par la spirale de l'alcool et des drogues.

Un soir, il était sorti, comme toujours, avec ses amis. Et ce soir-là, en entrant dans un bar, il revit Caroline. Les yeux turquoise de Caroline, le mètre quatre-vingts de Caroline, l'accent français de Caroline, le danger de Caroline. Cette sirène, malgré sa taille 40 et son jeans élimé raide de crasse, avait un charme contre lequel cinquante Eva n'auraient pas été de taille.

Il ne voulut ni ne sut résister à Caroline. Lorsqu'elle l'embrassa, lorsqu'elle mit sa langue dans sa bouche, au lieu de résister, il décida de changer de destin, répondit à son baiser et avala le comprimé qui se trouvait sur sa langue.

Il sentit soudain un fourmillement lui parcourir le corps, sans savoir s'il était dû au comprimé ou à Caroline. Une légère nausée, comme un mal de mer, mais qui fut bientôt un détail de peu d'importance lorsqu'elle le serra plus fort contre elle et le grisa de son parfum.

Il se sentait aérien, euphorique, tout en éprouvant la conviction très forte que quelque chose d'important était sur le point de lui arriver. Il était à la fois étroitement amarré à Caroline et hors du temps. Jamais il n'avait seulement imaginé qu'on puisse éprouver une telle sensation de pureté, de clarté, d'apesanteur, de finitude. Une euphorie blanche. Il crut que c'était de l'amour, un amour qui n'était pas lié à Caroline, mais émanait de lui et s'adressait au monde entier.

Il ignorait que les effets du comprimé pouvaient durer trois jours. Il ne savait pas qu'il venait d'ingérer cent vingt milligrammes de MDMA presque pur. Il ne savait pas que la sensation de désinhibition et d'hyperstimulation tactile était l'effet de la drogue en train d'altérer ses connexions neuronales.

Il savait, par contre, qu'il désirait rester accroché à Caroline. Et il resta accroché à elle durant trois jours. Il savait aussi qu'il était en train de ruiner sa vie en même temps qu'il la reconstruisait.

Plus tard, il prétendit avec constance que la drogue avait annihilé sa volonté. Mais il est fort probable qu'elle l'ait seulement aidé à faire ce qu'il désirait vraiment.

Lorsqu'il rentra à la maison, en ayant bien répété le parfait monologue du mauvais sujet repenti, Eva n'était pas là. Les rôles s'étaient brusquement inversés. C'était désormais lui qui ne cessait de l'appeler sur son portable et de tomber sur son répondeur. C'était lui le persécuteur et elle la persécutée. Évidemment, il n'avait pas la moindre idée de l'endroit où elle pouvait être.

Comment David aurait-il pu penser qu'au bout de trois jours passés à composer en boucle les neuf chiffres de son numéro, à appeler l'un après l'autre tous leurs amis communs sans obtenir le moindre indice quant à l'endroit où il pouvait se trouver, à téléphoner à ses amies et connaissances à lui, à imaginer toutes les possibilités – qu'il soit parti avec une autre (ce qui était effectivement le cas), qu'il soit hors de combat pour avoir pris trop de drogues (ce qui était également le cas : il avait perdu connaissance après deux nuits passées dans le lit de Caroline sans dormir), qu'il se soit fait attaquer dans la rue (ce qui ne s'était pas produit, mais avait été tout près de l'être, à la sortie d'un bouge) –, à envisager d'aller déclarer sa disparition au commissariat (avant de réaliser qu'elle n'avait aucun titre pour le faire puisqu'il était majeur, qu'ils n'étaient pas mariés et qu'il n'était même pas recensé comme habitant l'appartement dont elle était propriétaire), comment aurait-il pu deviner qu'Eva avait fini, au bout de trois jours, par se rendre aux urgences, en proie à une crise d'angoisse, à une tachycardie galopante et à une telle oppression de la poitrine qu'elle se croyait au bord de l'infarctus ?

Comment aurait-il imaginé que l'urgentiste qui avait accueilli Eva l'avait dirigée vers un psychiatre de l'hôpital ? Comment aurait-il su que les psychiatres, ne pouvant lui administrer aucun calmant compte tenu de son état, l'avaient gardée en observation et avaient prévenu ses parents, et que ces derniers, mal disposés depuis toujours envers le compagnon de leur fille, avaient pris l'initiative de lui confisquer son portable, de la ramener chez eux et de faire venir un thérapeute ?

Comment aurait-il imaginé qu'Eva était définitivement perdue pour lui, sa famille unanime ayant décidé que l'enfant qui allait naître ne méritait pas un tel père ?

Cette famille à la diction exquise, cette mère qui allongeait les voyelles en parlant, qui savait se servir d'une fourchette à poisson, d'une fourchette à viande, d'une fourchette à dessert et même d'une fourchette à huîtres, ce père qui avait financé les écoles élitistes de ses filles et acheté cette maison luxueuse avec quatre salles de bains et employée de maison à demeure, cette famille, donc, aurait pu supporter à la rigueur, en bonne famille bourgeoise catholique qui se respecte, qu'elle vive avec un saltimbanque irréfléchi, mais elle ne pouvait tolérer qu'un bébé né de leur sang – de leur sang ! – soit élevé par un père capable de disparaître des jours entiers. C'était au-dessus de leurs forces. Ils préféraient encore voir leur fille seule que mal accompagnée. Elle ne serait d'ailleurs pas seule, puisqu'ils s'occuperaient de tout.

David n'a arrêté la cocaïne qu'après avoir été quitté par Eva. Ou plutôt après que sa famille l'a obligée à le quitter. S'il était resté avec elle, il n'aurait jamais arrêté la cocaïne. En effet, Eva, sans le savoir, facilitait son addiction. Chaque fois qu'il allait mal, elle l'aidait. Elle était toujours là. Si bien qu'il ne touchait jamais le fond.

C'est quand elle l'a quitté qu'il a touché le fond. Mais c'est alors aussi qu'il a commencé à remonter vers la surface.

TU N'ES PAS DU GENRE VULNÉRABLE

— Mais, pour l'amour du Ciel ! Que lui as-tu donc dit ? Je l'ai trouvée bouleversée, en train de pleurer toutes les larmes de son corps.

— De pleurer ? Comment ça, de pleurer ?

— Des larmes, des sanglots, tu sais bien... Pleurer.

— Mais quand je l'ai quittée, elle était... Elle était bien, elle était en forme, elle était digne.

— Écoute, je ne sais pas ce que tu lui as dit, mais tu l'as vraiment mise sens dessus dessous.

— Elle t'a dit ce qui s'est passé ?

— Non, elle m'a seulement dit que tu ne voulais plus revenir.

— Je n'ai jamais dit ça ! Au contraire, c'est elle qui avait l'air de ne plus vouloir que je vienne.

— Mais qu'est-ce qui s'est passé ?

— Honnêtement, je ne veux pas t'en parler, c'était une conversation entre nous.

— Peut-être, mais je te rappelle tout de même que... Tu es ici à mon invitation, et...

— Le fait que tu me paies l'hôtel te donne le droit de connaître ma vie intime ?

— Pas seulement l'hôtel, si tu permets.

— Soit. Donc, me dédommager pour le temps que je consacre à ta cousine te donne le droit de connaître ma vie intime ?

— Ça me donne le droit de te demander de ne pas faire souffrir Elena.

— Et si c'était elle qui me faisait souffrir ?

— Tu me permettras d'en douter.

— Ah oui ? Et pourquoi, si je peux savoir ?

— Parce que tu n'es pas du genre vulnérable, ni elle du genre à faire souffrir les autres.

Il vide sa bière d'un trait, dans un accès d'audace et de fierté.

— Je vais te dire une chose, Alexia : je m'en vais de ce pas à la clinique demander pardon à ta cousine. Mais je veux que ce soit bien clair : je n'y vais pas parce que tu me le demandes, encore moins parce que tu me paies pour ça. J'y vais parce que ta cousine est une grande dame, une femme formidable qui ne mérite pas que moi ni personne la fasse pleurer. Nous sommes bien d'accord ?

— Nous sommes bien d'accord.

Il se lève et s'apprête à partir. Alexia dit alors :

— C'est ma cousine qui avait raison.

— Pourquoi ?

— Elle m'a dit que tu étais quelqu'un de bien, mais que ton orgueil te perdrait.

PIEUX MENSONGES

Elena regarde par la fenêtre, vers ce dehors duquel doit arriver David. L'image a l'aspect calme et lointain d'une île cachée au cœur d'un océan agité, d'une île étrangère à cette pure vibration, à ce pur moment qu'est la tempête. Un moment appelé à se dissoudre à jamais dans les confins du temps tandis que le navire d'Elena se fracassera contre l'imminente obscurité, mais elle est si entièrement plongée dans le souvenir de David qu'elle ne le voit même pas, bien qu'elle guette sa venue. Et soudain, magie ou volonté, son désir se matérialise, l'image de David apparaît dans l'encadrement de la porte. Il entre avec un paquet presque trop grand pour tenir dans ses mains.

— David… ? David ! Qu'est-ce que tu fais là ?

— Rien, je suis venu t'apporter un cadeau.

Elena est émue comme une petite fille le matin des Rois, son sourire brille comme une cuiller d'argent.

— Mais je croyais que tu n'allais plus revenir.

— Tu vois bien que si. Je t'ai apporté un cadeau.

Il pose une boîte en carton sur la table.

— Mon Dieu, quel bonheur ! Qu'est-ce que c'est ?

— Comme on ne peut pas t'apporter de fleurs ni de chocolats ni de peluches…

— Les peluches, c'est à cause des acariens.

— Donc je t'ai apporté ça.

Il ouvre la boîte et en sort une robe noire magnifique, une robe de soirée. Il la déploie devant elle, la laissant flotter comme si la femme qui aurait dû l'habiter s'était échappée d'entre ses plis.

— Mais qu'est-ce que c'est ?

— Qu'est-ce que ça peut bien être ? Une robe, voyons.

— Je vois bien, une robe de rêve.

— Taille S. Il y avait trois tailles seulement : S, M et L. La vendeuse m'a assuré qu'elle t'irait bien, qu'elle s'ajuste à tous les corps. Je lui ai dit que tout t'allait…

C'est une robe bustier avec tutu, qui s'ajuste effectivement à n'importe quelle silhouette.

— Quel flatteur… Cette robe est…

— Merveilleuse !

— C'est le mot !

Elle a un sourire étrange, un demi-sourire comme celui de la Joconde, un sourire qui n'en est pas un car l'expression qui affleure à ses lèvres, pourtant retroussées, ressemble plutôt à un masque de douleur.

— Elena… Je t'en supplie… Ce n'était pas du tout une folie…

— Idiot… Mais pourquoi as-tu fait ça ? Je ne pourrai jamais la mettre, je ne sortirai peut-être jamais d'ici…

— Même si tu ne sors pas, un jour tu la mettras, tu la mettras ici… Parce qu'il y a aussi autre chose… Regarde au fond de la boîte.

Elena met la main au fond, en sort deux mini-enceintes.

— Qu'est-ce que c'est encore ?

— Tu vas voir…

David sort son iPod du sac. Il le connecte aux enceintes, le pose sur la petite table. Cole Porter. *You*

Do Something to Me. La musique est toute proche, les enveloppe, égrène ses notes, ou ses gouttes. On ne peut ni mettre en ordre le désordre, ni mettre en désordre l'ordre étrange de la musique. Le cœur de la musique est indicible, insaisissable, on ne peut décrire son espace absent, l'éternité d'un battement de cils, telle la vibration harmonieuse, infinie, que nous continuons de recevoir des étoiles mortes. La musique, David le sent, est un fil qui fait ce que les mots n'ont jamais pu faire. Un fil qui le relie, enfin, à Elena, comme une corde aussi fine qu'inaltérable.

— La musique, Elena, la musique. Quand tu voudras, tu mettras la robe et nous danserons ensemble…

— Je ne peux pas le croire… Je ne peux vraiment pas le croire. C'est…

Ils le disent tous deux en même temps :

— Merveilleux !

Ils rient à l'unisson. Elena sèche ses larmes, dont on ne sait si elles sont de joie ou de tristesse. Elle rit, et son rire a des accents de sanglots fugitifs ; elle pleure, et chaque larme est comme un éclat de rire. David s'assied dans le fauteuil. Il tend la main vers l'iPod et baisse le son.

— Écoute, Elena… Je regrette ce que j'ai dit hier, vraiment. Je n'en avais pas le droit. Tu es quelqu'un de formidable. La meilleure personne que j'aie connue, avec Eva, je parlais sérieusement quand je l'ai dit. C'est pour ça que je n'avais pas le droit de te faire souffrir.

— Mais, David… Tu me connais à peine… Tu ne peux pas savoir si je suis ou non quelqu'un de formidable.

— Bien sûr que si… Tu peux dire ce que tu veux, je ne crois pas que beaucoup de femmes auraient eu le courage, la… la bonté d'aller voir leur mari en prison après le scandale. Et de parler de lui avec la tendresse, le respect avec lesquels tu parles de lui. Combien en connais-tu, dans ton milieu, qui seraient restées à ses côtés ? Pas beaucoup. Tu as démontré que tu étais une vraie compagne, une vraie amie…

— David, je crois que tu te trompes…

— Non, je ne me trompe pas.

— Tu sais, David, je… je n'étais pas seule. Tu comprends ?

— Non… Que veux-tu dire ?

— Il y avait quelqu'un d'autre. J'étais mariée, mais j'avais un amant. Ça facilitait bien des choses…

— Un amant ? Comme dans les films ? Mais oui… Bien sûr… Ça change tout. Et qui était-ce ? Le jardinier ? Le prof de voile ?

— Arrête avec tes poncifs. C'était un monsieur qui avait une entreprise, un promoteur.

— Ah… Et qu'est-il devenu ?

— Va savoir… Nous avons rompu il y a un certain temps. Quelque chose comme un an avant le scandale avec Jaume. Je crois qu'en ce moment il vit à Barcelone.

— Et ça a duré longtemps ? Je veux dire votre histoire.

— Huit ans.

— C'est plus que mes liaisons. C'est ce qu'on appelle une relation sérieuse.

— C'est ce que je croyais… Tu sais qu'il n'est jamais venu me voir à l'hôpital ?

— Il ne sait peut-être pas que tu es malade.

— Si, il le sait.

— Alors, quel connard !

— Quel lâche, surtout.

— Oui, aussi.

— Je ne sais pas, mais hier, quand tu me racontais ton histoire de statue, tu m'as fait penser…

— Moi ?

— Oui, quand tu m'as dit que tu allais mal parce qu'elle t'avait obligé à arrêter la cocaïne et que tu ne voulais pas… Je crois que c'est quelque chose comme ça qui nous est arrivé.

— Il prenait de la coke, lui aussi ? Putain, ces promoteurs des Baléares…

— Bien sûr que non… Mais il était marié, je voulais qu'il quitte sa femme, et lui ne voulait pas. Il a quand même fini par la quitter. Mais sans que j'y sois pour quelque chose. Et il ne l'a pas quittée pour moi.

— Moi aussi, j'ai arrêté la coke. Sans Eva. Et pas pour elle.

— Ah oui ?

— Oui. Ça fait cinq ans.

— Comment as-tu fait ? Tu es allé dans un centre, suivre une thérapie ?

— Pas du tout. J'ai été renvoyé de mon travail, je me suis retrouvé seul… J'ai d'abord continué à me droguer un certain temps, vu que je touchais tout de même le chômage et que je faisais des petits boulots, et puis les femmes ne manquaient pas autour de moi.

— Quelle modestie…

— Bon, tu imagines bien que… la quantité ne va pas toujours avec la qualité. Mais au bout d'un moment, j'ai touché le fond. Je me suis retrouvé sans un radis. Et puis, je suis tombé sur une vieille amie, une fille…

— Merveilleuse ?

— On peut dire ça. Oui, merveilleuse, c'est le mot. Mais je n'étais pas trop en état d'en juger, tellement j'étais au bout du rouleau. Je ne pouvais même pas payer mon loyer, si bien que j'ai fini par être expulsé.

Et il se trouve que cette fille avait, d'ailleurs elle l'a toujours, une maison dans la Sierra de Madrid. On s'y est installés. On est restés là plusieurs mois… Alors, tu peux imaginer : nausées, sueur, frissons, tremblement, anxiété, dépression, insomnie, panique, crises d'angoisse…

— Je connais. J'ai vécu ça, moi aussi.

— Tu t'es déjà droguée ?

— Jamais de la vie, mais j'ai vécu ça quand Guillem m'a quittée.

— Le fameux promoteur ?

— Lui-même. Mon amant. La même chose, exactement.

— On dit que l'amour est une drogue dure.

— Je ne sais pas, je n'ai jamais essayé la drogue. Mais l'amour, oui.

— Tu étais à ce point amoureuse de lui ?

— Plus encore.

— Et… comment l'as-tu connu ?

— Je le connaissais depuis toujours. Avant même de me marier. Majorque est une île, David. Tout le monde se connaît, surtout dans un certain milieu.

— Et comment êtes-vous passés d'amis à… ?

— Une histoire de chiens. Nous adorons tous les deux les chiens, et ils venaient, le sien et les miens, du même éleveur. Comme les goldens ont besoin de beaucoup se dépenser, je sortais courir avec eux dans une pinède près de chez moi, où je tombais parfois sur lui. Et une chose en a amené une autre.

— Et donc, comme ça, vous avez promené vos chiens ensemble pendant huit ans ?

— Bien sûr que non ! Un après-midi, nous nous sommes assis sur un banc pendant que les chiens vaquaient de leur côté, et il s'est mis à me dire que son couple battait de l'aile. Je savais qu'il ne me racontait pas d'histoires, je connaissais sa femme, elle était toujours malade, dépressive…

— Avec cachets et tout ça ?

— Oui, et même clinique, parfois, tellement elle allait mal. Je me suis sentie flattée qu'il me confie quelque chose d'aussi personnel. Et il m'a dit à quel point ça lui avait fait du bien de me parler, jamais il n'avait parlé à quelqu'un comme à moi… Deux jours après, nous avons reparlé, cette fois en nous promenant, et à la fin de la promenade il m'a embrassée.

— Comme c'est romantique…

— Pour moi, ça l'était. N'oublie pas qu'avec Jaume je n'avais même pas droit à l'illusion de l'amour. J'avais fini par me rendre compte, au bout de sept ans de mariage, que mon mari était incapable de me désirer. Mais je savais deux choses : qu'il avait besoin de moi, et que j'étais la seule à pouvoir le supporter. Que s'il ne m'avait plus, il se retrouverait seul. J'avais donc au moins la garantie qu'il resterait, et c'est pour ça que je ne m'en allais pas. À la fois par compassion et parce que j'étais bien comme ça. Mais, en fait, je n'étais pas si bien que ça. Et quand Guillem est apparu dans ma vie, eh bien… ça a été incroyable…

— Merveilleux.

— Tu l'as dit. Je suis tombée amoureuse comme une collégienne. Quelque temps après, dans un de ses programmes de résidences de standing, il a aménagé un appartement en bord de mer, rien que pour nous, et nous nous y retrouvions chaque fois que nous avions un moment. Ma vie s'est alors mise à tourner tout entière autour de ces moments que nous passions ensemble. Il me disait exactement ce que j'avais besoin d'entendre : que j'étais unique, adorable…

— Il ne te disait pas que tu étais merveilleuse ?

— Si, bien sûr ! Que j'étais merveilleuse, que je le rendais plus heureux qu'il ne l'avait jamais été. Mais jamais il ne m'a fait de promesses, jamais il n'a parlé de quitter sa femme. D'ailleurs, moi non plus, au début, je ne voulais pas qu'il la quitte. Je voulais créer entre nous un lien qui soit… pur. Qui n'ait rien à voir avec l'intérêt, seulement avec l'amour, et je mettais mon point d'honneur à ne rien exiger…

— Mais vous, les femmes, vous finissez toujours par exiger.

— Tu crois ?

— Selon mon expérience, oui. La fille qui a cette maison dans la Sierra, Caroline, me disait la même chose au début. Elle ne voulait pas m'attacher, elle n'exigeait pas d'engagement de ma part… Et maintenant, tu ne peux pas savoir les états dans lesquels elle se met, combien elle est jalouse, exigeante…

— Donc, tu es avec quelqu'un.

— Non, pas vraiment, nous ne sommes même pas un couple. Ou peut-être que si… À vrai dire, je ne sais pas. Je ne mets pas d'étiquette sur cette relation… Nous sommes bien ensemble, nous nous entendons bien sexuellement…

— C'est ça qui me manque le plus, le sexe.

— Mais ta cousine Alexia te croit quasiment vierge.

— Mais pas du tout ! Elle se trompe complètement. Pour reprendre ce que tu disais tout à l'heure, je n'ai pas eu la quantité, mais la qualité, si… Vraiment. Le peu de temps que nous passions ensemble, Guillem et moi, nous le passions à faire l'amour. Dès qu'enfin nous étions seuls, nous nous sautions dessus. C'était si intense, si excitant, que parfois nous avions du mal à croire que le sexe puisse être aussi…

— Aussi merveilleux ?

— C'est ça. Aussi merveilleux pour l'un et pour l'autre. Et puis après, bien sûr, il fallait repartir chacun de son côté. Après chacune de ces séparations, je passais le plus clair de mon temps à me faire belle pour la prochaine rencontre. J'ai dépensé des fortunes en lingerie et en produits de beauté, je voulais qu'il me trouve sublime…

— Et quand as-tu décidé que ça ne te suffisait plus ?

— Ce qui est curieux, c'est que je voulais qu'il quitte sa femme non pas pour moi, mais parce que je voyais qu'il allait mal, qu'il était de plus en plus amer, de plus en plus triste. Et elle aussi. Je t'ai dit qu'elle était toujours entre ses traitements et ses séjours en clinique. Je me suis mise à lire des livres de développement personnel, des tas… Et j'en suis venue à la conclusion qu'il irait mieux, et elle aussi, s'ils osaient s'avouer la vérité, à savoir qu'ils ne se supportaient plus l'un l'autre.

— Ça paraît logique. Pourquoi est-ce qu'ils restaient ensemble ?

— Il avait pitié d'elle, il se disait, en la voyant si déprimée, qu'elle allait se suicider s'il la quittait. C'est en tout cas ce qu'il me disait…

— L'enfer, quoi.

— D'une certaine façon… Maintenant, tu comprends pourquoi moi non plus, de mon côté, je ne languissais pas tellement après Jaume. Je vivais dans l'obsession de Guillem. Et ça m'arrangeait bien que mon mari ne soit jamais à la maison, qu'il ne me demande jamais si je sortais ni quand j'allais rentrer. Mais si je ne voulais pas le quitter, c'est aussi parce que Guillem ne voulait pas quitter sa femme…

— Mais il a fini par le faire, non ?

— Oui, pour partir avec une fille de vingt-cinq ans. Ça a fait plus que du bruit.

— Je veux bien te croire.

— Hier, quand tu m'as raconté que tu étais resté trois jours sans remettre les pieds chez toi, je me suis dit que cette jeune fille avait été un peu l'équivalent pour lui de tes trois jours de fredaine. Que j'étais trop insistante, qu'il avait fini par en avoir assez de moi et qu'il avait trouvé la façon la plus commode de nous envoyer promener toutes les deux, sa femme et moi : en prendre une troisième.

— Toute cette histoire est incroyable… Et dire que la pauvre Alexia croit dur comme fer à ce conte de fées de l'Elenita pleine d'abnégation qui n'a connu que deux hommes dans sa vie…

— Elle t'a dit ça ?

— Oui… Tu sais, je crois que tu devrais lui raconter ce que tu viens de me confier.

— Tu es fou, jamais de la vie.

— Mais elle souffre pour toi, elle se dit que tu vas mourir sans avoir connu le sexe entre adultes, ni l'amour, ni rien, que tu as mené une vie terne, stérile, gâchée…

— Peut-être, mais je ne peux absolument pas lui raconter ça.

— Elena, je t'accorde qu'Alexia est bourgeoise jusqu'au bout des ongles, mais je pense qu'elle est à même de comprendre.

— Écoute, David, c'est un homme très connu dans Palma, il a une femme, des enfants. Je connais sa femme. Et c'est une chose qu'elle et les enfants sachent qu'il est parti avec une jeunesse, événement qui est, qu'on le veuille ou non, d'une assez grande banalité, c'en est une autre qu'ils apprennent qu'il a eu une liaison pendant huit ans, excusez du peu, avec une amie de la famille.

Ça leur ferait trop de peine. Et si je le raconte à Alexia, je peux t'assurer que la femme de Guillem le saura.

— Bon, vu comme ça…

— Je n'ai jamais menti à Alexia. Jamais.

— Mais qu'est-ce que tu racontes ? Comment as-tu le culot de dire ça… ?

— Simplement, je ne lui ai pas dit toute la vérité.

— Sophisme.

— Et toi, ça ne t'arrive jamais de mentir ?

— Si, bien sûr. Surtout ces derniers temps, à vrai dire. Mais quand ça m'arrive, ça me met plutôt mal à l'aise. Même si, comme toi, ce sont ce qu'on peut appeler de pieux mensonges.

— Excuse-moi… Quelle heure est-il ?

— Sept heures et demie.

— Alors il faut que tu partes. L'infirmière vient à huit heures, et ce qu'on doit me faire ne va pas être très agréable à regarder.

— À demain, alors.

— À demain.

Il se lève.

— David…

— Quoi ?

— Tu peux me laisser ton iPod ?

— Oui, je te le prête, comme ça tu auras de la musique.

— C'est gentil, merci beaucoup.

— Comme ça, tu te souviendras de moi.

— Je m'en serais souvenue de toute façon. Merci quand même.

LA MÉTAMORPHOSE D'ELENA

Nous l'avons déjà raconté :

« C'était un 15 octobre, jour de la Sainte-Thérèse, à la soirée d'anniversaire d'une amie, au Club nautique. Elena était là, ses parents étaient là, tout Palma était là, et elle se sentait minuscule, insignifiante. Pendant que son père avait le dos tourné, elle avait hélé un serveur et sifflé d'affilée deux coupes de cava. *Tout avait alors changé de couleur pour prendre une teinte dorée, d'un doré pétillant. Elle avait été prise d'une envie de rire, de parler avec tout le monde, et s'était mise à flirter effrontément avec un garçon qui ne lui avait jamais plu, mais dont elle savait qu'elle lui plaisait. »*

Poursuivons l'histoire au conditionnel. Si Elena avait continué de flirter avec ce garçon, si elle n'avait pas embrassé Jaume, quelle vie aurait-elle eue ?

Car celui qui avait été privé d'Elena, puisque c'est finalement Jaume qu'elle avait embrassé, continua de penser à elle durant toutes ces années. Mais comment Elena aurait-elle pu le savoir ?

Quand Alexia lui avait offert son premier chien, Elena avait été très irritée. Elle n'en avait évidemment rien dit, car elle ne voulait ni peiner ni vexer sa cousine, mais elle se doutait de ce qu'Alexia avait dû penser. Ça lui fera de la compagnie, la pauvre, elle est si seule, son mari n'est jamais à la maison, et en plus elle n'a même pas pu avoir d'enfants. L'irritation n'avait cependant guère duré. Elle avait beau comprendre que le chien était censé remplacer l'enfant qu'elle n'avait pas, et vouloir éviter de s'attacher trop à lui, elle n'avait pu faire autrement. Au bout de quelques jours, le chien dormait dans sa chambre et la suivait partout dans la maison. Il lui donnait l'amour qu'elle ne trouvait ni chez ses parents, ni chez son mari. Patient, soumis, dévoué corps et âme, il était son gardien et son défenseur. Elle osait enfin sortir faire son jogging à six heures et demie du matin, avant le lever du jour, car elle savait que personne n'oserait l'attaquer ni la violer en présence de cet animal de près de quarante kilos. Elle l'amenait également à la boutique pour qu'il la protège d'éventuels malfaiteurs. Le chien était trop placide pour sauter à la gorge de quiconque, mais il en imposait par sa taille.

Deux ans plus tard, son mari lui avait offert son second chien, une femelle cette fois. Quand elle partait courir le matin, elle n'avait même plus besoin de les tenir tous deux en laisse. Ils la suivaient, l'un à sa gauche, l'autre à sa droite, comme s'ils surveillaient un troupeau.

Jamais elle ne songea que sa première rencontre avec Guillem, au cours d'une de ces promenades matinales, pouvait ne pas être un simple hasard. Elle ne se souvenait plus que c'est elle-même qui, à la terrasse du Club nautique où divers amis et connaissances prenaient l'apéritif, avait raconté qu'elle aimait aller courir dans la pinède, détaillant même l'itinéraire qu'elle suivait chaque matin. Il ne lui vint donc pas à l'esprit que Guillem avait tout calculé pour se trouver seul avec elle, ni qu'il prenait sur ses heures de sommeil car il se couchait tard tous les soirs, occupé qu'il était par ses innombrables activités plus ou moins honnêtes. Et elle était à cent lieues d'imaginer que, depuis des années, depuis cette soirée du 15 octobre où Jaume lui était passé devant, il s'était juré qu'un jour il coucherait avec elle.

Bien qu'elle sache que tout ce qu'il lui disait était véridique, que sa femme était réellement malade, sous traitement, que leur couple n'en était plus un et qu'il en souffrait sincèrement, elle se doutait plus ou moins qu'il se servait de cet élément comme d'un leurre afin qu'elle le prenne en pitié, qu'elle éprouve le besoin de le protéger, de lui donner de l'amour, de le serrer dans ses bras. Mais elle ne soupçonnait pas qu'il avait tressé à dessein, comme l'araignée qui tisse patiemment sa toile dans la pénombre pour attraper le papillon, un filet de fausses vérités dans lequel elle s'était laissé prendre.

Ingénue et inexperte, elle ne s'était rendu compte de rien. C'est ainsi qu'un matin, sous les pins aux branches festonnées de perles de rosée scintillant comme des diamants, sous la caresse silencieuse de la brise marine entre les arbres et les trilles soutenus des oiseaux, sous les hosties de soleil qui trouaient les frondaisons pour tapisser de paillettes le chemin sur lequel ils couraient, Guillem, se sentant venu à bout des défenses d'Elena, déposa sur ses lèvres le fruit magique, et légèrement acide, de leur premier baiser adultère.

— Tout cela me paraît… – dit-elle en reculant légèrement – comment dire… intimidant, étrange…

Elle l'entendit respirer très fort.

— Intimidant ? Mais, Elena, nous nous connaissons depuis toujours. Nous venons de nous confier nos pensées les plus intimes. Nous sommes mariés tous les deux, mais c'est comme si nous ne l'étions pas. Elena, ne baisse pas la tête, s'il te plaît. Je veux voir ton visage… J'aime quand tu rougis… Elena, tu m'en veux ? Je t'ai blessée ?

— Non, répondit-elle sincèrement.

— Bien.

— C'est juste que tu es un peu… présomptueux.

Il leva un sourcil, et elle crut le voir légèrement rougir à son tour.

— J'ai l'habitude de faire les choses à ma façon, murmura-t-il. Dans tous les domaines. Tu devrais le savoir, depuis le temps.

— Il faut que je réfléchisse. Je ne sais pas si je suis prête.

Sur ces mots, elle se leva et partit en courant, escortée de ses deux chiens. Il ne la suivit pas. Il resta là, immobile. Elle ne se retourna pas et jeta désormais sur ce qui avait été jusque-là son chemin habituel un regard différent.

Elle rentra, prit une douche, s'efforça d'oublier Guillem, de ne plus penser qu'elle était amie avec sa femme, qu'il était marié, qu'il avait des enfants, que leurs deux familles se connaissaient depuis toujours. De ne plus penser au calice obscur qu'elle recelait en elle et qui contenait un breuvage délectable et défendu. Mais elle n'y parvenait pas. Inquiète et incertaine, elle se remémorait sans cesse ce baiser, tel un bateau chargé des promesses et des espoirs d'une vie qui rompe avec les ternes rivages familiers.

Elle se mit à rêver de lui. Et à éprouver, au réveil, le sentiment que le jour la dépouillait d'un présent secret, inouï de beauté, qui somnolait dans l'obscurité. Elle ne pouvait s'empêcher de penser à lui, à ses lèvres, à son nom, mais il n'était plus revenu courir sur le chemin, et elle ne l'avait plus revu. Elle n'avait pas osé lui téléphoner, bien qu'elle ait son numéro. Lui non plus ne lui avait pas téléphoné, bien qu'il ait forcément le sien.

Elle avait essayé tous les procédés possibles pour se convaincre que ce baiser n'était qu'une erreur sans conséquence, qu'il suffisait d'oublier. Mais le désir était trop fort, l'ennui et la frustration aussi. Dans ses journées répétitives, monotones, languissantes, Guillem avait introduit un changement qui en annonçait un autre plus grand encore, un changement qui ferait d'elle une femme plus heureuse, plus accomplie, plus sage, plus adulte.

Ce fut un mardi d'octobre. Aucune cliente n'était venue au magasin de tout l'après-midi. Elena en avait profité pour vérifier des factures, des bordereaux, pour appeler des fournisseurs. Tout en continuant, au milieu de ces diverses tâches, de penser à Guillem. Elle avait donc décidé de fermer plus tôt, avait pris un bikini parmi ceux qu'elle avait en stock et s'était rendue à la plage en se disant qu'elle serait sans doute déserte.

L'eau était glacée, mais elle aimait ça. Elle avait envie de se changer les idées, de se dépenser, de se prouver qu'elle était de taille à supporter le froid. Elle nagea à grandes brasses énergiques, jusqu'à ce qu'elle soit fatiguée. Puis elle sortit de l'eau, se sécha, se rhabilla. Personne ne l'attendait à la maison. Jaume était à Madrid, à une réunion du parti, c'était du moins ce qu'il lui avait dit. Devant elle, sur la plage, se trouvait un hôtel de bord de mer, un immeuble mastoc en béton blanc qui devait avoir plus de cinquante ans. Elle se rappelait qu'il y avait, dans cet hôtel, une piscine et un bar.

Elle marcha jusque-là, s'installa au bar, commanda

un mojito et s'apprêta à contempler le coucher du soleil sur la mer. Le mojito fut suivi d'un autre, puis d'un autre. Il commençait à faire nuit, elle avait froid. L'idée lui vint subitement de chercher dans le répertoire de son portable le numéro de Guillem. Elle ne savait pas au juste pourquoi elle l'avait, mais finit par se souvenir qu'il le lui avait donné, un jour, en lui disant que, si d'aventure elle avait besoin d'un vétérinaire, il pourrait la mettre en relation avec la meilleure clinique de l'île. Elle n'eut qu'à presser une touche, et le numéro s'afficha.

— Elena ?

Il était évidemment surpris qu'elle appelle. Elle était tout aussi surprise d'être en train de l'appeler.

— Guillem ? demanda-t-elle en laissant traîner les syllabes.

— Elena ? Tu vas bien ? Tu as une voix bizarre.

— Ce n'est pas moi qui suis bizarre, c'est toi.

— Elena, tu as bu ?

— Qu'est-ce que ça peut te faire ?

— Simple curiosité… Où es-tu ?

— Dans un bar.

— Quel bar ? demanda-t-il, agacé.

— Un bar.

— Où est Jaume ?

— Est-ce que je sais, moi, où est Jaume… En voyage, à Madrid, à une réunion. C'est ce qu'il dit. Va savoir où il est vraiment.

— Tu es ivre… Comment comptes-tu rentrer ? Tu ne peux pas conduire dans cet état…

— Je me débrouillerai. Il y a des taxis.

— Mais dans quel bar es-tu ?

— Pourquoi ne m'as-tu pas téléphoné ?

— Elena, où es-tu ? Dis-moi immédiatement où tu es.

Le ton de sa voix était des plus autoritaires.

— Tu es si… si dominateur.

Elena riait.

— Elena, réponds-moi. Où es-tu, bon sang ?

— Qu'est-ce que ça peut te faire ? Tu ne m'as pas appelée depuis… Depuis tu sais quand.

— Je viens te chercher, dit-il.

Et il raccrocha.

Dix minutes plus tard, Guillem Bosch était là. Comment avait-il fait pour localiser Elena ? Mystère. Il n'avait certainement pas eu le temps d'appeler tous les bars et hôtels de Palma. Peut-être quelqu'un l'avait-il informé qu'elle était là. Plus tard, elle le soupçonnerait d'avoir tout simplement installé un mouchard dans son portable. Il aurait eu mille occasions de le faire, étant donné qu'elle venait souvent en visite chez les Bosch, accompagnée ou non de son mari. C'est seulement plus tard, lorsqu'elle le connut mieux, qu'elle comprit qu'il avait les moyens et, surtout, étant donné son caractère machiavélique et intrusif, l'imagination nécessaire pour le faire.

Lorsqu'il arriva, il la repéra immédiatement, assise au bar, toute seule. Les yeux brillants et la bouche moqueuse, il lui tendit la main. Elle la prit, aux anges. Elle était tout étonnée, émerveillée, reconnaissante de le voir là. Et, pour tout arranger, elle était ivre.

Il l'attira vers elle et l'entoura de ses bras. Le geste la prit par surprise, elle sentit soudain son corps collé au sien. Remarqua son érection. Inhala son parfum. Grâce au Ciel, ce n'était pas Atkinsons. Plutôt un arôme boisé. Il n'était pas très grand, à peine plus qu'elle, guère plus fort non plus sans doute, mais il se comportait comme s'il l'était. Il lui passa les doigts sur la nuque, la saisit par sa queue-de-cheval et lui tourna tout doucement la tête pour l'obliger à le regarder.

— Guillem, tu es fou ? Que fais-tu ? Le garçon nous regarde…

— Tu es une idiote, Elena, lui susurra-t-il. Mais tu me fascines.

Le sang d'Elena bouillonnait littéralement. Elle ne pouvait s'empêcher de penser qu'il y avait peut-être là quelqu'un qui la connaissait, ou lui, ou tous les deux. Il se pencha vers elle et l'embrassa en lui mordillant doucement la lèvre inférieure.

— Je veux mordre cette lèvre, murmura-t-il sans décoller sa bouche de la sienne, tandis qu'elle gémissait. Elena, écoute-moi. Je vais à la réception, réserver une chambre. Tu m'entends ?

— Oui, je t'entends.

— Tu m'entends, vraiment ?

— Mais oui.

— Alors attends-moi. Ne bouge pas d'ici. Je reviens dans cinq minutes. N'aie pas l'idée de t'en aller, hein ? Compris ?

— Compris.

Elena resta assise au bar. Elle savait ce que signifiait monter avec un homme dans une chambre d'hôtel. Elle n'était pas vraiment sûre d'en avoir envie. Mais pas vraiment sûre non plus d'avoir envie de s'en aller. La confusion la maintenait paralysée, muette, impatiente, le cœur entre deux soubresauts. Au bout de cinq minutes, comme promis, Guillem revint et la prit par la main.

— Allons-y.

Ils quittèrent le bar, traversèrent le lobby, se tenant toujours par la main – elle ne pouvait s'empêcher de se demander si les réceptionnistes allaient le reconnaître, ou elle, ou les deux –, et se plantèrent face aux ascenseurs. Guillem appuya sur le bouton. Presque aussitôt, les portes s'ouvrirent. Ils entrèrent tous les deux dans la cabine. Elle se sentait hypnotisée, privée de volonté, consciente d'être toute rouge. Elle baissa les yeux et découvrit que l'ascenseur avait une moquette à motifs floraux. Elle releva les yeux. Guillem paraissait sourire. Ils montèrent dans un silence embarrassant, mais excitant car plein de promesses. Elle attendait que Guillem l'embrasse à nouveau, mais il demeurait raide comme la justice. Peut-être avait-il des remords ?

Les portes se rouvrirent. Il la prit de nouveau par la main. Ses doigts étaient courts, épais, chauds. Elle sentit le froid de son alliance et un étrange courant électrique lui parcourut le corps. Ils avancèrent dans le couloir vide, puis il introduisit une carte plastifiée dans la fente et ouvrit la porte. C'était une suite.

Elle pensait qu'il l'entraînerait vers le lit, mais il la plaqua contre le papier peint mural. Avant qu'elle puisse réagir, il lui avait assujetti d'une main les deux poignets, les avait levés au-dessus de sa tête et l'avait immobilisée contre le mur avec ses hanches. De sa main libre, il la saisit de nouveau par sa queue-de-cheval qu'il tira vers le bas pour que son visage se soulève et pressa ses lèvres contre les siennes. Elle ouvrit la bouche pour inspirer. Il en profita pour y enfourner sa langue et l'y remuer en tous sens. Il sentait le dentifrice, et elle se dit qu'il avait dû se brosser les dents avant de venir, en prévision de ce qui était susceptible de se produire. Sa langue répondit, d'abord timidement, à celle de Guillem, puis s'unit à elle en un carrousel vertigineux. Il leva de nouveau la main et lui saisit la mâchoire pour l'empêcher de bouger la tête. Sa force n'était pas telle qu'elle n'ait pu se dégager si elle l'avait voulu. Mais elle ne l'avait pas voulu. Elle sentait toujours contre elle son érection, bien ferme.

— Tu as envie… Tu as vraiment envie, Elena ? murmura-t-il d'une voix hachée.

— Oui… – Elle n'en était pas si certaine, mais elle n'allait pas faire marche arrière alors qu'elle était arrivée jusque-là. – Oui, j'en ai vraiment envie.

Il relâcha son étreinte, et elle put enfin voir le lit. Il était immense, en tout cas d'une taille supérieure à la normale, avec une multitude de gros oreillers et un baldaquin soutenu par quatre piliers.

— Laisse-moi te déshabiller, dit-il.

Elle tenta de se rappeler quels sous-vêtements elle avait mis ce matin. Impossible. Très vraisemblablement un ensemble en coton blanc, sans dentelle. Rien de sexy ni même de spécial. Elle songea au contraste avec ce lit spectaculaire. Avec une expertise qui l'étonna, il défit la fermeture Éclair de sa robe et la laissa ainsi, en soutien-gorge, bas et chaussures plates.

— Elena… Tu es plus belle encore que je n'avais imaginé…

— Tu m'avais imaginée ?

— Cela fait des années que je t'imagine, merde.

Elle se sentit flattée.

Lentement, très lentement, il ôta sa montre et la posa sur la table de nuit. Puis il retira sa veste, sous laquelle il était en chemise et jeans, et la suspendit sur le dossier d'une chaise. Il enleva ensuite ses mocassins, qu'il portait sans chaussettes. Elle comprenait mal à quoi rimait cette lenteur étudiée, après la frénésie avec laquelle il l'avait coincée contre le mur.

— Je présume que tu ne prends pas la pilule, dit-il.

— Tu présumes bien, répondit-elle.

Ses yeux brillaient.

Lentement, très lentement, il ôta sa chemise. Il n'avait guère de prestance. Jaume était incomparablement plus beau. Guillem était bronzé, certes, mais avait du ventre. Et des poils sur le torse. Jaume, lui, s'épilait. Il prétendait que c'était plus pratique pour nager. Elle feignait de le croire. Elle trouva très érotique, par contraste, la poitrine velue de Guillem. Elle était toujours assise sur le bord du lit lorsqu'il se planta debout face à elle.

— Défais-moi ma ceinture, ordonna-t-il, et elle lui obéit. Et maintenant, mon pantalon.

Elle se sentit un peu ridicule, mais exécuta l'ordre. Elle défit les boutons du jeans, puis le baissa jusqu'aux chevilles. Il finit de l'enlever en deux mouvements. Son érection était visible sous son boxer en coton blanc, assez semblable à ceux que portait Jaume.

— Tu n'as pas idée à quel point j'en ai envie… susurra-t-il tout en faisant glisser ses doigts sur sa joue jusqu'au menton. Tu sais depuis combien d'années je me disais que ça finirait par arriver ?

Il s'approcha d'elle, l'embrassa et la renversa sur le lit. Il passa la main dans son dos pour tenter de dégrafer son soutien-gorge. Sans succès. Il se releva, l'attrapa à deux mains, une sur chacun des deux bonnets, tira fort dessus, avec une étrange concentration, et finit par le déchirer en deux.

— Mais regarde comme tu es brutal, dit Elena.

— Ce n'est que le début, Elena. Je peux l'être beaucoup plus. – Elena rit. – Oui, tu peux rire, mais tu verras bien que je ne plaisante pas…

— Oui, mais en attendant me voilà sans soutien-gorge.

— Je t'en achèterai un autre. Quelque chose de plus dans ton style, qui ne semble pas être celui d'une nonne. Avec ce corps, cette peau que tu as… Elle mérite que tu la mettes mieux en valeur. Je t'offrirai toute la lingerie que tu voudras.

Guillem attrapa une nouvelle fois sa queue-de-cheval

et la dénoua. Ses cheveux tombèrent jusqu'à sa ceinture. Elle était très fière de sa chevelure en temps normal, mais pas ce jour-là : elle était sale, emmêlée, pleine de sel. Il y enfonça ses deux mains et l'emmêla encore plus, puis il lui immobilisa la tête pour l'embrasser. Ils étaient maintenant tous les deux allongés sur le lit. Il se mit sur elle, et elle sentit de nouveau son érection contre son pelvis. Jaume n'avait jamais réussi à garder la sienne aussi longtemps. Quand elle faisait l'amour avec lui, son érection était intermittente, montait et descendait. Elle calcula que celle de Guillem durait depuis plus de vingt minutes. Elle se demanda si ça lui faisait mal.

Il se releva et s'agenouilla devant elle. Il prit ses hanches dans ses mains et lui écarta les jambes. Elle se laissa faire. Il lui embrassa le ventre, fit glisser sa langue jusqu'à son nombril, puis jusqu'à son sexe. Elle savait ce à quoi il s'apprêtait. Il se pencha, lui baisa l'intérieur de la cuisse, puis de l'autre cuisse, arriva jusqu'à sa culotte, une culotte en coton ordinaire, sans dentelle ni ornements, sur laquelle il tira des deux mains avec une vigueur encore accrue, la déchirant à son tour.

Elena n'avait jamais confié à personne que Jaume n'aimait pas pratiquer le sexe oral avec elle. Ils avaient essayé une ou deux fois, et l'expérience s'était révélée décevante. Guillem lui pourlécha longuement le vagin. Mais elle était trop nerveuse, et sans doute le remarqua-t-il, car il se releva, se pencha au-dessus d'elle, lui prit les chevilles, lui écarta les jambes et resta en suspension au-dessus d'elle, brandissant son érection imperturbable.

— Ne bouge pas, murmura-t-il.

Elle s'exécuta, moins par désir d'obéir que par crainte. Le mouvement est fait d'immobilités successives, d'instants infinitésimaux qui, à peine surgis, ne sont déjà plus. Elle feignit l'immobilité totale et retint l'instant afin de relier son désir à lui et son désir à elle. Le passé ne comptait plus, l'avenir était hors de portée de son imagination, peu lui importait de savoir qui elle était en train de trahir, ni quelles en seraient les conséquences. Elle avait décidé de ne pas se sentir coupable.

Son corps répondait indépendamment de son esprit. Sa chair inerte au-dessous de sa chair à lui exprimait avec éloquence ce qu'elle ne pouvait dire : qu'elle avait besoin d'amour, de contact charnel. Son cœur, pour l'instant, était en retrait. Elle aspirait au contact, pas à l'engagement.

Guillem se laissa retomber à côté d'elle et lui caressa les hanches, puis la taille, puis les seins, dont elle sentit les pointes se durcir. Il suça avec douceur son téton gauche et fit glisser sa main vers le droit.

— Tu as des seins magnifiques, soupira-t-il, admiratif.

Ils se durcirent encore plus.

Il suça de nouveau l'un, fit glisser de nouveau sa main vers l'autre, qu'il entoura de son pouce avant de le pincer légèrement. Elle eut mal, mais la douleur était agréable. Il referma ses lèvres sur son sein, qu'il se mit à mordiller tout en tirant fortement sur l'autre avec son pouce et son index. La douleur se fit alors désagréable, et le gémissement qu'elle poussa exprimait un mélange de contrariété et de plaisir. Il s'arrêta, descendit la main vers son sexe et entreprit de lui masser lentement le clitoris, qu'elle sentit nettement gonfler. Puis il lui introduisit un doigt dans le vagin, et elle s'étonna de constater à quel point celui-ci était humide. Elle s'ouvrit comme une fleur et devint cascade, oublia sa tristesse et ne tenta pas d'arrêter les cabrioles espiègles du médius. Elle sentit couler une rivière entre ses jambes, le temps s'arrêter entre ses cuisses. « Une grande joie dans mon âme, une eau vive dans mon être » : ce cantique qu'elle avait entendu chanter à la messe lui revint soudain en mémoire, et lui parut plus que pornographique.

C'est alors qu'il ôta son caleçon. Elle jeta, par curiosité, un coup d'œil à son pénis. Il était grand, mais pas plus que celui de Jaume. Elle était décidément étonnée qu'il soit toujours en érection. Cela lui plaisait beaucoup, lui faisait se sentir belle, désirée, vivante.

Il se pencha au-dessus d'elle en appuyant ses mains de part et d'autre de sa tête de façon à rester dans cette position. Il lui souleva les jambes, les fit passer derrière ses épaules. Elle ne savait même pas que c'était possible. Jaume, évidemment, ne lui avait jamais rien fait de tel.

Il entra en elle, se retira avec une exquise lenteur, la pénétra de nouveau. Elle commença à remuer les hanches pour se régler sur lui. Sa chair avait acquis certaines propriétés d'un aimant. Elle l'enserra de ses bras brunis et dessinés de nageuse, colla sa peau à la sienne avec une ardente viscosité, ouvrit ses portes en silence à la bête frémissante qui s'enfouit en elle, dans un assaut à la fois complice et adverse. Il accéléra le rythme, lui prit la tête entre ses mains, l'embrassa en étirant avec ses dents sa lèvre inférieure. Au comble de l'excitation, il lui vint à l'esprit que ses lèvres présenteraient des traces de morsure qu'elle ne pourrait expliquer, mais que son mari ne les remarquerait sûrement pas.

Tandis qu'elle avait cette pensée, Guillem l'avait saisie par les cheveux à la hauteur de la nuque et l'avait installée à quatre pattes devant lui. Jamais elle n'avait fait l'amour avec Jaume dans cette position, qui rendait les sensations infiniment plus fortes. Il ondulait des hanches, se retirait, s'arrêtait, recommençait. Pour la première fois de sa vie, elle comprit ce que voulait dire

« être en chaleur », tant elle se sentait intérieurement brûlante. Elle trembla, frissonna, vola en éclats, perdit la conscience du lieu où elle se trouvait et se rappela alors l'expression française « petite mort ». Le bonheur de mourir et de renaître.

Guillem n'était plus un être humain, mais un rayonnement, une empreinte, un outil, une clé de la prison où elle était si longtemps restée enfermée, et qui l'avait empêchée de connaître ce qu'elle connaissait maintenant, de vivre cette vie qui, après avoir dérivé en silence, ressortait enfin au grand jour, de découvrir ce corps qui se mettait en mouvement.

Elena venait de connaître, à trente ans passés, son premier orgasme.

Au bout d'un certain temps, il annonça qu'il devait partir. Elle devina qu'on l'attendait chez lui pour dîner. Il se rhabilla tranquillement, puis lui dit qu'il valait mieux qu'ils descendent séparément. Elle était aussi de cet avis.

— On va se revoir, dit-il.

Ce n'était pas une question mais une affirmation.

— Oui, bien sûr.

— Seuls tous les deux, je veux dire.

— Oui, bien sûr.

— Mais il y a quelque chose que j'ai besoin de savoir. Il faut que je te pose une question, Elena.

— Dis-moi.

— Quand tu m'as dit que tu ne couchais pas avec ton mari, c'était vrai ?

— Oui, pourquoi est-ce que je t'aurais menti ?

— Mais il y a quelqu'un d'autre ?

— Non. Je n'ai connu que Jaume. Et, avant lui, un garçon quand j'étais à Madrid. Mais avec qui je n'ai pas fait grand-chose, nous étions tous les deux inexpérimentés.

— Il n'y a personne d'autre, donc.

— Non, je t'ai dit que non.

— Tant mieux, car je veux que deux choses soient bien claires. La première, c'est que, même si je t'aime, je ne quitterai jamais ma famille. C'est hors de question. C'est bien clair ?

— Oui, bien sûr, et je ne te le demande d'ailleurs pas.

— Pour l'instant. Mais ne me le demande pas non plus à l'avenir. Jamais.

— C'est d'accord. Quelle est l'autre chose ?

— Je ne veux pas qu'il y ait quelqu'un d'autre que moi. Je ne le supporterais pas. Je ne veux pas que quelqu'un d'autre te touche. Je veux que ça aussi, ce soit clair pour toi.

— Et toi ? Ta femme, tu ne couches pas avec elle ?

— Il y a longtemps que c'est fini. Tu sais, elle n'aime pas ça. C'est quelque chose qu'elle tolère en attendant que ça passe. Mais c'est évident qu'elle n'aime pas ça. Et ton mari, ça se voit qu'il n'aime pas les femmes. Ils auraient dû se marier ensemble.

— Nous aussi.

— Peut-être pas. Je crois que nous sommes faits pour être amants, pas mari et femme. Et si je te dis ça, c'est justement parce que je t'aime.

Elle crut qu'il plaisantait mais il parlait très sérieusement. Plus tard, elle se rendrait compte qu'il confondait amour et possession.

Elle n'était pas certaine, au début, de vouloir être sa maîtresse. Elle résista. Lorsque, rongée par la culpabilité, elle tenta à plusieurs reprises de le quitter, il la supplia, la menaça. Plus il était en colère, plus il l'insultait, et plus elle s'enfermait dans le silence. Il insistait sur le fait qu'il voulait la posséder corps et âme. Qu'il voulait sentir qu'elle lui appartenait, car c'était la seule façon de se rassurer quant à la sincérité de son engagement.

Chaque fois qu'ils se retrouvaient, il lui confisquait son portable pour lire ses messages. Il lui cherchait querelle au moindre signe d'indépendance. Si elle ne portait pas les vêtements ou les chaussures qu'il lui avait offerts, si elle n'attachait pas ses cheveux… Il insistait pour qu'elle ne les défasse qu'au lit (au sens littéral et métaphorique), pour lui, pour qu'elle les porte attachés dans la vie de tous les jours, pour que personne d'autre ne puisse les admirer en liberté. Elle finissait par céder sur tout.

Plonger à pieds joints dans cette relation si intrusive, si oppressante, avait été pour Elena un acte téméraire. Elle avait plongé sans anticiper la vitesse à laquelle elle se noierait, la rudesse du choc lorsqu'elle toucherait le fond.

Dès lors, elle commença, lentement, inexorablement, à abdiquer toute volonté. Jour après jour, mois après mois, année après année, elle sentait que Guillem la dépossédait peu à peu de sa vie, que la part qu'elle gardait en propre se rabougrissait. Il l'appelait tous les jours, plusieurs fois par jour. Il voulait la tenir en permanence sous son contrôle, savoir où elle était. Il phagocytait sa vie, son temps, ses pensées, ses moindres actions, et jusqu'à ses moments de prostration esseulée. Ces jours où elle attendait, les nerfs crispés, que l'écoulement des heures et l'ingestion d'un comprimé lui procurent un sommeil réparateur, grâce auquel elle rêverait à nouveau de lui. Son temps, même privé de contenu par l'absence de Guillem, était envahi par lui.

Lentement, elle s'éloigna de sa famille, de ses amies,

de sa vie, de son magasin. Elle engagea une vendeuse pour ne plus être tributaire des horaires d'ouverture, pour être toujours disponible au cas où il trouverait un moment à partager avec elle. Elle ne pensait à personne d'autre. Elle se sentait parfois coupable, mais il s'employait à la rassurer. « Certaines règles valent pour la plupart des gens, mais il existe des gens qui sont en marge des règles, et nous en faisons partie, lui disait-il. Tu dois me faire confiance. Ce n'est pas pour rien que tu es venue à moi, c'est la vie qui t'a conduite à moi. » Il s'était convaincu qu'elle lui appartenait, qu'il soit là ou non, par une sorte de droit naturel, qu'il avait le droit de faire d'elle ce qu'il voulait, et il l'en avait convaincue à son tour. Il était habile et savait par quel entrelacs de paroles l'attacher à lui. Il connaissait son caractère, sa fragilité, sa dépendance. Il avait entrepris de détruire toutes ses barrières internes, de telle sorte que sa vie, prisonnière d'un amour si vorace qu'il la consumait et l'aliénait entièrement, n'avait sans lui ni sens, ni relief, ni agrément.

Pour pouvoir mentir, aller déjeuner ou dîner chez les Bosch sans qu'on devine qu'elle couchait avec le maître de maison, regarder en face la femme de Guillem, lui sourire, l'écouter même, elle devait se scinder en deux. Il y avait l'Elena aux cheveux noués et l'Elena à la chevelure défaite. L'une était la maîtresse d'un homme marié, l'autre l'épouse d'un respectable édile municipal. L'une était Elena, l'autre Julieta. Tel était en effet le pseudonyme qu'il lui avait trouvé. « Parce que notre amour est clandestin, parce qu'il est inacceptable pour nos familles et notre milieu, parce qu'il ne peut s'épanouir que dans l'ombre, comme les violettes », avait-il expliqué. C'est sous ce nom qu'il avait enregistré son numéro dans le répertoire de son portable, car il arrivait que sa femme regarde ses messages, et il avait demandé à Elena, au cas où elle lui écrirait un texto ou un mail, de toujours signer Julieta. De cette façon, si sa femme découvrait quelque chose, au moins imaginerait-elle une autre femme, exotique et lointaine, probablement sud-américaine, plutôt que cette frêle et blonde cousine qu'ils recevaient de temps à autre à leur table, voire les dimanches, si le temps le permettait, à bord de leur bateau, accompagnée ou non de son mari.

C'est ainsi qu'Elena, scindée en deux, parvint à supporter de mentir constamment, de passer pour une autre, de ne plus savoir où commençait Elena et où finissait Julieta. Épouse du maire adjoint, maîtresse du promoteur. Dame au salon, putain au lit. Chaque jour, chaque mensonge, représentait un pas de plus vers le bonheur ou vers la chute. N'être jamais sûre de rien. Affûter chaque jour les couteaux de la tromperie, risquer le tout pour le tout dans l'aventure. Laisser couler le temps, la rivière de la vie, sans se décider pour une rive ou pour l'autre. Suivre les pas d'autrui pour occulter les siens. Continuer d'avancer en marchant sur des traces, en recueillant sans fierté ni conscience les restes de vie conjugale d'une autre femme.

Avec une intuition quasi prophétique, la réalité s'imposa à elle : elle avait touché le fond. Elle ne pouvait descendre plus bas. Elle n'avait plus rien en propre. Elle s'habillait et se coiffait comme le voulait Guillem. Elle avait perdu jusqu'à son nom. Et si elle voulait le conserver, il lui fallait trouver en elle la force d'agir de telle façon qu'une autre part d'elle-même, de ce qu'elle avait été, demeure.

C'est alors qu'était venue la jalousie. Guillem, elle le savait, ne faisait plus l'amour avec sa femme, mais il se réveillait à ses côtés, habitait avec elle. C'était elle qui lui achetait les chemises qu'elle lui arrachait parfois en le déshabillant, les cravates Hermès avec lesquelles il l'avait plus d'une fois attachée aux montants du lit. Elle qui lui avait donné des enfants, qui avait décoré leur maison, qui le soignait quand il était malade, qui dînait avec lui le soir de Noël, qui l'accompagnait aux réceptions.

Mais Elena se rappelait sa promesse. Elle ne devait en aucun cas lui demander de la quitter. C'est pourquoi elle recommença à mentir, à ajouter encore à l'édifice des mensonges. Ce n'est pas pour moi, c'est pour toi. Pour vous. Vous n'êtes pas heureux ensemble. Ce sera mieux pour tout le monde si tu la quittes.

Elle avait fini par confondre la réalité et le mensonge, au point de ne plus savoir qui elle était.

Elena était Elena. Elena était Julieta. Julieta était Elena. Julieta était Julieta. Or, nous avons du mal à comprendre, à admettre, qu'une chose puisse ne pas être ce qu'elle est. Elena avait subi une perte radicale, et voulue, d'identité, mais non pas un effacement. Elle n'avait pas disparu, n'était pas devenue Julieta, mais n'était plus elle-même pour autant. Elle sentait qu'elle avait perdu quelque chose qui lui était consubstantiel. Son identité peut-être. Ou son humanité.

Au début de leur relation, quand elle pensait encore pouvoir redevenir elle-même, pouvoir quitter Guillem, ne jamais devenir Julieta, elle avait l'espoir de réintégrer le genre humain.

À mesure que le temps passait, elle se voyait sous les traits d'un insecte rampant.

L'AMOUR EST FAIT DE CURIOSITÉ

Un après-midi ténu de juillet qui décline avec douceur, une douceur si concentrée dans le spectaculaire coucher de soleil que ni David ni Alexia ne prêtent attention aux heures qui passent, ne savent depuis combien de temps ils sont là, à regarder la mer. Assis côte à côte, ils pressentent déjà le soir qui s'apprête à tomber calmement, le soir qui se dénude de ses ultimes lambeaux de lumière, sensuel et silencieux.

— Cet endroit est magnifique, avec la vue sur la mer et tout… Merci beaucoup de m'avoir amené ici.

— Ne me remercie pas. Le salon de thé est à moi.

— Tu l'as récupéré aussi au moment du divorce ?

— Exactement.

— Ton mari était donc milliardaire ?

— Ma foi, il l'est toujours, que je sache. La moitié d'une immense fortune reste une immense fortune. Ne t'en fais pas pour lui, il est très heureux comme ça. Il est remarié avec une fille à peine plus âgée que notre fille aînée, c'est tout dire. Passons… Nous avons assez parlé de ce monsieur. Et puis, comme disait mon père, il n'y a que les femmes et les poètes pour traiter l'argent comme il le mérite.

— Je ne suis pas poète.

— Pourtant, tu écrivais de si beaux poèmes à ma cousine.

— Cela fait tout de même un certain temps… Je n'en ai plus jamais écrit depuis. Tu me laisses goûter ton cappuccino ? J'adore la crème qui est sur le dessus.

— Oui, bien sûr.

Alexia, d'une exquise courtoisie comme toujours, s'apprête à lui céder la crème, mais il est hors de question de lui faire utiliser sa cuiller – ce serait de très mauvaise éducation – si bien qu'elle fait signe au garçon d'en apporter une autre. David avance la main, pose le doigt sur la crème, le porte à sa bouche et savoure langoureusement. Son visage est plus suggestif que gourmand. Alexia le regarde les yeux écarquillés, sans toutefois que tremble un seul nerf de son corps élancé de déesse hiératique.

— Et toi, tu n'as pas de… de liaisons ? D'amours ? lui demande-t-il.

— Non, je veux rester libre.

— Pour avoir la liberté, il faut donc renoncer à l'amour ?

Il approche sa chaise.

— Je ne vois pas la liberté comme une fin, mais comme un moyen de développer ma force d'âme. Je ne suis pas seule pour être libre, mais pour apprendre à être seule.

Elle écarte insensiblement sa chaise.

— Je ne suis pas sûr de bien saisir.

— Si je n'apprends pas à rester seule, je risque de m'engager par pure nécessité dans une relation qui deviendrait une prison.

— C'est trop profond pour moi.

— Allons bon, je croyais que, de nous deux, c'était toi l'artiste et l'intellectuel.

— Je dois reconnaître que je t'avais sous-estimée.

C'est ce qui m'arrive généralement avec les jolies femmes : ce qu'elles sont me distrait de ce qu'elles disent.

— Salinas dans le texte[1].

— Décidément, je t'avais plus que sous-estimée ! Au début, j'ai pensé que tu étais belle, ensuite j'ai vu que tu étais intelligente, maintenant je constate que tu es également cultivée…

— Dois-je prendre ces appréciations comme une tentative de flirt ?

— Pas exactement, encore que… si tu voulais… Mais quand on est une belle femme comme toi, les admirateurs ne doivent pas manquer.

— C'est trop aimable de ta part, ils ne sont pas si nombreux que cela. – Il tente de lui toucher la main. Elle écarte la sienne, visiblement mal à l'aise. – Pour changer de sujet, j'étais ce matin avec Elena et je crois pouvoir dire, à la façon dont ses yeux brillaient en parlant de toi, que tu lui plais beaucoup…

— Puisque tu parles d'Elena, je peux te dire que tu la connais beaucoup moins bien que tu ne crois.

— Ah oui ? Qu'est-ce qui te fait dire ça ?

— Tu m'as raconté cette farce selon laquelle il y aurait eu seulement deux hommes dans sa vie, Jaume et moi… Mais il s'avère qu'il y en a eu un troisième.

Alexia écarquille une fois de plus les yeux, se raidit, devient livide comme si elle venait d'être touchée par un tir de sarbacane.

— Tu… tu veux parler de Guillem ?

— Ah, tu étais au courant ? Elle est persuadée que tu ne sais rien.

1. Pedro Salinas (1892-1951), poète espagnol de la « Génération de 27 ».

Alexia, visiblement nerveuse, écarte un peu plus sa chaise et, ce faisant, renverse son cappuccino.

— Oh non, mon Dieu, quelle catastrophe ! Sur ma jupe Moschino, en plus.

David sort un mouchoir de sa poche, le trempe dans un verre d'eau qui se trouve sur la table et s'apprête à nettoyer la jupe.

— Donne, il faut nettoyer pendant que c'est encore mouillé.

Alexia fait un bond en arrière comme un chevreuil effarouché.

— Ne me touche pas !

— Voyons, ce n'est pas la peine de te mettre dans cet état.

— C'est que... tu risques d'agrandir encore la tache. Laisse... Je la porterai chez le teinturier. Ce n'est qu'une jupe, après tout. – Elle se rassied, très digne, ayant repris contenance, et fait un signe résolu au garçon. – Un autre cappuccino, s'il vous plaît.

— Tu ne préfères pas qu'on s'en aille ?

— Non, pourquoi ? Je te l'ai dit, ce n'est qu'une jupe. Et les jupes, je n'en manque pas... Pour en revenir à ce dont nous parlions...

— Le fameux Guillem ?

— Oui, Guillem. Je soupçonnais quelque chose, mais... jusqu'à ce que tu me dises ça, je n'y croyais pas.

— Tu le connais ?

— Oui, bien sûr.

— Et il est si irrésistible qu'elle le dit ?

— Non, pas du tout. – Alexia se montre grave, sérieuse. – Un type ordinaire, bedonnant, comme il y en a des milliers... Intelligent, sûrement. Mais je crois sincèrement que, s'il n'avait pas tout cet argent, on ne ferait pas attention à lui.

— Pourtant, ta cousine semble avoir été folle de lui.

— Ça te rend jaloux ?

— Non, je ne suis pas quelqu'un de jaloux.

— C'est que tu n'as jamais été amoureux.

— « Si la jalousie est un signe d'amour, c'est comme la fièvre chez le malade, l'avoir est un signe de vie, mais d'une vie malade et mal disposée. »

— Oh, j'oubliais que tu étais acteur, dit Elena en donnant de nouveau libre cours à son élégante ironie de femme du monde. Comme tu déclames bien…

— Cervantes.

— Donc, tu n'es pas jaloux. Alors pourquoi me poses-tu des questions sur Guillem ?

— Par curiosité.

— Justement. L'amour est fait de curiosité.

— Tu crois ça ?

— Oui. C'est ce qui explique que la vie commune tue l'amour.

— Peut-être, mais il y a curiosité et curiosité. Il y a celle qui vient de l'intérêt qu'on porte à quelqu'un, et qui correspond sans doute à la curiosité amoureuse. Et puis il y a celle qui vient de l'orgueil, du désir de savoir ce que les autres ignorent.

— Et laquelle des deux est la tienne ?

— Ma curiosité à moi est celle qu'éveille, par exemple, la relation qui existe entre ta cousine et toi : ce qui éveille ma curiosité, c'est que tu sois soucieuse de son bien-être au point d'en arriver à rechercher son premier amour pour le soudoyer. Et je commence à soupçonner qu'il y a, sous ton apparence de femme frivole et cosmopolite, une très belle personne.

— David… As-tu déjà été amoureux ?

— Oui, bien sûr, j'imagine que oui…

— On ne dirait pas.

LA LOYAUTÉ NE S'OFFRE PAS SUR UN PLATEAU

Alexia marche, triomphante, irrésistible de beauté, dans le couloir de l'hôpital, martelant le sol comme si elle foulait des crânes. Elle porte sous le bras un album et fait irruption dans la chambre où règne une agitation fébrile, tel l'ouragan faisant tomber des plus hautes branches les feuilles fanées.

— Salut, Elena.

— Salut, comment ça va ? Que m'apportes-tu là ?

— Un album de photos.

— C'est vrai ? On va regarder des photos ? Quelle bonne idée ! – Elle lui prend l'album des mains avec une avidité enfantine et le feuillette. – Ça alors ! Il n'y a que des photos de nous deux. – Elle continue de feuilleter. – Regarde, toute notre vie est là !

Alexia s'assied à côté d'elle sur le lit.

— Regarde, là, dans la piscine des grands-parents, avec ces grands maillots de bain avec jupette… Tu te souviens ?

— Comment est-ce que j'aurais pu oublier ? Et celle-là ? C'était quand ?

— Celle-là ? Attends… C'était à un barbecue pour

mon anniversaire, on devait avoir… entre douze et quinze ans.

— Ah, les pantalons à pattes d'éléphant… Que c'était moche… Regarde celle-là ! Mon bal des débutantes !

— Avec ce chignon meringue qu'on t'avait fait… Quelle horreur !

— Celle-là, sur la plage, est vraiment parfaite… Et regarde comme celle-là est bien, à ton mariage… Comme tu étais belle…

— Oui, c'est vrai… J'étais très jolie. Qui aurait dit que ça finirait comme ça ?

— C'est vrai… Mais il valait mieux que ça finisse.

— Tu crois ?

— Oui, Alexia, j'en suis convaincue. Si tu as épousé le fils du meilleur ami de ton père, c'était plus pour faire plaisir à tes parents que parce que tu étais amoureuse. Et c'était un peu pareil pour lui… Vous n'étiez pas amoureux, il n'y avait pas de réaction chimique entre vous…

— Tu en es si sûre que ça ?

— Certaine. C'était évident. Vous étiez ensemble pour sauver les apparences. Et à cause… d'un cocktail. Éducation catholique, manque d'assurance, faible estime de soi, peur de la liberté…

— Mais toi, Elenita… comment pouvais-tu le savoir ? Pourquoi est-ce si évident pour toi ?

— Mais… c'était évident, c'est tout !

— Évident, oui, surtout pour toi, n'est-ce pas ?

Alexia explose de rage, arrache l'album des mains d'Elena et le projette contre le mur de la chambre.

— Alexia, mais qu'est-ce que tu fais ? Quelle mouche t'a piquée ? Qu'est-ce qui t'arrive ?

— Ce qui m'arrive ? Tu veux que je te dise ce qui m'arrive ? Je suis en colère. Et surtout indignée, puisque c'est le mot à la mode. Tu sais que je n'ai pas l'habitude de dire des grossièretés, mais je vais faire une exception : j'ai les naseaux qui fument jusqu'à la chatte.

Elena est pétrifiée, effrayée par la violence de sa cousine.

— Alexia, mais qu'est-ce qui te prend tout d'un coup ? Qu'est-ce qu'il y a ?

— Il y a que je viens de découvrir que mon mari me trompait.

— Mais tu le savais déjà.

— Et qu'il me trompait… avec ma cousine.

— Ça, en effet, tu ne le savais pas.

— J'avais des soupçons. J'en ai toujours eu, mais je me disais : « Mais non, ce n'est pas possible, tu te fais des idées… Guillem avec Elenita ? Avec la douce Elenita, la sainte Elenita qui n'a jamais péché ne serait-ce qu'en pensée ? Mais non, voyons, tu as vraiment l'esprit mal tourné, Alexia. » Il fallait vraiment que je sois idiote…

— C'est David qui t'a raconté ?

— Évidemment.

— Le salaud.

— Non, ce n'est pas lui le salaud. C'est toi qui es une menteuse et une fille de pute.

— Pute si tu veux, mais fille de pute, non. Laisse ma mère en dehors de tout ça, s'il te plaît. C'est ta tante, tout de même.

— Ce n'est pas que je veuille prendre la défense de ce misérable, mais il n'a rien eu besoin de me dire. Je m'étais toujours doutée de quelque chose, mais je n'avais jamais voulu y croire. Quand il m'a dit que tu avais eu un amant, il a suffi que je lui dise que j'étais au courant et qu'il s'appelait Guillem. Il a cru que je savais et il a confirmé.

— Je suis vraiment idiote de ne pas avoir changé le prénom quand je lui ai raconté cette histoire.

— Mais non, tu es tout sauf idiote. Tu voulais que je l'apprenne. Tu avais des remords et tu ne voulais pas emporter ton secret avec toi. C'est comme quand ton ex-mari payait ses gitons avec la carte de crédit de la mairie. Ton sens catholique de la culpabilité, ton besoin de te confesser, de recevoir l'absolution t'ont trahie. Et maintenant, que veux-tu que je te dise ? *Ego te absolvo, Elenita* ? Ne t'en fais pas, tu peux mourir tranquille ? Non, n'espère pas mon pardon.

— Mais pas du tout, Alexia, je ne me sens coupable de rien. Tu as vu comme tu vas bien maintenant, comme tu es belle, comme tu es heureuse ? Quand tu étais avec lui, tu étais grosse comme une vache, tu t'habillais comme une bonne sœur et tu faisais toujours une tête d'enterrement. Et maintenant, grâce au fait d'avoir divorcé, d'avoir perdu vingt kilos, d'être partie vivre à Madrid, de prendre du botox et de l'acide hyaluronique, tu es… heureuse comme une perdrix. Et tu peux faire tout ce dont tu as envie.

— Tu es bien cynique !

— C'est toi qui es cynique, Alexia. Tu ne l'as jamais aimé, et c'était réciproque. Je suis bien placée pour le savoir…

— Et toi, tu crois qu'il t'aimait ? Pas le moins du monde, ma chérie. Ce grand amour que tu crois avoir vécu, tu ne l'as pas vécu. Sache que tu n'étais pas sa seule maîtresse. Je savais bien, moi, qu'il voyait d'autres femmes. Pas seulement une autre femme. D'autres femmes, au pluriel. Ce sont des choses qu'on ne peut pas ignorer. Pendant qu'il dormait, je lisais les messages sur son portable, et je peux te dire que tu n'étais pas la seule… D'ailleurs, il ne t'a pas épousée, il a épousé Miss Palma.

— Comment peux-tu savoir que je n'étais pas la seule ?

— En fouillant dans son ordinateur. Il ne savait pas que je connaissais le code de sa messagerie. Je l'ai trouvé très facilement.

— Tu l'as trouvé ? Qu'est-ce que c'était ? Sa date de naissance ? Les prénoms de vos enfants ?

— Je suis sûre que tu as essayé aussi… Ose me dire que tu n'as pas essayé ?

— Oui, je l'avoue.

— Donc, toi aussi, tu soupçonnais qu'il y en avait d'autres.

— Oui.

— Le code était Rocco241997. Tu sais mieux que personne qu'il adore son chien. Le grand amour de sa vie, ce n'est ni toi, ni moi, ni Miss Palma. C'est Rocco !

— Mon Dieu, quel sentimental. Mais c'est le 2 mars 1997, pas le 2 avril, que Rocco est né, non ?

— Oui, mais il a choisi la date de son arrivée à la maison.

— J'avais bien essayé le nom du chien, mais je n'étais pas allée jusqu'à imaginer ça.

— Tu vois ? Tu n'étais pas mariée avec lui. Moi si, au cas où tu ne l'aurais pas remarqué. Il avait créé une seconde adresse pour échanger des messages avec ses maîtresses. Exactement comme toi, Elena. À moins que je ne doive t'appeler Julieta1967 ? Car c'était bien toi, Julieta, non ?

— Oui, c'était moi.

— Je dois avouer que tes mails étaient très beaux. Vraiment très beaux… – Alexia laisse affleurer une ironie amère de femme trahie. – Très étudiés, très bien tournés. Je dois dire que, de toutes ses maîtresses, Julieta était la seule qui écrivait bien. Les autres se contentaient d'envoyer des photos, plus que suggestives, naturellement. Surtout celles de Miss Palma. Mais Julieta, c'était autre chose. Elle était si compréhensive… Elle tentait de lui expliquer pourquoi il devait divorcer. Elle voyait bien qu'il allait mal, qu'il était déprimé, et que moi aussi. J'étais en thérapie à l'époque, comme tu sais, j'avais un traitement très lourd. Une nuit où il n'était pas là, où il était censé être en voyage d'affaires, j'ai lu d'affilée tous les mails de Julieta, l'un après l'autre, et je me suis rendue à l'évidence. La dénommée Julieta avait raison, il fallait que je vive ma vie, que j'ose passer outre à ce que pouvaient penser mes parents et mes proches. Que je grandisse. Et j'ai compris que, pour être adulte, je devais en finir avec ce mariage malheureux qui était devenu une prison. J'avais beau avoir quatre enfants, j'étais moi-même encore une enfant, je n'avais jamais eu à décider pour moi-même…

— Tu as compris tout ça en lisant les lettres de Julieta ? C'est-à-dire les miennes…

— Je dois dire que ma psychothérapie m'a aussi aidée, ne va pas croire que…

— Tu vois, je t'ai rendu service !

— Écoute, Elena, quand je lisais les lettres, j'avais souvent le soupçon que la fameuse Julieta, c'était toi. Tu me connaissais trop bien, comme seule pouvait me connaître ma cousine, ma meilleure amie d'enfance… Mais je me répétais : « Non, ça ne peut pas être elle… »

— Alexia, je ne t'ai pas volé ton mari. Il n'y avait rien entre vous. C'est arrivé comme ça, c'est tout. Tu dis toi-même qu'il te trompait déjà avant.

— C'était une chose qu'il me trompe de temps en temps avec des greluches, une autre qu'il ait une liaison suivie avec ma cousine. Avec les autres, il s'agissait juste de tirer un coup. Mais avec toi…

— Avec moi, c'était du sérieux.

— Non, je voulais dire que me tromper avec toi, c'était une vile trahison.

— Aussi vile que de me faire croire, à l'aide d'une fausse lettre, que mon petit ami m'avait quittée pour une autre. Tu crois peut-être que je ne l'ai jamais su ?

— Quoi ? Quand l'as-tu appris ?

— Quand j'ai reçu la lettre, j'ai cru tout ce qu'il y avait dedans. Comme tu sais, j'ai passé un mois à pleurer. Et je n'ai plus repris contact avec David… pendant un certain temps. Mais, deux mois avant mon mariage, j'ai été prise d'un doute. Déjà, à l'époque, j'avais beau être un peu nunuche et ne pas connaître grand-chose à la vie, j'avais remarqué que Jaume… Je n'allais pas jusqu'à imaginer qu'il était homosexuel, car je ne pouvais même pas concevoir une chose pareille, mais je me posais des questions. J'ai donc écrit une nouvelle lettre à David. La dernière. J'ai reçu une réponse trois semaines plus tard. Il ne m'avait écrit aucune lettre et n'avait pas reçu celle que je croyais lui avoir envoyée. Seulement celle où je lui annonçais que je le quittais, celle que mon père m'avait obligée à écrire. Car l'autre, celle que je t'avais demandé de poster, tu ne l'as jamais envoyée…

— Non, je ne l'ai pas envoyée.

— Tu as raconté au père Alemany que j'avais un petit ami à Madrid, et tu savais aussi que mon père avait imité l'écriture de David… C'est ma mère qui me l'a dit. Je l'ai coincée, le dos au mur, et elle a fini par m'avouer toute l'histoire.

— Bon, oui… Et alors ? Si je comprends bien, tu as couché avec mon mari pour te venger d'une bêtise que j'avais faite à seize ans ? Tu voulais me le faire perdre parce que tu avais perdu ton premier amour par ma faute ?

— Non, j'ai couché avec ton mari parce que je suis tombée amoureuse de lui, mais je n'ai jamais considéré te devoir une loyauté que tu ne m'avais jamais témoignée.

— Quand j'ai prêté la main au stratagème de tes parents, j'étais presque une enfant, j'étais très naïve, je croyais que tu risquais la damnation éternelle... Ce n'est pas la même chose.

— Toi, naïve ? Allons donc... Je te rappelle que c'est toi qui m'as appris comment embrasser avec la langue ! Ne mens pas. Tu m'as dénoncée parce que tu étais jalouse. Tu ne voulais pas que j'aie un amoureux.

— Je n'étais pas jalouse. J'aurais pu avoir plus d'amoureux que toi si je l'avais voulu. J'ai toujours été la plus jolie des deux.

— Et la plus modeste... J'ai dit jalouse, pas envieuse. Je n'ai pas dit que tu étais envieuse parce que j'avais un amoureux qui était beau. J'ai dit que tu étais jalouse, ce qui est très différent.

— Es-tu en train d'insinuer ce que je crois que tu es en train d'insinuer ?

— À toi de voir... Je ne sais pas s'il était si normal d'insister pour embrasser ta cousine « seulement pour qu'ensuite elle sache comment faire le jour où un garçon lui demanderait ».

— C'étaient des bêtises d'adolescentes. Toutes les filles font la même chose à l'école.

— Ah oui ? Je croyais que nous étions élèves à Notre-Dame-de-l'Espérance, pas à Sainte-Jeanne-des-Lupanars.

— Elena ! Je ne te permets pas de me parler comme ça.

— Comme si c'était à toi de me dire ce que je dois faire ou ne pas faire... Car, vois-tu, je me contrefiche de ta permission, étant donné qu'il me reste peu de temps à vivre et que ce n'est pas ça qui va changer le cours des choses. Admets donc une bonne fois que tu étais amoureuse de moi. Que vient faire, sinon, cet album où nous sommes seulement toutes les deux ?

— Ce n'est pas ça. Je t'admirais, je t'aimais, je t'aime toujours. Même si tu es une salope qui a couché avec mon mari. Je t'aime parce que tu es ma cousine et que nous avons grandi ensemble. Pas parce que je suis lesbienne.

— Tu n'es pas très hétéro non plus, si j'en crois Guillem. Tu faisais encore moins l'amour avec lui que moi avec Jaume. Mais tu as eu l'énorme chance, évidemment, de faire l'expérience de la maternité...

— Mais qu'est-ce qu'il en savait ? C'est vrai que je n'aimais pas faire l'amour avec lui, mais c'était à cause de lui, pas parce que je n'aimais pas les hommes.

— Si tu aimes les hommes, explique-moi pourquoi tu n'en as eu aucun dans ta vie depuis ton divorce.

— Je n'ai pas d'explications à te donner. Écoute, Elena, si je te pardonne volontiers les bêtises que tu es en train de dire, c'est parce que tu es malade. Tu passes tes journées ici, au lit, toute seule, et tu as trop de temps à toi pour réfléchir.

— Si je comprends bien, tu ne veux pas te disputer avec moi parce que je te fais pitié. Très bonne excuse, la pitié. C'est toujours mieux que de dire : « Je ne me dispute pas avec ma cousine parce qu'il se pourrait bien qu'elle ait raison. » Écoute, Alexia, je ne crois ni à ta compassion ni à ta charité. La charité, c'est ce qu'on invoque généralement quand il n'y a pas de justice.

— Ne compte pas avoir le dernier mot en me faisant la morale, tu es mal placée pour ça. Espèce de… de… de femme de mauvaise vie !

— Oh, mon Dieu, voici que sainte Alexia bénie entre toutes les femmes se permet de m'insulter.

— Écoute, ma jolie, je vais m'en aller parce que je ne te supporte plus. D'ailleurs, il n'y a plus personne qui te supporte. À part celui qui est payé pour ça !

Alexia prend son sac à main et s'en va en claquant la porte. Elena reste seule dans la chambre stérile. Mais l'amertume de sa cousine est toujours là, comme un effluve, une buée qui aurait infusé dans la pièce froide, laissant un résidu épais et angoissant qui empoisonne tout leur passé commun. Très opportunément, la cloche de la cathédrale sonne les douze coups de midi sur un mode funèbre, et Elena se dit qu'elle sera bientôt libre, loin de la vie, loin du désir, loin des jalousies et des mesquineries.

BLANC SUR BLANC

Tout avait toujours bien réussi à Alexia. Toujours première à l'école. Premier prix de piano au conservatoire. Cavalière émérite, ses parents lui avaient même offert un cheval. Trois années d'études dans une école de commerce à Lausanne. À son retour à Majorque, tout le monde attendait d'elle qu'elle se marie. Et elle s'était mariée. Un beau mariage, auquel était invitée toute la bonne société de Palma, avec un garçon formidable. Au physique assez quelconque, mais bien élevé, de bonne famille, et qui avait fini major de sa promotion. Tout paraissait rouler comme sur des rails.

Elle s'était retrouvée enceinte au lendemain de son mariage, ou presque. Ce n'était pas ce qu'elle avait prévu. Elle avait prévu de travailler dans un des hôtels de son père, ambitionnait même d'en diriger un. Elle parlait trois langues, avait étudié en Suisse. Mais comme c'était une grossesse à risque, elle avait été obligée de rester alitée les trois derniers mois. Cati était née prématurée, avec une santé fragile. Bien sûr, elle aurait pu la confier à des nurses et des jeunes filles au pair, ils en avaient largement les moyens, mais la pression sociale avait été plus forte. Ses parents, ses beaux-frères n'auraient pas approuvé qu'elle travaille tant que Cati était petite. Et malade, qui plus est. Ensuite était venu le deuxième enfant, puis le troisième, puis le quatrième. Elle ne se rappelle pas quand elle a renoncé à son rêve de diriger un hôtel pour se contenter d'être épouse et mère. Mais elle y avait renoncé.

Lorsqu'elle fut mère de quatre enfants, il lui fallut bien accepter que les choses s'étaient passées autrement qu'elle ne l'avait prévu.

Au début, Guillem commençait toutes ses phrases par un terme affectueux : « ma chérie », « mon ange », « mon amour »… Mais, peu à peu, les échos de la noce s'étaient dissipés et la prosaïque réalité s'était fait jour. Il s'énervait sans motif, regardait sa montre et son portable quand il était avec elle, fuyait ou évitait les relations intimes, n'avait plus avec elle de longues conversations une fois les enfants couchés, rentrait tard du bureau, partait trop souvent en voyage, coupait son téléphone lorsqu'il était censément dans une réunion qui s'éternisait. Elle constata bientôt que, le dimanche matin, il se levait tôt pour promener les chiens, ce qui ne lui arrivait jamais avant : c'était toujours elle ou les domestiques qui s'en chargeaient. Elle remarqua aussi certains détails, comme l'attention extrême qu'il portait à son aspect physique (alors qu'elle devait toujours insister, lorsqu'ils étaient fiancés, pour qu'il prenne davantage soin de lui), le soin qu'il mettait à assortir sa cravate aux rayures de sa chemise, les SMS qu'il recevait à toute heure du jour et effaçait sitôt lus…

Il était évident qu'il la trompait. Mais elle n'avait pas envie de connaître les détails, de savoir comment, où, avec qui. Elle était certaine, il allait de soi pour elle, qu'il ne songeait pas à la quitter. Elle se doutait bien qu'il voyait d'autres femmes, mais avait la ferme conviction qu'aucune d'elles ne comptait pour lui.

On lui avait appris à être délicate et raffinée. Délicate mais indifférente, attentionnée mais distante, compréhensive mais impavide. « Délicate et raffinée » était l'expression en usage autour d'elle pour désigner une femme de bien, une femme respectable. Suffisamment délicate et raffinée pour suivre au pied de la lettre tout ce que lui prescrivaient, lui inculquaient ses directeurs spirituels, porte-parole du Très-Haut. Suffisamment insensible pour faire abstraction de ses propres sentiments. Être délicate et raffinée signifiait ne pas crier, ne pas faire de scènes, ne pas se plaindre, ne pas réclamer. Une femme délicate et raffinée souffre évidemment d'être trompée par son mari, mais ce n'est pas une raison suffisante pour rompre un mariage.

Le fait que Guillem voie d'autres femmes était seulement la confirmation que leur relation s'était dégradée au fil du temps, peut-être sans que ni lui ni elle en aient une claire conscience. Mais s'il voyait d'autres femmes et avait cessé de coucher avec elle, ce n'était que la suite logique d'une chaîne d'événements, de circonstances, de coïncidences : ils s'étaient mariés trop tôt, sans vraiment se connaître, elle étant vierge. Ils n'avaient guère passé de temps ensemble avant leur lune de miel. Ils n'avaient jamais, bien sûr, voyagé ni même dormi ensemble. Leur relation avait toujours été guidée par d'autres : leurs parents, leurs amis, l'Opus Dei.

Ils s'étaient mis à se fréquenter après son retour de Suisse. Durant les trois ans qui s'écoulèrent entre le moment où il s'était déclaré et leur mariage, ils s'étaient vus pratiquement tous les jours. Mais jamais ils n'avaient couché ensemble. Elle voulait se marier vierge et lui voulait épouser une vierge. Il était communément sous-entendu, sans que ce soit jamais dit, que les hommes avaient des « besoins » et que, pour les assouvir, il était normal qu'ils s'adressent à une autre femme. Le confesseur d'Alexia, son directeur de conscience, le même qui lui avait soutiré la vérité sur Elena et David, lui avait dit textuellement, en d'innombrables occasions, que « l'homme est faible face aux tentations de la chair ». Cela ne valait évidemment pas pour les femmes. Ledit confesseur lui avait défendu de voyager avec son fiancé car il était parfois difficile de « se comporter avec l'autre personne comme avec un frère » (il avait répété si souvent cette phrase qu'elle la savait par cœur) et « la proximité porte à désirer davantage de témoignages physiques d'affection ».

C'est ainsi qu'Alexia avait appris qu'un témoignage physique d'affection était condamnable en soi.

L'Alexia mère de quatre enfants ne ressemblait guère à l'Alexia de seize ans. Elle avait cessé de croire à beaucoup de choses. Malgré tout, elle avait résolu de confier à un prêtre ses doutes relatifs à sa propre situation. Pas à celui à qui elle avait imprudemment parlé de la liaison de sa cousine, et qui était décédé entre-temps, mais à un autre, plus jeune, dont elle pensait qu'il serait plus compréhensif.

Il lui avait répondu que la fidélité était un engagement, que cet engagement, à plus forte raison dans le cadre du mariage, catholique de surcroît, était définitif et irréversible, et qu'elle devait méditer le sens de ce mot. Engagement. Pour le meilleur et pour le pire, dans la richesse et dans la pauvreté, dans la santé et dans la maladie.

« Ton mari, avait-il poursuivi très sérieusement, est malade, moralement s'entend. Il traverse une mauvaise passe parce qu'il est dans le péché, parce qu'il s'est éloigné de Dieu. Comme tu as juré devant l'autel que tu resterais avec lui dans les bons comme dans les mauvais jours, dans la santé comme dans la maladie, tu dois rester à son côté. Qu'il ait rompu son engagement et soit dans le péché ne rend pas légitime que tu rompes le tien, Alexia. Sans doute n'avons-nous jamais pensé qu'il nous arriverait des difficultés imprévues, mais le fait même que nous soyons libres nous rend imprévisibles. Il en résulte que ce qui lui est arrivé aurait pu t'arriver, auquel cas c'est lui qui aurait été l'époux trompé. C'est pourquoi, en dépit de nos malheurs, le mariage, au-delà du contrat naturel et civil, est un sacrement par lequel Dieu étend sur nous Sa grâce et nous assiste en notre faiblesse, tant il nous est difficile de triompher seuls des difficultés. Il n'y a pas de recettes pour le mystère de la douleur et du mal en ce monde, aussi ne dois-tu pas négliger le pouvoir de guérison de la prière, qui ne nous apporte pas seulement la paix de l'âme, mais aussi conseil et lumière lorsque nous sommes désorientés, car Dieu étend Sa miséricorde sur ceux de Ses enfants qui, comme toi, se confient à Lui dans les épreuves... La première chose à faire est de te confier à Dieu et de prier pour que ton mari change de conduite. Demande à Dieu ce miracle, de toute ta foi. La prière peut tout, et tu es à l'un de ces moments, si difficiles, de l'existence où ta foi même est mise à l'épreuve. Prie et ne te défie pas de Dieu notre Père, qui a respecté la décision de ton mari de faire de sa liberté un si mauvais usage. Il est ton mari et toi sa femme, devant Dieu et pour toujours. »

Tout comme, pour apprécier une œuvre théâtrale ou cinématographique, il faut passer provisoirement outre à son scepticisme et croire à la réalité de ce qui se passe sur la scène ou sur l'écran, en amour aussi il faut passer outre. Un moment vient où la pièce se termine, et où il est temps de comprendre que « tu peux me demander ce que tu veux » ou « je donnerais ma vie pour toi » sont des métaphores et qu'il existe une limite à ce qu'on peut demander à l'autre, car l'autre ne peut tout donner. Alexia sut le comprendre, bien que son confesseur ne l'ait pas formulé ainsi. Elle comprit que le temps était venu de la nécessaire désillusion, qui lui imposait d'accepter Guillem avec ses défauts, de l'aider à changer, voire de s'aider à changer elle-même.

Mais la tâche était rude, car Alexia était perfectionniste, et sa terrible absence de confiance en elle exigeait que son couple soit parfait. Elle aurait voulu, pour se sentir rassurée, que Guillem tienne sa promesse de l'aimer et de la respecter. Elle avait toujours eu l'impression que, d'une certaine façon, elle ne le méritait pas, et ses écarts n'avaient fait que la conforter dans ses craintes les plus profondes.

Ses espoirs frustrés dégénérèrent en colère contre elle-même. Elle était intolérante à ses manques et à ses faiblesses, incapable d'en rire, d'accepter d'apprendre de ses erreurs. Son perfectionnisme la paralysait, et son déni était un symptôme de sa maladie. Elle ne pouvait admettre avoir nourri toute sa vie des attentes et des espoirs irréalistes, car son masque serait alors tombé de lui-même. Elle serait apparue au grand jour comme une personne peu sensée, une rêveuse puérile, au lieu de l'Alexia délicate et raffinée qu'elle aspirait à être. Elle croyait ne valoir que par ses succès, et valoir moins depuis qu'elle échouait à faire que Guillem s'intéresse à elle.

Mais l'infidélité de son mari n'était que le symptôme, et non la cause. Lorsqu'elle s'aperçut qu'il la trompait, elle comprit que leur relation en serait à jamais mutilée.

Il y aurait désormais deux sortes de rapports sexuels : à l'intérieur du couple et en dehors. Deux sortes de lien : le sexuel et le familial. Deux sortes de promesses :

celles qu'on fait au lit et celles qu'on fait devant l'autel. Deux visages : celui qu'on montre en société et celui qu'on voit dans le miroir.

Mais telle était déjà la réalité de leur relation, et ce depuis son commencement. Dès leurs fiançailles, Guillem avait vécu une double vie. Une avec elle et une sans elle, une vie qu'elle ne connaissait pas, des voyages qu'il faisait seul parce que son confesseur avait défendu à Alexia de l'accompagner. Guillem, une fois marié, n'avait fait que poursuivre l'habitude qu'ils avaient prise avant même leur mariage.

Il y avait une vie avec elle et une vie sans elle. La distance qui s'était installée entre eux était à la fois physique et émotionnelle.

Si bien qu'Alexia n'avait rien dit. Elle n'avait ni posé de questions, ni demandé d'explications, ni fait part de ses doutes, qui étaient en réalité de quasi-certitudes. Au début, elle avait prié. Elle s'en était remise au Seigneur. Elle avait espéré que les choses changeraient puis elle s'était résignée. Ou plutôt non. Ce n'était pas une simple résignation, notion qui pour elle n'avait rien de chrétien. Elle lui préférait celle de consentement, le consentement soumis et béat à la volonté de Dieu, qui lui apporterait nécessairement la paix. Si Dieu avait voulu que cela soit, il y avait une raison. Ainsi seulement pouvait-elle redevenir l'épouse parfaite. Retrouver sa pleine valeur. Reprendre la place qui était la sienne, au-dessus des autres.

Alexia n'était pas assez humble pour se résigner. Elle voulait se situer à un niveau supérieur, celui des élus. Elle préférait voir dans l'infidélité de son mari une épreuve imposée par Dieu. Et si elle surmontait héroïquement cette épreuve, alors elle ne serait plus une femme trompée parmi tant d'autres, mais redeviendrait la bonne élève qui était première dans toutes les matières et avait eu un premier prix de conservatoire.

Une fois de plus, elle était mue par l'orgueil. Mais cette étape ne dura guère, car quelqu'un croisa son chemin.

Alexia emmenait ses enfants à l'école tous les matins. Ensuite, elle allait boire son café, seule, à *son* salon de thé, le salon qui appartenait à son mari. Ou plutôt à tous les deux, puisqu'ils l'avaient acheté ensemble. Elle aimait y aller seule, même si elle savait que beaucoup de mères la regardaient de travers pour cette raison. Car il existait, entre les mères qui ne travaillaient pas (la grande majorité), un rituel consistant à aller prendre le café ensemble, par petits groupes, après avoir déposé les enfants, et n'appartenir à aucun de ces groupes était un problème. Il fallait faire partie d'un groupe. Car les enfants, après l'école, faisaient les mêmes activités, allaient aux mêmes clubs, et il convenait, pour que tout fonctionne au mieux, d'être amies les unes avec les autres. Mais elle ne pouvait s'empêcher de trouver ennuyeuses les autres mères.

Or, un matin, était entré cet homme, de haute taille, qu'on ne pouvait pas ne pas regarder. Cela faisait à vrai dire des années qu'elle le regardait, car il était le seul homme à venir – sans sa femme – déposer et reprendre ses filles à l'école, cette même école que fréquentaient les filles d'Alexia. Ce simple détail aurait suffi à rendre impossible qu'elle ne le remarque pas. De surcroît, il était très beau. Et c'est à ce moment, tandis qu'elle se demandait ce qu'il pouvait bien être venu faire dans *son* salon de thé, qu'elle prit conscience qu'il avait répondu à son regard par un sourire, et le vit s'approcher de sa table.

— Excusez-moi… Je crois qu'on se connaît, non ? Vos filles vont à l'école Aixa…

— Oui…

— Les miennes aussi. Je vous y ai vue souvent… Est-ce que je peux m'asseoir ?

Il n'avait même pas laissé à Alexia le temps de trouver une raison de répondre par la négative, bien qu'elle ait conscience qu'il n'était guère convenable d'engager ainsi la conversation avec un inconnu. Cet inconnu n'était pas à proprement parler une personne « délicate et raffinée », il était impossible de lui résister, non plus qu'à sa conversation. Il lui expliqua que sa femme travaillait (quelle chose étrange dans ce milieu, pensa-t-elle) et que c'était donc lui qui déposait leurs filles à l'école. Elle était directrice d'hôtel, ajouta-t-il, ranimant en Alexia un sentiment d'envie. Elle détestait déjà, sans même la connaître, cette femme qui avait accompli le rêve auquel elle-même avait renoncé, et qui avait un mari si beau et si affable.

— L'hôtel *Son Serra*. Il appartient à votre mari, n'est-ce pas ?

— Oui, nous en sommes actionnaires, répondit Alexia en accentuant bien le « nous ».

— Donc, elle travaille à l'hôtel, et moi je peins. Vous voulez voir mes tableaux ? J'expose en ce moment dans une galerie près d'ici.

Sans même se rendre compte qu'elle avait accepté la proposition, elle s'était retrouvée dans la galerie, à contempler ses toiles. Elle connaissait bien cette galerie, l'une des plus en vue de Palma, où toute la bonne société de l'île se retrouvait à chaque vernissage. Elle y était souvent allée avec son mari. C'était une galerie conservatrice, qui n'exposait pas d'artistes d'avant-garde, plutôt des tableaux décoratifs que la bourgeoisie majorquine et les étrangers fortunés auraient envie d'accrocher dans le salon de leurs villas en bord de mer.

Alexia n'aurait su dire si c'était ou non de la bonne peinture. C'étaient de jolies toiles, bien peintes, agréables à regarder, mais qui ne lui parlaient pas. La plupart représentaient des paysages de Majorque. De plaine, de marine, de montagne. La Tramuntana, Cala Bona, Formentor, Valldemossa. Du bon travail, certes, mais cela n'avait pas grand sens, se disait-elle, de peindre des paysages aussi ressemblants, près de deux siècles après l'invention de la photographie. Elle se garda cependant bien de le lui dire.

Son regard s'arrêta alors sur un tableau assez différent des autres. Un paysage aussi, mais on y voyait une fillette qui jouait avec sa poupée sur la plage, sous le soleil couchant. Cela faisait vaguement penser à un tableau de Sorolla. Elle se dit que l'anniversaire d'Elena était proche et qu'elle avait toujours du mal à trouver un cadeau pour cette femme qui avait déjà tout. On ne pouvait pas lui offrir de vêtements, puisqu'elle en faisait commerce, ni de bijoux, étant donné que son mari lui en avait déjà offert beaucoup, qu'elle ne mettait d'ailleurs presque jamais. Mais, dans sa villa pourtant impressionnante, il y avait très peu de tableaux. Elena était fière d'avoir fait elle-même toute la décoration, sans l'aide d'aucun professionnel, et si elle n'avait pas mis de tableaux aux murs, ce n'était pas faute d'aimer la peinture, mais parce qu'elle n'y connaissait pas grand-chose. Or, cette toile irait très bien dans son salon. Alexia s'était souvent dit qu'il manquait quelque chose à cette pièce, trop sobre selon elle.

— Je voudrais acheter celui-ci.

— Celui-ci ? Il représente ma petite dernière, tu sais ? C'est un tableau pour lequel j'ai une tendresse particulière. Mais il faut que je te dise quelque chose… – En même temps qu'il était passé soudain au tutoiement, l'homme s'était rapproché d'Alexia pour lui parler à l'oreille, lui permettant de respirer son parfum boisé, et son cœur battit la chamade sous l'effet de cette intimité inattendue. – Le galeriste prend cinquante pour cent du prix de vente. Si tu veux payer moitié prix, tu peux l'acheter dans mon atelier. Pas le même exactement, mais presque. J'ai fait une série de tableaux consacrés à ma fille, et je n'ai pas pu les exposer tous. Si tu viens à l'atelier, je te le montre.

Le cerveau d'Alexia se mit à fonctionner à toute vitesse. Peut-être la proposition était-elle innocente, et cet homme voulait-il simplement lui faire faire une bonne affaire. Et quand bien même ce serait un prétexte pour se trouver seul avec elle à l'écart des regards, que risquait-elle ? Il n'allait tout de même pas la violer.

— D'accord, répondit-elle. On y va quand tu veux.

— Maintenant ?

— Parfait…

— C'est un peu en dehors de la ville, à une demi-heure. Tu dois rentrer pour déjeuner ou quelque chose comme ça ?

— Non, personne ne m'attend.

— Alors je serai ravi de pouvoir te montrer mon travail.

Il lui proposa de l'emmener, mais elle insista pour y aller à deux voitures, se disant qu'ainsi elle ne pourrait être retenue contre sa volonté. En moins d'une demi-heure, comme il l'avait promis, ils étaient à l'atelier, qui se trouvait dans un entrepôt à la périphérie de la ville. L'atelier était grand et éclairé au nord par une haute fenêtre, de sorte que la lumière du soleil ne tombait pas directement sur les toiles. Il comportait deux espaces clairement délimités. L'un pour travailler, l'autre pour entreposer les tableaux. Il y faisait froid, le radiateur d'appoint était éteint. On sentait une odeur de produits chimiques : dissolvant, térébenthine, huile, alcool à brûler. Les murs étaient peints en blanc, le sol était sale, avec des traces de peinture et de vernis. Le Peintre l'accompagna jusqu'à la partie du fond, où les toiles étaient entassées les unes sur les autres. Il en sortit trois qui ressemblaient beaucoup à celle qu'elle avait contemplée dans la galerie.

— Qu'en penses-tu ? lui demanda-t-il.

— Ils me plaisent, mais ce n'est pas à moi qu'ils doivent plaire. Je veux en offrir un à quelqu'un, et je crois que ça va lui plaire…

— À un homme ?

— Non, à une femme. À ma cousine. Mais… C'est si important ?

— Non, je posais la question parce que je trouve que c'est un tableau très féminin.

— Féminin ?

— Je veux dire par là qu'il est lumineux, doux, optimiste… Je crois qu'il plairait à une femme.

À cet instant, le regard d'Alexia fut attiré par un tableau dans un coin de l'atelier, posé contre le mur. C'était une toile blanche. En la regardant de plus près, elle remarqua avec étonnement qu'elle comportait plusieurs tons de blanc. Elle prit conscience qu'elle n'avait jamais pensé jusqu'alors qu'il puisse y avoir de nombreuses nuances de blanc. En s'approchant, elle comprit que la toile faisait partie d'une série, posée au-dessus d'autres qui lui ressemblaient beaucoup.

— Je peux voir toute la série ?

— Bien sûr.

Il plaça tous les tableaux côte à côte, appuyés contre le mur.

— Ça me rappelle… Comment s'appelle-t-il, déjà ? Malevitch ? Ce tableau-là… *Carré blanc sur fond blanc.*

— Tu connais Malevitch ?

— Pourquoi ne le connaîtrais-je pas ?

— Euh… Bien sûr, pourquoi ne le connaîtrais-tu pas ?

Alexia était une femme très cultivée, qui lisait beaucoup, allait souvent voir des expositions et avait visité les musées de presque toutes les capitales d'Europe, mais sans doute cet homme avait-il des préjugés sur elle car elle ne travaillait pas et avait mis ses enfants dans une école privée très élitiste.

— Pourquoi cette série n'était-elle pas exposée ?

— Cette galerie ne fait pas d'art abstrait, et puis ce n'est pas le genre de tableaux qui se vendent. Les paysages, si…

— C'est vraiment dommage, car ça me plaît beaucoup plus. Mais je crois que ma cousine préférera celui avec la petite fille. Combien coûte-t-il ?

— Je te l'offre.

— Pas question, je ne peux pas accepter. C'est pour offrir à quelqu'un, et on n'offre pas quelque chose qui vous a été offert.

— Bon, pour toi, six cents euros.

— Ça me paraît ridiculement faible. Ça ne doit même pas couvrir le coût des matériaux…

— Me permets-tu, alors, de t'offrir un des tableaux de la série blanche ?

— Non, vraiment, je ne peux pas accepter…

— Mais enfin, s'ils doivent rester ici à prendre la poussière…

— Désolée, je ne peux pas accepter, vraiment…

— Alors, en échange, tu m'invites à dîner.

— Je suis mariée, tu sais ?

— Oui, et je sais même avec qui. Je ne le sais que trop. Et je ne crois pas que ça dérangera beaucoup ton mari que tu dînes avec moi. Je crois savoir qu'il ne dort pas souvent à la maison. Il a une chambre réservée en permanence à l'hôtel, c'est ce que m'a dit ma femme.

Alexia rougit d'humiliation. Elle aurait voulu le gifler, mais ce n'était pas un geste qui seyait à une personne délicate et raffinée comme elle.

— L'endroit où mon mari dort ou ne dort pas ne regarde que lui et moi, me semble-t-il. Et je ne comprends pas que ta femme se sente obligée de te raconter ce genre de choses.

— Elle ne pensait sans doute pas que ce soit à ce point confidentiel. Les registres de l'hôtel sont publics. Je suis désolé, je ne voulais pas t'offenser, je pensais que tu étais au courant… Je pensais que… Comment dire… Tu sais, ma femme et moi vivons ensemble, mais nous avons un arrangement… Et j'ai cru… J'ai dû mal interpréter… Bref, j'ai cru que c'était pareil pour toi. Je suis désolé, vraiment, mon intention n'était pas de t'offenser. Je te prie d'accepter mes excuses.

— Je les accepte, mais je crois qu'il vaut mieux que nous retournions en ville.

— Tu veux toujours le tableau ? Le paysage avec la plage et la petite fille ?

— Bien sûr.

— Et tu me permets de t'offrir le tableau blanc ?

— Je t'ai dit que non.

— Et je suppose que tu ne veux pas non plus l'échanger contre un dîner. Mais contre un déjeuner ? Il m'arrive souvent de déjeuner avec des acheteurs, ça n'a rien de compromettant.

— Laisse-moi réfléchir. Je peux emporter le tableau ?

— Les deux ?

— Seulement celui avec la fillette sur la plage, pour le moment. Comment veux-tu que je te règle ? Tu me fais une facture ? Je te fais un virement ?

— Tu as besoin d'une facture ? À vrai dire, je préférerais que ce soit au noir. Ça te pose un problème ?

— Aucun. Donc, si ça te convient, j'emporte le tableau maintenant, on se retrouve pour déjeuner, et je te remets la somme en liquide.

— Mais puisque nous allons déjeuner, tu peux aussi prendre le tableau blanc.

Alexia rit. Elle avait parfaitement conscience qu'il la draguait en bonne et due forme, et qu'une personne délicate et raffinée comme elle ne pouvait se laisser faire, encore moins accepter ce déjeuner. Mais il lui avait confirmé ce qu'elle savait : son mari la trompait, et avait une chambre réservée pour ses conquêtes.

Elle avait apprécié un temps de jouer le rôle de la chaste épouse qui s'en remet à la volonté de Dieu, mais c'était un jeu bien ennuyeux. Celui qui lui était proposé lui paraissait nettement plus intéressant.

De même qu'elle avait accepté le premier rôle par orgueil, pour se sentir importante, héroïque, élue de Dieu, elle décida de jouer le second par orgueil, parce que l'infidélité de son mari lui était douloureuse, mais aussi parce que être courtisée par un homme beau et séduisant la faisait se sentir, de nouveau, importante, héroïque, élue et triomphante.

La difficulté, pour Alexia, était qu'elle était connue à Palma et que, si elle donnait rendez-vous dans un lieu public à un homme qui n'était pas son mari, tout le monde le saurait dès le lendemain. Certes, si c'était dans la journée, dans un restaurant en vue, cela voulait dire qu'elle n'avait rien à cacher, d'autant que l'homme avec qui elle déjeunait était un artiste renommé, à qui elle avait acheté un tableau. Cela risquait malgré tout d'être mal compris dans son milieu.

De sorte qu'il lui vint une autre idée. Cet hôtel qui appartenait à la société de son mari et où il avait une chambre réservée en permanence, un hôtel géré par l'épouse de son commensal. Personne ne pourrait douter, dans ces conditions, que ce soit en tout bien tout honneur.

Lorsque le Peintre lui téléphona, il ne parut absolument pas surpris par le choix du lieu. La table était très réputée, la terrasse très agréable. Il ne manqua pas de présenter Alexia à son épouse, qu'il avait d'ailleurs avertie au préalable, et qui s'excusa de ne pouvoir se joindre à eux car elle avait du travail. Mais ce refus parut très pervers à Alexia.

— Ta femme est charmante.

— Très. Je t'ai dit que nous avions un arrangement.

— Quel type d'arrangement ?

— Quand je l'ai connue, il y a de cela… vingt ans, elle n'habitait déjà plus chez ses parents. J'avais fait les Beaux-Arts à Barcelone, j'étais venu passer l'été, je n'avais pas du tout l'intention de rester, et puis j'ai fait sa connaissance. Tu sais comment c'est… l'été, la plage… J'étais amoureux, vraiment amoureux, mais je n'avais jamais pensé m'installer ici, je voulais vivre à Barcelone. Mais elle s'est retrouvée enceinte. À l'époque, je n'avais pas d'argent pour l'entretenir. Mais ses parents, si. Tu les connais peut-être… – Alexia les connaissait en effet de nom. C'étaient des gens de bien. Pas autant que ses parents, mais des gens de bien tout de même. – Ils nous ont acheté un appartement et m'ont présenté à un galeriste. Pas celui que tu as vu aujourd'hui, un autre. C'est grâce à eux, d'une certaine façon, que j'ai eu ma première exposition, où j'ai tout vendu. À la famille et aux amis de mes beaux-parents, bien sûr… Bref, nous sommes restés à Palma. Mais ça fait un certain temps que nous ne sommes plus ensemble, elle et moi. En fait, j'habite dans l'atelier. Je passe les week-ends avec mes filles, chez ma femme, dans une autre chambre, et dans la semaine je vis à l'atelier. Mais on s'entend bien, ce qui nous permet de sauver les apparences, surtout vis-à-vis de ses parents qui sont très traditionnels. Nous n'avons pas divorcé, bien que ma femme ait quelqu'un dans sa vie. Pour le moment, ça convient à tout le monde.

— Vraiment ? Je ne sais pas, ça me paraît un peu étrange…

— Elle a un très bon salaire, mais jusque récemment elle gagnait moins. Moi, j'expose une fois par an dans le meilleur des cas, et je suis loin de tout vendre. Je ne peux pas assurer son train de vie. Donc, pendant des années, nous avons été tributaires de l'aide de ses parents. Et elle continue à dépendre d'eux, non pas tellement pour l'argent, mais psychologiquement, parce qu'elle se sent redevable… Et pour l'instant, elle ne veut pas de confrontation. Ils n'approuveraient pas qu'elle divorce. Tu comprends la situation ?

— Oui, mais… Tu ne trouves pas ça un peu bizarre de mettre tes filles dans une école catholique si, à la maison, tu ne les éduques pas selon les mêmes principes ?

— Si ça ne tenait qu'à moi, elles n'iraient pas à cette école, mais l'école, justement, ce sont mes beaux-parents qui la paient… Ce n'est pas simple. Mais moi, ça me convient. J'aurais beaucoup à perdre à divorcer. Je vois mes filles quand je veux. Je rapporte de l'argent à la maison quand je peux. Un divorce compliquerait les choses pour tout le monde. Je me verrais imposer une pension alimentaire, des jours et des heures de visites. Pour le moment, on se trouve bien comme ça…

— Et son amant aussi ?

— Il est marié. À mon avis, il est le premier intéressé à ce que tout reste en l'état.

— Tout bon catholique te dirait que le mariage est un engagement, et que dès lors que tu es marié, tu dois être fidèle à cet engagement.

— Oui, mais je ne suis pas catholique, c'est elle qui l'est. Je me suis engagé à élever nos filles dans la religion catholique, rien de plus.

— Pardonne-moi si je suis directe, mais… toi aussi, tu as quelqu'un dans ta vie ?

— Non, pas en ce moment.

— Ce qui veut dire que ça a été le cas ?

— Oui, mais seulement depuis que j'ai appris que ma femme voyait cet homme.

— Et quand tu m'as invitée à voir tes tableaux, c'était pour… Bref… Comment dire…

— Pour te draguer ?

— En quelque sorte.

— Alexia… Tu ne sais pas qui est l'amant de ma femme ?

— Mais non, enfin, comment est-ce que je le saurais ?

— Alors, pourquoi as-tu voulu que nous déjeunions ici, dans cet hôtel ?

— Eh bien, justement parce que ta femme y travaille. Comme ça, personne ne pouvait imaginer que ce soit un rendez-vous galant, clandestin. – Son interlocuteur se mit à rire à gorge déployée. – Je ne sais pas pourquoi tu ris, je ne vois pas ce qu'il y a de drôle, vraiment.

— Alexia, s'il te plaît… Comment crois-tu que je

sache que ton mari ne rentre pas dormir à la maison ? Et pourquoi crois-tu que ma femme a été promue gérante ? Pourquoi crois-tu qu'elle a fait cette tête en te regardant et n'a pas voulu déjeuner avec nous ?

— Tu es en train d'insinuer que ta femme et mon mari… ?

— Je croyais que tu le savais, Alexia. Je croyais que tu le savais depuis le début et que c'était pour ça que tu avais choisi de venir déjeuner ici… Je suis désolé, Alexia, je ne pouvais pas imaginer que tu ne le savais pas.

— Et c'est pour ça aussi que tu m'as abordée ? Par curiosité malsaine ? Pour lui rendre la monnaie de sa pièce ?

— Au début, oui. Ça m'a pris comme ça, j'ai suivi ta voiture. Je t'ai suivie jusqu'au salon de thé. Je suis entré pour t'aborder, c'est vrai. Mais maintenant, je m'intéresse à toi pour toi-même.

Alexia resta un moment sans dire un mot, essayant de digérer ce qu'elle venait d'apprendre. Il ne lui avait rien dit en vérité qu'elle ne sache déjà, même si elle ignorait les détails, le comment, le quand, le qui… Mais les détails, après tout, étaient accessoires.

— Je voudrais savoir une chose… Comment as-tu appris ?

— Par le plus grand des hasards. Elle s'était mis en tête de monter à cheval… Oui, je sais ce que tu es en train de penser, toi aussi tu montes à cheval…

— J'ai été championne des Baléares…

— Je pense qu'elle le savait et que c'est ça qui l'a décidée. Elle devait se dire que ça lui donnerait à ses yeux plus… de classe. Ou peut-être qu'elle voulait rivaliser avec toi. Je ne sais pas. Toujours est-il que c'est une très mauvaise cavalière et qu'elle a fait une chute.

Une chute sévère, avec des contusions sérieuses, traumatisme crânio-encéphalique, je crois que c'est comme ça qu'on dit. Et... tu sais pourquoi elle est tombée ?

— Comment veux-tu que je le sache ?

— Elle parlait au téléphone alors qu'elle était sur son cheval, elle répondait à un appel. Et c'est là que l'histoire est incroyable. Le portable ne s'est pas brisé. L'écran, si, mais le téléphone est resté intact, en parfait état de fonctionnement. Un hasard insensé. Et à l'hôpital, comme ma femme était inconsciente et dans un état grave, on m'a remis ses effets personnels dans un sac en plastique. Son sac, ses vêtements... tout, quoi. Et le plus étrange, au milieu de tout ça, c'est que le portable était toujours allumé. J'ai regardé quel était le dernier appel. Quand elle est tombée, elle était en train de parler avec ton mari. Et le portable était plein de messages...

— Explicites, je présume...

— Passablement.

— Je suppose que tu l'as mal pris.

— Au début, oui. J'étais en colère, tu ne peux pas imaginer. Mais comme elle a mis plusieurs jours à revenir à elle, j'ai eu le temps de réfléchir. Et en fin de compte, je me suis senti... comment dire ? soulagé.

— Soulagé ?

— Oui, comment t'expliquer... Comme je te l'ai dit, je me suis marié parce qu'elle était enceinte, et c'est d'une certaine façon malgré moi que je suis resté à Majorque. J'ai exposé à plusieurs reprises, et je dois reconnaître que c'était grâce à ma belle-famille. C'est aussi grâce à leurs relations que j'ai pu me lancer dans la décoration intérieure, réagencer des cafés, des maisons particulières. J'étais plutôt doué pour ça. Mais aussi bien ma femme que sa famille trouvaient que ce n'était pas un vrai métier... Ils voulaient que je travaille dans l'entreprise familiale, mais j'ai refusé. Ça a toujours été un problème, car il y a des mois où je gagne beaucoup et d'autres rien, c'est ce qui fait que ma femme est obligée de travailler. Elle a commencé dans cet hôtel comme réceptionniste…

— Je vois qu'elle sait comment gravir les échelons, observa Alexia avec ironie.

— On peut dire ça comme ça, répondit-il non moins ironiquement. Demande à ton mari, il peut témoigner de sa capacité d'adaptation et de son ardeur au travail… Bref, je n'étais pas heureux en ménage, mais je restais par obligation, par culpabilité, à cause de mes filles… Quand j'ai découvert ce qui se passait, j'ai d'abord vu l'occasion rêvée pour divorcer, et j'ai pu… Comment dire ? J'ai soudain senti que j'avais la main. Je pouvais imposer mes conditions. Si j'avais demandé le divorce, si le juge m'avait imposé une pension alimentaire, des jours de visites… Je n'aurais même pas pu garder l'atelier. Maintenant, par contre, le *statu quo* me convient. En un sens, je devrais me sentir reconnaissant envers ton mari.

— C'est une façon de voir les choses.

— Peut-être, avec le temps, finiras-tu par être reconnaissante envers ma femme.

— Ni reconnaissante ni le contraire. Ta femme n'a conclu aucun engagement avec moi. Mon mari, si. C'est lui qui l'a rompu.

— Alexia, si ça peut te rassurer, dans tous ses messages que j'ai lus, je n'ai pas lu une seule fois « je t'aime ». C'est une liaison, une aventure, tout ce qu'on voudra, mais pas une histoire d'amour. Ma femme a entrepris ton mari à cause de son argent et de son pouvoir. Elle est très ambitieuse, et lui… Je ne sais pas, je suppose qu'il a dû profiter de l'occasion…

— C'est une belle femme, convenons-en. Et lui, c'est un homme, et chacun sait que les hommes ont des besoins…

— Pas aussi belle que toi. Je parle sérieusement.

— Ce n'est pas vrai. – Alexia mentait, elle se savait cent fois plus belle que cette femme, mais elle avait été élevée à jouer les fausses modestes. – Je me sens mal à l'aise pour parler d'elle. Je crois qu'il vaut mieux que nous partions. Ne t'en fais pas pour l'addition. Ironie du sort, c'est mon mari qui paie. Chaque fois que je déjeune ici, le personnel sait que l'addition est pour lui.

Lorsqu'ils sortirent du restaurant, Alexia sentit s'abattre sur eux les regards des serveurs et du maître d'hôtel. Elle se dit qu'ils ne manqueraient pas d'échanger des commentaires. Mais elle y vit une raison de plus pour sortir la tête haute, menton vers le ciel, posant à la divinité. Délicate et raffinée. Devant la porte de l'hôtel, tandis qu'ils attendaient que le voiturier amène la Mercedes d'Alexia, le Peintre lui dit :

— J'aimerais te revoir. Tu crois que c'est possible ?

La voiture arriva à cet instant. Alexia lui tendit la main et répondit :

— Je ne sais pas, je dois réfléchir.

Sur le chemin du retour, elle s'aperçut que l'enveloppe qui contenait l'argent était toujours dans son sac. Elle n'avait pas payé le tableau.

Elle décida d'attendre le moment propice pour affronter son mari. Il l'avait, pour son anniversaire, invitée à dîner dans l'un des plus élégants restaurants de Palma. L'atmosphère était si neutre, si relaxante, qu'elle y vit le cadre idéal pour traiter sereinement, avec délicatesse et raffinement, une question si épineuse. Tables et panneaux muraux en bois blanc décapé, nappes et serviettes dans des tons neutres – sable, crème, ambre –, couverts en argent, verres en cristal de Bohême, miroirs où se reflétaient par centaines les flammes des bougies. « Impossible ici de faire une scène ou de se mettre à crier », se dit-elle. C'est donc d'une voix posée, délicate et raffinée, qu'elle lui expliqua qu'elle avait appris sa liaison avec la gérante de son hôtel.

Il ne chercha même pas à nier.

— Je regrette que tu l'apprennes maintenant, alors que c'est fini.

— Pourquoi serais-je obligée de te croire ?

— Tu n'es pas obligée de me croire, mais c'est vrai. Tout comme il est vrai que je n'ai jamais songé à te quitter, toi et les enfants. Je n'ai jamais été amoureux d'elle.

— Et je devrais m'en satisfaire ? Me sentir fière et rassurée ?

— Pour ma part, je ne suis pas fier, en aucune façon, mais tu dois comprendre une chose : nous autres hommes, nous avons certains besoins – encore ces fameux besoins, pensa-t-elle –, et un homme finit par chercher au-dehors ce qu'il ne trouve pas dans son foyer.

— Chaque fois que tu m'as cherchée, tu m'as trouvée.

— Alexia, tu me comprends…

— Qu'est-ce qui t'a manqué ? J'ai toujours été à tes côtés, je me suis efforcée d'être une bonne épouse, une bonne mère pour tes enfants, une bonne maîtresse de maison…

— Oui, mais… je veux dire au lit.

— J'ai toujours été là, chaque fois que tu as voulu. Toujours.

— Tu étais là physiquement, mais ta tête était toujours ailleurs.

Elle s'abstint de répondre, car elle savait que c'était vrai.

— Écoute, Guillem, nous savons tous les deux que le mariage est fait d'efforts. D'efforts pour la vie quotidienne, la vie de famille, l'éducation des enfants, les relations avec les amis, avec la belle-famille… Cette chose dont tu parles n'est pas tout.

— Cette chose dont je parle, comme tu dis, est assez importante pour qu'un mariage soit déclaré nul s'il est démontré qu'elle n'a pas eu lieu.

— Mais, dans notre cas, elle a bel et bien eu lieu.

— Oui, mais pour toi ça a toujours été une obligation, pas un plaisir. Ni même un acte de tendresse.

— Peut-être, mais tu sais que pour ça il faut être deux. Je n'ai connu que toi, si bien que je ne suis pas seule en cause.

— En effet, mais cette chose, comme tu l'appelles, repose sur une disposition naturelle, instinctive. Tu n'as pas eu besoin d'apprendre à tes enfants à téter, ni à pleurer pour réclamer à manger, ni à marcher à quatre pattes, ni à jouer. C'est quelque chose d'inné, une question de survie. Comme le désir. Sans le désir, la race s'éteindrait.

— Tu es en train de me dire que je suis antinaturelle ?

— Je suis en train de te dire que je ne t'ai jamais vue autrement que froide, distante.

— Je ne comprends pas pourquoi tu as besoin de m'humilier de cette façon.

— Ce n'était pas mon intention, je suis désolé si tu le ressens ainsi. Alexia, je sais que tu m'aimes, que tu m'aimes vraiment, profondément, et moi aussi je t'aime. J'aime être avec toi et je veux vivre à tes côtés. Tout devrait donc être simple, et pourtant c'est un désastre. Et nous savons tous les deux pourquoi… Alexia, je te demande d'être généreuse, et même miséricordieuse. De me pardonner, de comprendre ma faiblesse…

— Ne me dis pas que tu es en train de te repentir ?

— Bien sûr que si. Mon intention n'a jamais été de te blesser, ni de mettre notre couple en danger.

— En somme, tu te repens d'avoir manqué de discrétion, pas d'avoir été infidèle…

— Alexia, comme je te l'ai dit, nous autres hommes avons des besoins.

— Et revoilà les fameux besoins ! L'excuse en or. Écoute, Guillem, je n'ai rien à me reprocher, ni devant toi, ni devant Dieu, ni devant nos enfants, ni devant moi-même. Ne me rends pas coupable ni responsable de ta faiblesse ou de tes vices. Je ne vais évidemment pas demander le divorce car je ne crois pas au divorce. En revanche, je crois au pardon. La charité consiste à pardonner, plus encore qu'à donner. Dieu est présent dans ma vie, même et surtout dans les moments difficiles. Je sais que tout, même ce qui est incompréhensible, même cela, fait partie d'un dessein supérieur, et je l'accepte comme tel.

— Alexia, j'ai péché, je ne le nie pas, mais tu es aussi pécheresse que moi.

— Moi ? Qu'es-tu encore en train de me lancer à la figure ?

— Je suis infidèle, mais toi, tu es orgueilleuse.

Ils ne divorcèrent évidemment pas. L'attitude de Guillem changea du tout au tout après cette conversation. Il était devenu incroyablement attentionné, appelait Alexia tous les jours pour lui demander comment elle allait, lui faisait livrer des roses chaque semaine, lui parlait toujours sur un ton affectueux… Mais il était toujours aussi surchargé de travail et toujours aussi peu à la maison. Alexia se sentait de plus en plus fatiguée, abattue, démotivée, avait du mal à se lever le matin, avait sans cesse besoin de café, se plaignait d'être alanguie, apathique, sans tonus.

Parmi tout ce que lui avait dit Guillem, une chose était restée gravée dans sa tête. Plus encore que l'accusation d'orgueil, le reproche de froideur l'avait blessée. Car elle était frigide. Elle l'avait toujours été et l'avait toujours su.

Elle n'aimait pas faire l'amour, en tout cas avec Guillem, puisqu'elle ne l'avait fait avec personne d'autre. Elle aurait parfaitement pu s'en passer, et s'en serait trouvée plus heureuse. C'était pour elle une corvée, la part la plus ingrate de sa vie de femme mariée, par ailleurs facile étant donné que Guillem et elle ne se disputaient jamais. Y compris ce fameux soir au restaurant. Tous deux étaient, il est vrai, des personnes raffinées et délicates.

Les premières années, elle se laissait faire. Il disposait, elle acceptait. Elle se contentait de refuser certaines choses, comme la fellation ou les positions scabreuses. Il paraissait satisfait, et elle l'était aussi dans la mesure où il l'était. Mais, avec le temps, elle n'avait carrément plus envie, et usait d'arguments plus ou moins crédibles pour y échapper (fatigue, migraine), ainsi que d'un procédé qui lui rendait la chose plus tolérable s'il n'y avait vraiment pas moyen de faire autrement.

Lorsque Guillem entamait ses travaux d'approche, elle s'allongeait sur le côté, lui tournant le dos, comme une cuiller collée à une autre. Il l'attrapait alors par les hanches et la pénétrait. De cette façon, elle évitait qu'il l'embrasse avec sa barbe qui grattait, et qu'il lui touche les seins.

Jusqu'à la conversation au restaurant, jamais il ne

s'était plaint. Elle avait l'impression qu'il n'y avait rien à faire, qu'elle était perdue pour le sexe. Non seulement elle n'aimait pas ça, mais elle n'en ressentait pas le besoin. C'était pour elle quelque chose d'extérieur, qui ne faisait pas partie de son être. Mais comme son expérience se limitait à Guillem, elle ne pouvait savoir si elle était vraiment frigide ou si elle avait tout simplement épousé la mauvaise personne.

Ce qui l'avait attirée chez lui, c'était son visage, et jamais elle n'avait pensé à lui autrement que comme à un visage. Dieu, lui avait-on appris, avait conçu les relations sexuelles dans le double dessein, noble et grandiose, d'incarner l'amour conjugal et de donner vie à de nouveaux êtres. Ce lien intrinsèque entre les deux dimensions indissociables de l'accouplement conjugal était la volonté de Dieu, et un couple n'avait pas le droit de la rompre de sa propre initiative. Recourir à la sexualité dans le seul but d'assouvir ses instincts égoïstes revenait en effet à avilir cette haute mission. C'est pourquoi Alexia n'avait jamais considéré le sexe comme une expression de l'instinct ou du plaisir.

Mais peut-être la pudibonderie névrotique que l'on enseignait à l'Opus Dei, loin de détourner son attention du sexe, n'avait-elle fait que l'accentuer. Comme si, au lieu de garder un billet de cent euros dans son porte-monnaie, on le mettait au coffre, dont la seule présence suffisait à éveiller la convoitise d'un éventuel cambrioleur. Peut-être était-ce justement ce qui avait conduit Guillem à fréquenter d'autres femmes. Peut-être n'accordait-il au sexe une telle importance que parce que l'Opus Dei, à force de s'obstiner à la lui dénier, avait fini par lui en donner à ses yeux.

Alexia n'avait pas oublié le Peintre. Comment aurait-elle pu l'oublier ? Elle le croisait souvent, le matin, devant l'école. Ils se saluaient d'un signe de tête. Elle n'osait pas lui téléphoner.

La vie suivait son cours. Elle aurait continué de le suivre longtemps si, après un déjeuner dominical particulièrement copieux, Guillem ne s'était assoupi dans sa chaise longue. Son téléphone avait glissé de sa poche sur la pelouse. Alexia s'était approchée pour le ramasser, de crainte que l'humidité ne l'abîme. Voyant son mari endormi, elle avait toussé pour le réveiller, sans résultat. Comme il continuait de ronfler légèrement, elle s'était hasardée à regarder ses messages.

C'est ainsi qu'elle découvrit que cette liaison durait toujours. Elle prit le temps de lire l'intégralité des messages. Elle eut ainsi la confirmation que, comme le lui avait dit le Peintre et le lui avait juré son mari, ce n'était pas une histoire d'amour. Il n'y avait ni « je t'aime » ni phrases de ce genre. Seulement « c'était tellement bien hier », « j'aimerais remettre ça », « j'ai pensé à toi toute la journée et… mmmm ». Ces bêtises prouvaient que la liaison continuait.

Réveiller Guillem, lui faire une scène, n'aurait servi à rien. Elle savait très bien ce qu'il aurait répondu. Qu'il recherchait au-dehors ce qu'il ne trouvait pas à la maison. Et comme elle ne voulait pas le lui donner, il lui fallait bien admettre qu'au fond ça l'arrangeait plutôt. S'il s'agissait d'une relation sans importance, où les sentiments n'interféraient pas, ne valait-il pas mieux jouer les idiotes et laisser les choses en l'état ? Préserver l'harmonie et la paix du foyer ? Elle se sentait dépassée, ne savait que faire. Elle alla dans sa chambre, prit un comprimé et se mit au lit.

Le lendemain matin, devant l'école, elle vit le Peintre,

qui la fixait avec insistance de ses yeux turquoise. Elle lui rendit son regard et lui sourit. De retour à sa voiture, elle lui envoya un message. « Je voudrais te parler. » La réponse lui arriva quasi instantanément. « Où tu veux, quand tu veux. » Elle répliqua : « Dans une demi-heure au salon de thé. »

Il savait que la liaison entre les deux autres continuait. Elle n'avait jamais cessé. Ils n'avaient pas renoué après avoir rompu : ils n'avaient jamais rompu. Guillem lui avait menti. Et elle avait été assez bête pour le croire.

Ils se revirent plusieurs fois. Alexia tentait de se persuader que ce n'était qu'un jeu innocent. Elle feignait de croire, du haut de son expérience limitée, que la situation n'avait rien d'extraordinaire. Elle parvenait, la plupart du temps, à ne plus y penser. Elle était émue, presque désespérée, qu'il ne tente rien lorsqu'ils se rencontraient, qu'il la traite avec respect, presque avec déférence par moments. Ils se retrouvaient toujours à l'écart de la ville, car le risque de tomber sur une connaissance était malgré tout élevé dans une île aussi petite que Majorque. Ils n'évoquaient presque plus jamais leurs conjoints respectifs, seulement leurs aspirations. Il était très disert sur ses projets, son idée de poursuivre ses expériences monochromatiques, son envie de chercher une autre galerie. La chaleur de l'été exacerbait l'odeur d'herbe fraîche et de fleurs des champs.

Alexia ne devait conserver que des souvenirs fragmentaires de ces rencontres. Quelques images précises, comme de vieilles cartes postales. L'inclinaison de son menton, ses bras bien musclés, sa peau brunie et âpre. Ses pulls en coton noués sur l'épaule, son élégance, sa façon de rire en renversant la tête en arrière, son regard paisible et concentré, affûté sans être soupçonneux ni insistant. Elle se rappellerait, plus tard, ces rendez-vous presque troubles où elle percevait toujours une inquiétude, une anxiété latente, une tension qui se confondait avec celle de l'atmosphère, une tendresse à son égard, une disposition affective, une affinité très forte. Mais aussi les paroles de son confesseur : *Le fait même que nous soyons libres nous rend imprévisibles. Il en résulte que ce qui lui est arrivé aurait pu t'arriver, auquel cas c'est lui qui aurait été l'époux trompé.*

Ce qui devait arriver arriva. Parce qu'il était tombé amoureux d'elle, et qu'elle était animée, de son côté, par une curiosité ombrageuse et insatisfaite, ennemie de la contemplation soumise, par un désir ambigu et une sympathie véhémente pour les êtres désabusés et désorientés comme elle.

Comment ne pas être curieuse ? Comment ne pas miser sur pair ou impair avant que la vie se charge de dire « rien ne va plus » ? Débordante de curiosité, avide de résoudre les inconnues et de dissiper ses peurs, elle était esclave de son orgueil, de sa soif de revanche, de son indomptable désir de savoir.

Si bien que lorsqu'il finit par l'embrasser, drapée dans l'odeur de fleurs des champs et le chaud murmure du soleil de l'après-midi, sur un chemin forestier près de Deià, elle se laissa faire, comme l'animal que l'on mène à l'autel sacrificiel. Et lorsqu'il proposa qu'ils se retrouvent, la fois suivante, dans son atelier, elle ne refusa pas.

Elle remarqua qu'il avait nettoyé et mis de l'ordre. La première fois qu'elle était venue, elle n'avait pas vu, tout au fond, la petite porte qui donnait sur une petite chambre, plus petite que sa salle de bains à elle, et où il y avait un lit et une armoire. Tout était scrupuleusement briqué, le lit fait avec soin. Tout était blanc, les murs, les draps, l'armoire, même la table et la lampe. Cela lui fit plaisir. Elle se dit que c'était sans doute en son honneur qu'il avait ainsi préparé la chambre.

Ils s'embrassèrent et se laissèrent tomber sur le lit. Il n'y avait pas de musique de fond, ils n'avaient pas bu d'alcool. Une lumière claire et limpide faisait irruption par la fenêtre, tamisée par un rideau – blanc, évidemment – qui empêchait qu'on les voie du dehors. Rien n'offrait un visage immoral, sordide ou vulgaire. Elle se dit que les choses lui seraient faciles.

Lorsqu'il approcha la main de son entrejambe, elle se contracta malgré elle, par réflexe, et eut honte que son corps soit incapable de dissimuler ses émotions. Au lieu de continuer à avancer sa main, il se mit à lui caresser doucement la cuisse, et elle en éprouva une sorte de vertige. Elle pensa que cela signifiait sans doute qu'elle aimait cela, mais elle se sentait prise entre cette sensation torride et le fardeau de son inexpérience. Elle était soulagée de se sentir une femme normale, une femme avec des désirs, mais il y avait aussi, derrière ce soulagement et cette sensation plaisante, la peur, la culpabilité, voire une légère répugnance, comme un mur élevé qu'elle avait du mal à abattre. Elle aurait voulu en rester à ces préliminaires, mais elle était consciente que, si elle était venue, c'était pour aller jusqu'au bout. Une chose devait en amener une autre.

Lui était visiblement au comble de l'excitation. Il avait les narines dilatées, les pupilles luisantes, la bouche ouverte, le visage rubicond, la respiration rapide et entrecoupée. Il se mit à susurrer son nom. Alexia, Alexia, Alexia… Elle cligna des yeux et entrouvrit les lèvres pour l'encourager à l'embrasser. Il entreprit, de sa main libre, de faire glisser sa culotte. Elle se sentait nerveuse, mais l'aida malgré tout, soulevant les fesses et pliant les genoux. Ils s'embrassèrent. Elle avait un peu mal au cœur. Il se redressa, défit deux boutons de sa chemise qu'il fit passer par-dessus sa tête. Elle détourna le regard, pendant qu'il ôtait son pantalon, ses chaussettes et ses chaussures, restant en caleçon, tandis qu'elle n'avait plus sur elle que sa robe en soie, sans rien dessous. Elle éprouva une sensation de froid entre les jambes. Il se serra contre elle et elle sentit son sexe en érection. Il baissa la tête vers elle et ils s'embrassèrent de nouveau, tandis qu'il lui remontait sa robe, laissant son ventre à découvert. Elle était en train de penser qu'il était absurde d'avoir gardé son soutien-gorge lorsque, d'un geste rapide et athlétique, il la renversa sur le lit. Elle se sentait immobilisée, comprimée, étouffée, bien qu'il soit en appui sur ses coudes et ses avant-bras de part et d'autre de sa tête. Il avait toujours son caleçon. Ils continuèrent à s'embrasser un long moment. Puis il s'écarta de nouveau.

— Ta robe, comment elle s'enlève ?

— Je vais le faire moi-même, dit-elle.

Elle avait un peu honte de ne pas avoir de beaux seins. Elle avait mis au monde et allaité quatre enfants. Mais puisqu'elle était venue, il fallait qu'elle aille jusqu'au bout. Il en profita pour finir de se déshabiller. Elle détourna de nouveau le regard.

Ils reprirent, nus cette fois, leur position antérieure, et tout devint facile. Elle souleva légèrement les hanches et il la pénétra. Elle eut un peu mal au début, mais sans plus. Elle ferma les yeux et pensa à une mer agitée, comme elle le faisait avec Guillem. Elle s'imaginait entourée des pieds à la tête d'une lumière blanche. Les vagues bleues autour d'elle se soulevaient, fondaient sur elle, la faisaient comme renaître, et tandis qu'il ondulait au-dessus d'elle, elle se laissait bercer doucement par cette marée qui la parcourait, l'embrassait, la pourléchait avec ferveur, déversant triomphalement sur elle son écume neigeuse et l'attirant vers ses gouffres. Elle s'évadait en fermant les yeux, pensait aux vagues, à l'eau, à la mer, à l'infini. Mais, au plus profond d'elle-même, elle était incapable de réprimer sa phobie primaire, son secret honteux, son cri intérieur de rejet de ce qu'elle était en train de faire. Son dégoût, sa culpabilité, sa honte. Sa sensation d'assèchement, de rétrécissement, de panique devant ce qu'il risquait de lui demander, devant la perspective de le décevoir et de dévoiler son imposture. Lui, par contre, semblait ne se rendre compte de rien, et continuait d'onduler au-dessus d'elle comme si de rien n'était.

Vingt minutes passèrent ainsi, lui entrant et ressortant, comme un long et lent murmure, patient, monotone, concentré, elle subissant ses secousses, jusqu'à ce que la chose prenne fin. Lorsqu'il se rétracta, tremblant, gémissant, haletant comme un animal se démenant pour trouver une issue, elle sentit entre ses jambes une sorte de liqueur visqueuse et il lui sembla être deux personnes à la fois, l'une dégoûtée, l'autre qui se reprochait de n'avoir pas su profiter de l'instant et se montrer tendre. C'est alors qu'elle l'entendit lui dire :

— Alexia, je crois que je suis amoureux de toi.

Peu après, elle lui envoya une lettre. Pas un mail – à cette époque, elle n'avait même pas d'adresse électronique. Une lettre qui avait nécessité de nombreux brouillons. Une lettre où elle lui disait qu'elle avait trouvé leur rencontre très belle, mais qu'elle ne se sentait pas capable de lui donner suite. Une lettre où elle répétait les mots que lui avait dictés son confesseur : *Mon mari est malade, moralement s'entend. Il traverse une mauvaise passe parce qu'il est dans le péché, parce qu'il s'est éloigné de Dieu. Et comme j'ai juré devant l'autel que je resterais avec lui dans les bons comme dans les mauvais jours, dans la santé comme dans la maladie, je dois rester à son côté. Qu'il ait rompu son engagement et soit dans le péché ne rend pas légitime que je rompe le mien. Je ne me sens pas heureuse de ce que j'ai fait et je ne souhaite pas recommencer. Je suis navrée.*

Elle mentait, bien sûr. Et elle le savait. Ce n'était pas la vraie raison, mais c'était ainsi qu'elle lui ferait le moins de mal, et que tout lui serait plus facile.

La lettre, adresse comprise, était dactylographiée, non signée, et ne mentionnait aucun nom propre. Elle ne voulait laisser aucune trace, aucun indice.

Il tenta de lui téléphoner, lui envoya des messages par centaines. Jamais elle ne répondit. Lorsqu'elle amenait ses filles à l'école, elle s'abstenait de descendre de voiture.

Elle tenta d'oublier. Elle avait des moments de bonheur, mais qu'interrompait une intrusion soudaine de blanc dans sa mémoire, et un douloureux et pesant silence avait raison de son sourire. Elle restait muette et froide, transie, comme regardant un point vague sur le mur blanc. Personne autour d'elle ne disait rien, mais tous pensaient la même chose. Ils la voyaient changée, altérée, éteinte.

Elle se sentait triste, mélancolique, l'incarnation de l'échec. Elle n'attendait plus rien de son couple, ni de son mari, ni de la vie. Le quotidien lui paraissait de plus en plus ennuyeux et monotone. Quand elle regardait en arrière, elle se sentait coupable, inutile, dégoûtée d'elle-même. Elle pleurait fréquemment, avait perdu tout intérêt pour les sorties et la vie sociale, se réveillait au milieu de la nuit et avait le plus grand mal à se rendormir, passait ses journées à manger du chocolat, la seule chose qui lui procurait encore quelque plaisir. Car elle n'avait plus envie ni de se maquiller, ni de s'habiller avec élégance. Le contact fastidieux avec la routine quotidienne la laissait épuisée, à bout de forces.

Guillem l'emmena en personne voir le médecin. Diagnostiquant une dépression, celui-ci lui prescrivit des comprimés qu'elle prenait consciencieusement sans qu'ils réussissent à dissiper cette brume de désespoir qui l'empêchait de voir devant elle.

Chaque fois qu'elle repensait à cet après-midi blanc et lumineux, elle avait honte et ne voulait qu'une chose : disparaître tel un nuage dans le ciel bleu et blanc de Majorque.

Elle savait qu'elle vivait une vie de mensonges, qu'elle était elle-même un mensonge. Installée dans sa vie creuse et confortable de sépulcre blanchi, riche de tant de choses, mais surtout d'hypocrisie.

CETTE LONGUE PERPLEXITÉ

Dans sa chambre d'hôtel, David griffonne sur une feuille de papier. Il écrit une phrase. Puis il la raye. Il parle tout seul.

— Non, ça non. C'est trop.

Il continue d'écrire et de griffonner jusqu'à ce qu'il soit satisfait du résultat. Puis il inspire profondément, comme s'il se préparait à accomplir une tâche herculéenne ou à offrir sa meilleure interprétation, prend un air inspiré et compose, un par un, les chiffres du numéro.

— Eva ? Bonsoir, c'est moi…

— (…)

— David, c'est David, qui veux-tu que ce soit ? Tu ne reconnais plus ma voix ou quoi ?

— (…)

— Ne sois pas ironique.

— (…)

— Non, je ne veux pas parler à mon fils. C'est à toi que je veux parler.

— (…)

— Mais non, enfin, je n'ai rien… Je t'appelle simplement pour te parler, c'est tout.

— (...)

— C'est que... j'ai quelque chose à te dire. – Il prend la feuille et lit sur un ton déclamatoire, d'une seule traite, en sentant que sa témérité ne fait que précipiter sa chute... : « Eva, j'ai à te dire que je regrette. Que je me suis comporté comme un salaud. Que tu ne méritais pas ça. Que j'ai été un lâche. Que je t'ai laissée tomber. Que tu es une femme formidable. Que jamais, de toute ma vie, je ne pourrai réparer, mais que je vais essayer. Voilà. »

— (...)

— Tu trouves qu'on dirait la vidéo du discours d'excuses du roi[1]... ? Oui, peut-être. Mais je ne sais pas faire mieux...

— (...)

— Mais non, Eva, je n'ai rien à te demander...

— (...)

— Je n'ai pas besoin d'argent. Au contraire, j'ai un boulot où je me fais des couilles en or...

— (...)

— Bien sûr que j'aurais dû te les présenter il y a quinze ans, mais mieux vaut tard que jamais, non ?

— (...)

— Mais... parce que tu es la mère de mon fils, parce que je te le dois, parce que j'aimerais qu'on aille dîner un soir quelque part, pour parler...

— (...)

— Bon, d'accord, si tu ne veux pas, tu ne veux pas, mais ce n'est pas la peine de le prendre comme ça...

— (...)

1. Allusion aux regrets exprimés publiquement par le roi Juan Carlos en avril 2012 pour être allé chasser l'éléphant, espèce protégée, en Afrique.

— Oui, bien sûr, et au passage j'ai bombardé les Twin Towers, pendant que tu y es…

— (…)

— Écoute, j'ai essayé. Tu ne pourras pas dire le contraire. Mais si tu le prends comme ça, sache que…

— (…)

— Alors au revoir.

Il raccroche. Celui qu'il a été, celui qu'il est encore, fait face à sa mémoire comme un miroir parabolique désarticulé lui renvoyant les images de cet amour qui n'a pu survivre à la réalité. Il recherche anxieusement le lieu géométrique de l'émotion, mais tout paraît désormais suspendu à cette immensité étrange, à cette longue perplexité.

— On peut vraiment dire que je suis doué pour les excuses.

IL NE FAUT PAS AVOIR PEUR DE LA PEUR

David entre dans la chambre et trouve Elena qui l'attend, assise dans le lit, avec la robe qu'il lui a offerte. Elle se redresse pour qu'il la voie bien. Il se demande où réside la force de sa splendeur désarmée : dans cette peau d'une blancheur improbable, d'une douceur qui rend le toucher douloureux, dans ce cou lisse et vertigineux comme un toboggan, dans ces pommettes insaisissables, dans ce menton qui est la fin d'un visage sans fin, dans l'épigraphe azur de ses yeux de sphinge ? Ou dans le torturant silence plein d'espoir avec lequel il lui a fallu traverser la nuit pour en émerger si belle et désirable ?

— Elena… Que tu es belle !

— Tu as vu ? J'ai dû soudoyer une infirmière pour qu'elle sorte m'acheter les bas et les chaussures.

— Ça en valait la peine. Tu es magnifique.

— Je suis… merveilleuse ! Regarde aussi ce que j'ai…

Elle sort une boîte de sous les oreillers et la lui montre.

— Des bougies ?

— Des fausses, ce sont des ampoules électriques, mais on jurerait des vraies, non ?

— Oui, j'avais vu les mêmes dans un bar…

— La musique, nous l'avons, tu me l'as apportée… Qu'est-ce qui manque encore ?

— Je ne sais pas… Du champagne ?

— Exactement ! Regarde sous le lit.

Il s'exécute, et sort de dessous le lit une bouteille et deux flûtes.

— Mais tu n'as peut-être pas droit à l'alcool.

— Bien sûr que non, avec la chimio pas question… Mais il est sans alcool… Du *cava* sans alcool ! Dans la publicité sur Internet, ils disent que c'est pour que les enfants et les femmes enceintes puissent trinquer dans les fêtes. On ne parle pas des leucémiques, mais bon… Vas-y, ouvre-la…

Il ouvre la bouteille et remplit les deux flûtes.

— Tchin-tchin.

Ils trinquent.

— À notre amitié.

— Moi, je trinque à l'espoir. L'espoir que tu t'en sortes malgré tout.

— Absolument… L'espoir est la toute dernière chose que l'on perd… Même après les cheveux, je crois.

— C'est vrai.

David pose l'iPod et les enceintes sur la table de nuit. On entend la chanson de Cole Porter.

— Tu danses ?

David se lève, la prend cérémonieusement par la main. Ils dansent.

— Quand je me suis vue avec la robe, devant le miroir… En plus, il a fallu que je monte sur le tabouret…

— Quel tabouret ?

— Il y a un tabouret dans la salle de bains. Je crois que c'est pour qu'on puisse se doucher assis. Bref, quand je me suis vue, la première chose à laquelle j'ai pensé a été : « Il y a un an, je ne serais pas entrée dans cette robe. » C'est sûr que je n'y serais pas entrée. Je pesais soixante-dix kilos. Et maintenant, je dois faire dans les cinquante.

— Vingt kilos ? Tu as perdu vingt kilos ?

— Quelque chose comme ça. Quand Guillem m'a quittée, quand il est parti avec sa jeunette, je ne faisais que manger du matin au soir. Surtout du chocolat. Des glaces au chocolat. J'ai développé une véritable addiction. Pendant ce temps-là, sa femme n'arrêtait pas de maigrir. Nous étions comme des vases communicants : tout ce qu'elle perdait, je le prenais.

— J'ai l'impression que vous êtes toujours comme des vases communicants.

— Tu as donc compris qui était la femme de Guillem.

— Oui. J'aurais dû deviner dès le début.

— C'est peu après son départ que j'ai commencé à être malade, à aller mal, que j'ai perdu l'appétit. Je pensais que c'était le chagrin. J'étais toujours fatiguée, je me disais que je faisais une dépression. Je suis si bête que plus je maigrissais, plus je me voyais belle, sans comprendre que j'étais en train de tomber malade... Et quand je me suis vue dans le miroir, j'ai pensé : « Peut-être que cette maladie a un sens, après tout, et que je devrais retourner danser avec David. » C'était le Destin.

— Tu crois vraiment que ta maladie a un sens ? Tu es capable de lui en trouver un ?

— T'avoir retrouvé.

— Tu parles sérieusement, Elena ?

— Tout à fait sérieusement.

— Tu sais, j'en suis venu à penser la même chose, mais je n'aurais jamais osé le dire si tu ne l'avais pas dit la première.

— Pourquoi ?

— Parce que, je ne sais pas, ça résonne terriblement… Notre amitié a beau être exceptionnelle, devoir en passer par la maladie, par la douleur, pour la trouver…

— Tu penses vraiment que notre amitié est exceptionnelle ?

— Absolument.

— Mais tu me connais à peine.

— Et alors ?

— Tu sais, David, j'ai l'impression de te connaître depuis toujours, comme si nous n'avions pas été séparés toutes ces années.

— Je ressens la même chose.

Lentement, très lentement, ils s'embrassent, un baiser flambant neuf qui dit « je meurs » et un autre qui tente de noyer de salive ce « je meurs ». Haleines entrelacées, lucidité perdue dans le vide, un baiser qui mêle en un rythme effréné langue morte et langue vivante. Un baiser qui gravit à tâtons les marches de la peur, qui irradie une illusion d'éternité face à l'inéluctable.

— C'est dangereux ?

— Dans quel sens ?

— T'embrasser alors que je n'ai même pas le droit de te toucher ?

— La leucémie n'est pas contagieuse… C'est toi qui peux me transmettre un virus. Dans mon état, le médecin dit que même un rhume me tuerait. Mais tu n'as pas l'air enrhumé.

Elle l'embrasse encore une fois. Et boit une gorgée d'abîme dans sa salive.

— C'est dangereux pour moi aussi. Pas physiquement… Si je tombe amoureux, ça va finir de me détruire…

— M'avoir embrassée ne te rendra ni plus ni moins amoureux… S'il y a quelqu'un en ce monde qui sait de source sûre qu'on n'a qu'une vie, c'est moi. Il ne faut pas avoir peur de la peur.

Il l'attire vers lui et l'embrasse à nouveau. Ils s'enchevêtrent dans des baisers lancinants, sombres comme des souterrains dont on ne sort pas vivant, éblouissants comme le choc soudain de la foi et de l'espérance.

Des baisers douloureusement mortels.

COMME SI L'ON M'ÉCLAIRAIT DU DEDANS

David compose le numéro. Il y a sur sa table de nuit trois mignonnettes de gin du minibar, vides, et deux cannettes de tonic. Il tient un verre à la main et boit. Il boit depuis aussi longtemps qu'il s'en souvienne, dans l'espoir de faire macérer dans l'alcool ses remords et ses doutes mélancoliques. Des éclairs éthyliques traversent l'obscurité de ses pupilles. La chambre d'hôtel tangue et tournoie. Mais même des flots d'alcool seraient impuissants à cautériser cette blessure profonde qui ne se referme pas.

— Allô ? Caroline ?…

— (…)

— Tu n'es plus fâchée ?

— (…)

— Mais parce que tu m'as raccroché au nez.

— (…)

— Si, tu as raccroché. Et depuis, tu ne m'as plus rappelé.

— (…)

— Oui, bien sûr, j'aurais pu t'appeler, mais c'est toi qui avais raccroché, Caroline.

— (…)

— Bon, si tu y tiens… Comment ça va ?

— (…)

— Bien sûr que c'est important pour moi, très important.

— (…)

— Ma foi, bien. Très bien. Formidable… Merveilleux !

— (…)

— Je sens comme une légère ironie dans ta voix.

— (…)

— Écoute, Caroline, ça n'a pas de sens de se disputer, vraiment.

— (…)

— D'accord, tu n'es pas en train de te disputer. Mais ça n'a quand même pas de sens, ce qu'on est en train de faire…

— (…)

— Cette relation dont on ne sait pas où elle va…

— (…)

— Mais non, Caroline, je ne sais pas où elle va, bien sûr que non. Tu as été ma meilleure amie pendant toutes ces années. Tu m'as hébergé quand j'en avais besoin. Grâce à toi j'ai eu de la compagnie, de l'affection, une épaule sur laquelle pleurer… Bref, je te suis on ne peut plus reconnaissant…

— (…)

— Mais bien sûr, Caro, bien sûr que je sais que tu m'as donné bien plus que tout cela. Je ne voulais pas être grossier en disant ça. C'est justement pour ça, parce que tu m'as donné plus que tout ça, que je ne sais pas où se situe la frontière entre l'amitié et… autre chose. Toi et moi, nous avons toujours dit qu'on n'avait pris aucun engagement l'un envers l'autre, qu'on n'exigeait rien l'un de l'autre, c'est quelque chose qui a toujours été bien clair entre nous…

— (…)

— Je te dis tout ça maintenant parce que je ne voyais pas pourquoi tu me demandais si j'étais ici avec quelqu'un d'autre ou pas…

— (…)

— Non, pas du tout, je n'étais pas avec une autre. Mais… il s'est passé quelque chose. J'ai rencontré une fille… Enfin, une femme. Et ça m'a fait réfléchir à beaucoup de choses…

— (…)

— Non, rien à voir. Il n'y a rien entre nous, il ne peut rien y avoir entre nous. C'est une situation très compliquée. Cette femme est… malade, très malade. C'est trop long à raconter. Mais ça m'a fait réfléchir…

— (…)

— Ça m'a amené à me demander si ça avait un sens de prendre la vie comme elle vient, sans vouloir s'engager, sans oser aimer vraiment, sans oser s'investir. Moi… je ne sais pas… Avec toi, toutes ces années, j'étais bien. C'est avec moi que je ne suis pas bien, et c'est maintenant que je m'en rends compte. Je ne t'ai rien donné parce que je n'avais rien à donner. Parce que je suis creux, complètement creux, comme si l'air passait à travers moi. Je ne sais pas si tu comprends ce que je veux dire. Et voilà que, pour la première fois, subitement… J'ai ressenti quelque chose.

— (…)

— Non, Caroline, je ne suis pas amoureux. Je ne sais pas… disons que je suis… fasciné. Je te dis qu'elle est très malade, très gravement malade.

— (…)

— Une leucémie. Il lui reste peu de temps à vivre,

et sa lucidité, sa sérénité, sa générosité m'ont amené à reconsidérer beaucoup de choses. Putain, comme la vie est courte. Et comme je me suis évertué à foutre la mienne en l'air. Et celle des autres au passage. À commencer par la tienne.

— (…)

— Merci, mais je suis conscient de t'avoir fait du mal. Je t'ai forcément fait du mal, à force d'être pénible avec toi, de me montrer froid, distant… Cruel si tu veux. Et plus tu étais tendre et douce avec moi, plus j'étais cruel et con. C'est seulement maintenant que je le vois aussi nettement, comme si l'on m'éclairait du dedans avec une lanterne.

— (…)

— Oui, c'est exactement ça, on m'a éclairé du dedans avec une lanterne et je n'ai rien vu. Rien, parce que je suis creux.

— (…)

— Oui, bien sûr que j'ai bu.

— (…)

— Oui, j'avais dit que je ne boirais plus, mais ce n'est pas ce qui s'appelle être soûl. Je suis dans ma chambre d'hôtel, je suis tout ce qu'il y a de plus calme, j'allais me coucher.

— (…)

— Mais je ne sais pas, moi, quand je reviens. Je n'ai aucune idée de ce qui va se passer.

— (…)

— C'est vraiment une manie, chez cette femme, de raccrocher !

CE DOUX ACCENT FRANÇAIS

Lors de sa première rencontre avec Caroline, il s'attendait au pire. Il avait rendez-vous avec elle pour évoquer un possible engagement. Elle avait écrit un court métrage et un ami commun les avait mis en contact, avec l'idée que David pourrait jouer le rôle principal. Mais il l'avait averti qu'elle pouvait être très exaltée.

Vraiment très exaltée. Sitôt que, de loin, il l'aperçut, silhouette floue, cheveux décoiffés et minijupe ultra-courte, « exaltée » fut en effet le premier mot qui lui vint à l'esprit. Exaltée, dangereuse, folle, imprévisible.

Il vivait encore avec Eva mais il lui arrivait parfois, pas si souvent à vrai dire mais pas si rarement non plus, de draguer. Comme ça, à l'occasion. Pour ne pas dire la première venue.

« Bon, s'était-il dit. C'est l'affaire d'une demi-heure, à tout casser. Comme je suis plutôt doué pour l'écoute, je me contenterai d'écouter. » C'est seulement lorsque la silhouette, à mesure qu'il s'approchait, cessa d'être floue qu'il se rendit compte qu'il avait devant lui une femme superbe. Enfin, pas forcément superbe, ou pas aux yeux de tout le monde. Mais à ses yeux, elle l'était. Il se demandait s'il ne l'avait pas déjà vue. Il y avait à peu près un mois, un soir qu'il se trouvait au bar en face du théâtre, était entrée une jeune femme élancée, aux yeux bleus et aux cheveux châtains, et il s'était aussitôt dit : « Exactement mon type de femme. » Mais comme il vivait avec Eva, il s'était abstenu de toute tentative d'approche. Et voilà que la Divine Providence la lui envoyait. Elle était devant lui. C'était un signe.

Elle lui tendit la main, le regarda droit dans les yeux. Les présentations se firent à la porte du café et ils entrèrent. Ils s'assirent près d'une baie vitrée. Le soleil se réverbérait sur ses cheveux châtains comme du miel fondu.

Il se contenta de la laisser parler. Elle avait une belle voix, mais de quoi parlait-elle ? De cinéma, de théâtre. D'un ancien petit ami. D'un autre ancien petit ami. De son scénario. De sémantique des couleurs. D'exigence formelle. De production. De distribution. De projection. De ses plans sur la comète, de tous les projets fous qu'elle ne parvenait jamais à mener à bien. De ses châteaux de sable, de l'air qu'elle brassait, des chimères où l'entraînait le vertige de son imagination.

Lui se bornait à la regarder, à lui sourire, à relancer la conversation de temps à autre. Il ne croyait pas, à vrai dire, que les choses soient susceptibles d'aller plus loin. Elle était, de toute façon, trop belle pour lui.

Puis ils allèrent dans un autre café. À sa grande surprise, elle le regardait dans les yeux et, à sa plus grande surprise, elle avait les pupilles dilatées. Il repensa alors à ce dîner, il y avait des années, lorsqu'il était encore jeune et ingénu, où la Plus Belle Femme au Monde (ou celle qu'il prenait pour la Plus Belle Femme au Monde) l'avait regardé de la même façon, avec les mêmes yeux, tout aussi bleus, et les pupilles tout aussi dilatées, et où il avait pressenti qu'ils finiraient au lit (sans toutefois se douter qu'au lit elle l'appellerait « mon bébé » et qu'il en serait profondément consterné). Mais lorsque cette deuxième Plus Belle Femme au Monde (ou troisième, ou quatrième, ou Dieu sait combien, étant donné que toute jolie femme qu'il voyait pour la première fois était à ses yeux la Plus Belle Femme au Monde) le fixa de ses yeux si bleus aux pupilles si dilatées, il ne pensa pas qu'ils allaient finir au lit. En fait, il ne pensa rien du tout, tant il était anesthésié. Une anesthésie autoinduite. L'anesthésie résultant de sa vie avec Eva.

Après leur conversation, il la raccompagna jusqu'au pied de son immeuble, puis lui envoya un message où il lui disait la forte impression qu'elle lui avait faite. Avait-il l'intention de la séduire ? Pas vraiment. Il aimait toujours Eva. Mais il voulait lui laisser un indice, un signal. Pour qu'elle sache, pour qu'elle ne l'oublie pas trop vite.

Le court métrage ne se fit jamais.

Quand ils se revirent, elle l'impressionna de nouveau dès le premier regard. C'était dans la file d'attente d'un cinéma. Il était avec Eva, qu'il lui présenta simplement par son prénom, et non comme étant sa compagne. Eva, je te présente Caroline. Caroline, je te présente Eva. C'était passablement maladroit. Ou inconscient. À la sortie, Caroline était de nouveau là. Comme elle était venue seule, elle s'attarda à bavarder avec eux. Ils allèrent au café d'à côté, discutèrent du film. Puis le café ferma. Comme il faisait froid, la discussion se poursuivit, à trois, dans leur salon. Caroline buvait, fumait, parlait. Il se disait qu'elle finirait par s'en aller. Mais elle ne s'en allait pas et Eva ne le lui demandait pas. À un moment donné, il annonça, dépassé par la situation, qu'il allait se coucher. Eva n'alla pas se coucher avec lui. Si elles voulaient continuer leur billard à trois bandes, grand bien leur fasse. Ces petits jeux tactiques n'étaient plus de son âge.

Le lendemain matin, il trouva Eva endormie à côté de lui. Il ne saura jamais avec certitude de quoi elles avaient parlé, ni si elles avaient couché ensemble. Il croit maintenant pouvoir affirmer que non, qu'elles ne se sont pas non plus embrassées, mais sur le moment il ne l'avait pas exclu – et l'avait même fantasmé. Ce n'aurait pas été la première fois que deux personnes ayant un désir commun pour une troisième se découvrent unies par ce désir et le transforment en un désir réciproque. La littérature regorge d'histoires de ce genre, la vie de David en regorgeait aussi. Il lui était souvent arrivé de faire l'amour à trois et, lorsqu'il repensait à cet épisode nocturne, il se disait que si Caroline s'était jointe à eux à la sortie du cinéma et qu'Eva l'avait laissé aller se coucher seul, cela voulait dire qu'il aurait pu se passer quelque chose. Il se rappelait ces soirées de sa jeunesse, commencées dans des bars obscurs et enfumés pour se terminer par des baisers à trois, obscurs et salivants, voire par des plans à trois, obscurs et transpirants. Mais, cette nuit-là, cela ne s'était pas produit. Si Eva était restée auprès de Caroline, c'était simplement pour la connaître mieux, devenir amie avec elle, neutraliser la menace car elle pensait que si Caroline était son amie, elle ne tenterait pas de séduire David.

Jamais il n'y eut de plan à trois avec Caroline et Eva. Ce fut plutôt comme si Eva avait passé le relais à Caroline.

Il aurait voulu pouvoir raconter les autres occasions, toutes ces occasions qu'il avait eues de revoir Caroline, avant ce fameux soir où, de nouveau, il l'avait rencontrée dans un bar et où tout avait basculé. Il aurait aimé pouvoir les raconter, une par une, mais il ne se les rappelle pas toutes. Toutes ces fois où il l'avait croisée dans son quartier, au supermarché, au café, à la boulangerie, sans qu'elle manifeste à son égard le moindre signe d'intérêt, ni d'ailleurs de désintérêt. Raconter la façon dont il la contemplait à distance, sans même oser penser un jour coucher avec elle. La photo qu'il avait prise d'elle à la dérobée, un après-midi où il l'avait épiée en train de lire accoudée au comptoir. La première fois qu'ils s'étaient attablés ensemble au café où ils étaient tombés par hasard l'un sur l'autre. Il y en avait eu évidemment bien d'autres, mais il n'aurait pu les énumérer toutes.

Il avait néanmoins gardé quelques souvenirs précis, toujours les mêmes : ses yeux bleus et la sensation, pour lui claire comme le jour, qu'il la désirait mais n'avait pas envie de concrétiser ce désir. Non seulement parce qu'il n'était pas certain de vouloir tromper Eva, mais aussi et surtout parce qu'il était certain de ne pas vouloir tomber amoureux de quelqu'un comme Caroline. Pas à cause de sa beauté : la beauté est toujours déstabilisante, certes, mais il avait déjà connu de belles femmes, dont plusieurs étaient plus belles que Caroline.

Caroline buvait trop, fumait du haschisch de façon compulsive et était instable à tous les sens du terme (géographique, émotionnel, économique). Elle ressemblait trop à David, et très peu à Eva. Or, il aimait justement Eva parce qu'elle était différente de lui, et avait peur de Caroline parce qu'elle lui ressemblait trop. Il ne pensait d'ailleurs pas à elle outre mesure. Elle n'avait jamais donné le moindre signe d'avoir envie de lui. Pas de frôlements faussement fortuits de sa main ou de son épaule, d'allusions sexuelles, d'insinuations, ni de commentaires à propos d'autres hommes avec qui on aimerait bien faire ceci ou cela. Non, rien de ce genre.

Il se disait donc que Caroline devait tout simplement s'ennuyer à mourir, seule dans cette ville dont elle commençait à avoir épuisé les possibilités, et qu'elle devait trouver distrayant de croiser sans arrêt ce voisin qui semblait aussi paumé et désœuvré qu'elle, au point de hanter désormais tous les jours, à la même heure, le café où elle prenait son petit-déjeuner. Si jamais il y eut de sa part quelques ouvertures, si elle attendait un signe de lui à cette époque où, vivant avec Eva, il se contentait de l'admirer de loin, il ne sut le voir.

Un matin cependant, alors qu'une fois de plus ils s'étaient croisés par hasard (mais ce n'était pas un hasard, il savait très bien pourquoi il se rendait toujours à la même heure dans ce café, et elle devait s'en douter aussi), elle lui avait confié que sa mère était française et habitait Paris et qu'elle y avait vécu plusieurs années. Il lui avait répondu qu'il ne connaissait pas Paris et qu'il aimerait bien y aller un jour.

— J'ai deux choses à te dire. – Silence étudié. – La première, c'est que tu es la personne la plus séduisante que j'aie connue depuis que je suis en Espagne. La seconde, c'est que si tu veux que je t'emmène en France, il faudra que tu passes à la vitesse supérieure.

Elle s'était, qui plus est, penchée au-dessus de son oreille pour le lui dire. C'est à ce moment que lui était venu le désir, oui, le désir intense de coucher avec elle. C'est sa voix qui l'avait excité.

Sur ces mots, elle était partie et avait payé l'addition (pour tous les deux, sans lui demander son avis, mais il n'avait rien trouvé à objecter). Il était resté là, debout, à côté du guéridon en marbre, sans savoir si elle parlait sérieusement ou non, car elle ne l'avait pas touché.

Nulle part. Pas même frôlé l'épaule comme par hasard ou maladresse.

La chose finit par arriver, et fait l'objet de différentes versions. Ce qui est certain, c'est que ce fut le fameux soir où ils s'étaient rencontrés au fameux bar. Selon Caroline, David « lui avait sauté dessus ». C'est la vérité, et il est bien placé pour savoir qu'il l'avait prise par la taille, attirée vers lui et embrassée. Il n'en disconvient d'ailleurs pas, mais il prétend qu'elle venait de lui dire qu'il « avait l'air de quelqu'un qui est un tigre au lit » et que, si quelqu'un vous dit quelque chose de ce style, on peut s'estimer en droit de l'embrasser.

Caroline, pour sa part, reconnaît l'avoir dit, mais seulement après avoir été embrassée par David. Elle affirme se souvenir parfaitement, en outre, qu'il lui avait dit, avant même ce baiser, qu'il existait entre eux une « tension sexuelle non résolue ». Quoi qu'il en soit, les deux versions s'accordent quant au fait que tout, ensuite, était allé très vite. La drogue, la musique, le fait de sentir qu'on fait partie de l'autre, la sensation de vivre un moment unique dans sa perfection.

Après la rupture avec Eva qui l'avait anéanti, alors qu'il était encore convaincu qu'ils se remettraient ensemble, il était passé voir Caroline. Juste pour lui dire bonjour, pour discuter, en aucune façon dans le but de coucher avec elle, se disait-il mensongèrement. Bien entendu, il désirait bel et bien recoucher avec elle : n'avait-il pas mis « à tout hasard » son plus beau boxer (noir, de marque) ? Il s'était montré cette fois-là si nerveux, si bêtement maladroit, que c'est elle qui avait fini par dire : « Et si on allait dans ma chambre ? »

Il avait pris un petit appartement à Lavapiés, un taudis presque sans lumière, mais assez bon marché pour qu'il lui suffise de quelques engagements occasionnels pour payer le loyer. Une publicité, un monologue dans un cabaret miteux, un petit rôle dans un épisode de série télévisée…

Il ne signa jamais aucun document avec Eva, et elle ne lui demanda jamais d'argent, car elle savait parfaitement qu'il n'en avait pas.

Les premiers mois, il essaya de la reconquérir. Pour l'enfant qu'elle attendait. Mais il ne l'aimait plus, et en était conscient. Il se demandait même s'il l'avait jamais aimée. Car il pensait trop à Caroline, bien qu'il la voie très peu. Ils se croisaient parfois dans leurs bars coutumiers, mais c'est à peine si elle lui prêtait attention. Il avait vécu avec elle un week-end de folie. Qui lui avait coûté son travail et sa compagne. Mais Caroline ne semblait guère avoir pris l'affaire au sérieux, et lui, de son côté, voulait récupérer sa fiancée, son Eva.

Il continuait pourtant de penser à Caroline, et de la désirer. Eva représentait la stabilité, la promesse d'une vie de famille, Caroline incarnait la passion et l'aventure. Eva était Pénélope, et Caroline la plus belle des sirènes.

Deux années passèrent, durant lesquelles David apprit que l'errance ne rend pas la nuit plus belle. Mais il se sentait appelé par le chant des sirènes, d'une sirène en particulier. Il y eut, au cours de ces deux années, diverses aventures d'une nuit, nombreuses, trop nombreuses pour être recensées, mais aucune ne pouvait effacer le souvenir de Caroline. Il y eut aussi beaucoup de cocaïne, beaucoup d'alcool, beaucoup de nuits blanches, beaucoup de petits matins où il vit le soleil se lever depuis un lit inconnu. Il crut, au bout de ces deux années, voir se dérober l'horizon de l'espoir, et considéra Eva comme définitivement perdue.

Mais une nuit parmi tant d'autres, à quatre heures du matin, gorgé d'alcool et de cocaïne, il revit Caroline, accoudée au comptoir d'*El Juglar*, et entendit soudain résonner une musique qu'ils étaient seuls à pouvoir partager et comprendre. Il sentit qu'il avait consacré ces deux années à la rechercher dans chaque bar, dans chaque femme. Il vit en elle le havre ultime pour l'homme qu'il était devenu, perclus d'angoisses et d'habitudes malsaines. Il comprit que ces yeux bleus étaient à la fois présage et refuge, qu'il ne pourrait accepter d'autres mains que les siennes, ni un autre corps que le sien. Il eut la révélation fulgurante de ce qu'elle avait à lui offrir et du fait qu'il l'aimait. Peut-être était-ce l'effet de la cocaïne, la nécessité, le désespoir, la peur, toujours est-il qu'elle était là, belle et majestueuse, les yeux luisants dans l'obscurité comme des phares promettant de l'amener à bon port.

Et lorsqu'il l'embrassa, il se dit que cette fois il ne la laisserait plus échapper.

Ce qu'il n'aimait pas chez elle, et en quoi elle différait d'Eva : qu'elle fume autant ; qu'elle boive autant ; que son passé soit fuyant et trouble au pire sens du terme (le fait qu'elle n'ait aucune amie, qu'elle ait vécu dans vingt-cinq villes, son étrange rapport à l'argent – elle en avait tantôt beaucoup, tantôt pas du tout – lui fit même penser qu'elle dealait) ; qu'elle parle de ses conquêtes (tout un chapelet de noms qui finissaient par n'en faire qu'un) tout en faisant mine de ne pas y accorder la moindre importance, au point, donc, de mélanger leurs noms (ce qui lui rappelait ses pires défauts) ; que jamais on ne sache d'où elle venait ni où elle allait, au sens propre comme figuré ; qu'elle soit têtue ; que tout soit pour elle blanc ou noir ; qu'elle lui dise « mais tous les hommes avec qui j'ai été aimaient ça » (ils aimaient justement ce que David n'aimait pas) ; qu'elle puisse être, au lit, aussi incroyablement tendre à certains moments et aussi égoïste à d'autres, quand bien même elle affirmait que l'égoïste, c'était lui ; qu'elle ne se rappelle plus ce qu'elle avait dit la veille au soir.

Ce qu'il aimait chez elle : sa haine de la télévision ; son aura sexuelle incroyable, dont elle n'aimait pas qu'on lui parle (« c'est faux, je ne suis pas si sexy, je suis trop élégante pour être sexy ») mais qui lui collait à la peau sans qu'elle y puisse rien ; sa façon de marcher, lente, assurée, ferme ; sa voix ; ses yeux, bien sûr ; sa peau (on le lui avait dit un nombre incalculable de fois) ; son assurance (feinte, évidemment, car elle était en vérité très peu sûre d'elle) ; son goût musical sans faille ; le fait qu'en sa présence elle donnait l'impression que personne d'autre ne comptait pour elle ; le fait qu'elle ne regardait pas les autres hommes (jamais il ne l'y surprit lorsqu'ils étaient ensemble, alors qu'elle attirait les regards partout où elle passait) ; le fait que jamais elle ne se mettait en colère pour une bêtise ; le fait que jamais elle ne l'ait laissé en plan dans un bar, ce dont Eva était coutumière ; le fait que jamais, au grand jamais, elle ne criait ni n'élevait la voix.

Elle prenait cependant mal certaines observations qui lui semblaient, à lui, des plus pertinentes. Lorsqu'elle était contrariée, et cela lui arrivait souvent, elle lui lançait simplement un regard de travers qu'elle laissait ensuite fiché en lui durant plusieurs secondes, peut-être une minute entière (il avait lu dans un livre que les psychopathes ne cillaient pas). « Mais tu te rends compte de ce que tu viens de me dire ? » lui demandait-elle. La réponse était généralement « non ».

L'ami qui avait arrangé leur première rencontre disait d'elle qu'elle avait énormément de chien. Un autre ami avait déclaré qu'on ne devait pas se fier, à son humble avis, à une femme qui n'avait jamais su se fixer dans une seule ville. Un troisième avait été catégorique : « Elle est très charmante, mais trop jolie, il faudra que tu la tiennes en laisse pour éviter que tout le monde se jette sur elle. »

Il aimait dormir avec elle. Il n'aimait pas dormir avec Eva. Eva ronflait, prenait toute la place dans le lit, parlait dans son sommeil. Caroline, elle, était calme, dormait comme un ange, comme un bébé. Dormir avec elle était reposant. Elle ne bougeait pas. Elle ronflait mais de façon presque imperceptible. Et elle avait une peau merveilleuse, une peau délicate, jolie, tiède, fine, subtile, douce, pâle, magique, presque irréelle, une peau qui avait la texture, la couleur, le parfum d'un magnolia. Une peau comme il n'en avait jamais touché, et comme il n'en toucherait sans doute plus jamais.

Il aimait dormir avec elle, mais n'aimait pas se réveiller auprès d'elle. En partie parce qu'il lui faisait porter la faute de sa rupture désastreuse avec Eva, tout en sachant bien que s'il devait y avoir un coupable, ce ne pouvait être que lui. Et aussi parce qu'elle était, au réveil, d'une humeur de chien, comme il l'avait rarement vu chez une autre femme.

Jamais ils ne firent l'amour au réveil. Jamais.

Parmi ses plus beaux souvenirs de leur relation, cet échange de messages, aux tout débuts : « Attends-moi, je serai cinq minutes en retard, désolé. » – « Je t'ai attendu trente-cinq ans, je peux attendre cinq minutes de plus. »

Être allé voir avec elle une pièce nulle et l'avoir entendue lui chuchoter à l'oreille : « Je suis avec l'homme le plus séduisant de toute la salle. » Être allé dîner avec elle, après qu'elle lui a fait la surprise de l'attendre à la sortie d'une représentation (« on m'a dit que tu étais très bien, et c'est vrai »), dans un restaurant ouvert jusqu'à trois heures du matin, et en être si ému qu'il avait renversé le verre d'eau (ou de vin ?) sur la nappe.

Son odeur. Qui n'était pas un parfum. De toutes les femmes avec qui il avait couché, c'était peut-être la seule qui ne mettait pas de parfum. Elle avait une odeur particulière, bien à elle, de pure phéromone. Le parfum intense de sa chair, un parfum suave, épicé, capiteux, dense, un mélange non identifié de sueur et de vanille, de femme, de sexe, de magnolia, qui lui faisait perdre la raison et les sens.

Jamais il n'avait nourri le moindre sentiment de possession à son égard, ni fait de projets d'avenir. Jamais, comme il le dirait plus tard à Elena, il n'avait mis d'étiquette sur leur relation. Elle avait vécu dans vingt-cinq villes différentes, avec six hommes différents. Elle avait couché avec des hommes comme avec des femmes. Il n'avait jamais cru qu'elle puisse lui donner plus qu'elle ne lui donnait, mais il savait que ce qu'elle lui donnait lui était précieux, et c'est pour cela qu'il continuait de le rechercher. Elle lui avait écrit un jour que « celui qui a peur ne se donne pas, et celui qui ne se donne pas n'aime pas ».

Mais nul ne peut se donner s'il ne dispose pas de lui-même.

Il y avait eu un été merveilleux, un été de cinémas, de théâtres, de baisers, de sexe, de bars, de parcs, d'allées et venues, de fêtes jusqu'au petit matin, de longues conversations, de champagne, de cocaïne, de gin tonics, d'étoiles filantes, de déambulations d'un bout à l'autre d'un Madrid désert et ardent. Un été inoubliable, à la fin duquel tous deux s'étaient promis d'arrêter la cocaïne, un été durant lequel il avait découvert qu'elle était assez riche – ou plutôt que sa famille l'était – pour jouer à « je vais écrire un scénario, ou bien une pièce de théâtre, ou tourner un court métrage, ou aller faire des études de cinéma à Paris, aujourd'hui je m'en vais, demain je reviens » sans se soucier d'avoir à payer ni le loyer, ni les factures, car chaque 1er du mois arrivait un virement sur son compte.

Il y eut un automne au cours duquel tous deux allèrent s'installer dans une maison en pierre qui appartenait à sa famille à elle, deux mois où ils ne burent pas un seul verre d'alcool ni ne sniffèrent la moindre ligne de coke, deux mois où elle écrivit une pièce dans laquelle il devait jouer, deux mois où ils se disputèrent comme des bêtes féroces, deux mois d'indolence, d'errance, de dérive, de questionnements, deux mois passés à vouloir tout savoir l'un de l'autre, deux mois à être déçus d'y être finalement parvenus, deux mois à être amoureux d'elle, deux mois à ne plus pouvoir la supporter, deux mois à la détester parce que c'était elle (ou plutôt sa famille) qui payait tout, deux mois à se sentir à l'abri pour la même raison, deux mois de colère rentrée, deux mois d'angoisses et de sueurs froides, deux mois à rechercher chaque matin le contact de sa peau, deux mois de voracité compulsive et de luxure insolite, deux mois de dégoût et de nausées, deux mois de quête avide et nocturne de son corps pour oublier la cocaïne, deux mois d'amour et de haine, de chaud et de froid, deux mois de fluctuations qui donnèrent le cap hautement instable d'une relation qui jamais n'eut de nom ni d'étiquette.

Leur idée initiale était de rester dans la maison et de conserver l'appartement de Madrid si jamais l'un des deux voyait surgir la possibilité d'un travail dans la capitale. Mais ils décidèrent d'un commun accord, au bout de ces deux mois, que la cohabitation était impossible. Elle retourna dans l'appartement, il alla loger chez un ami et se fit embaucher, en attendant mieux, comme serveur dans le café où il avait si souvent pris son petit-déjeuner en même temps qu'elle.

Bien entendu, elle cessa d'y prendre le sien. Leur relation ne s'interrompit pas pour autant. Ils avaient simplement remplacé une addiction par une autre.

Son besoin d'elle était profondément ancré, un besoin affectif, un besoin économique, un besoin fait d'attentes et de manques, un besoin aussi abstrait et inextinguible que celui de respirer. Il avait besoin de la véhémence de ses lèvres, du choc frénétique de sa langue contre la sienne, besoin de puiser de son énergie en la mordant, besoin de passer souvent chez elle aux heures des repas parce qu'elle savait cuisiner et lui non, et parce qu'il était si fauché qu'il ne pouvait pas se payer le restaurant. Il avait besoin de compagnie, de sentir qu'on l'admirait ou, à défaut, qu'il existait. Il ne savait pas rester seul, et avait de plus en plus de mal à trouver des femmes disposées à faire avec lui la tournée des bars, maintenant qu'il était moins connu et que la cocaïne ne lui dictait plus les phrases qui l'aidaient à les aborder.

Même lorsque tous les masques furent ôtés, que rien ne fut plus caché à leur vue ni à leur toucher, qu'ils surent et n'eurent donc plus à imaginer, qu'il ne resta que les cendres de ce qui avait été une étincelle incandescente, les décombres du château d'amour qu'ils avaient tenté d'ériger ensemble, il continua d'avoir besoin d'elle.

Elle aussi avait besoin de lui. L'arrêt de la cocaïne l'avait, en très peu de temps, fait grossir au point de ne plus conserver que des vestiges de sa beauté naguère éblouissante. Presque du jour au lendemain, elle s'était mise à faire son âge. C'est-à-dire plus que celui de David.

Les rôles, d'une certaine façon, s'inversèrent. David avait été l'amoureux, le soupirant, le chien fidèle, le souffre-douleur, elle la dédaigneuse, la dominatrice, la plus riche et la plus belle des deux. Et voici qu'elle cessait d'être la plus belle. Un jour, elle cessa aussi d'être la plus riche. À la suite d'une dispute avec son père, celui-ci lui coupa les vivres. Elle n'avait pas de loyer à payer, car elle avait hérité de l'appartement de sa grand-mère, ce qui atténuait un peu les choses, mais elle fut bientôt confrontée au fait que ses petites activités sporadiques – traductions, adaptations, mises en scène pour de petites salles du circuit off – lui suffisaient à peine pour se nourrir.

Et quand la pauvreté entre par la porte, l'amour et le désir sortent par la fenêtre. Accablés d'ennui et de désillusion comme des galériens agitant leurs rames sur la haute mer de la désillusion, contre vents et tempêtes, ils étaient tous deux condamnés à rester ensemble faute d'avoir un partenaire de rechange, chacun des deux étant à l'origine de son propre mal, dans cette relation sans nom ni étiquette.

C'est alors qu'était survenu le coup de téléphone d'Alexia.

QUAND LA VÉRITÉ AGITE LES BRAS

David entre dans la chambre avec un énorme paquet, orné d'un ruban non moins impressionnant. Il porte un sac de voyage à l'épaule.

— Encore un cadeau ? Qu'est-ce que c'est ?

Elle défait le paquet impatiemment en déchirant le papier. C'est un tableau. Des fleurs éclatantes d'une allégresse rouge. Un tableau de Georgia O'Keeffe. Mais David pressent qu'Elena ne sait pas qui est Georgia O'Keeffe.

— Comme je n'ai pas le droit de t'apporter de fleurs, j'ai pensé que nous pourrions accrocher celles-là… Comment les trouves-tu ? – Il sort un sachet du sac. – Regarde : j'ai apporté des clous. – Il sort plusieurs autres sachets et énumère leur contenu : – Crochets… Clous… Ruban à mesurer… Marteau… Fil de fer… Et, *last but not least*… Perceuse !

— Tu as passé ta matinée à la quincaillerie ?

— Bien sûr. Où voulais-tu que je trouve tout ça ?

— David, nous sommes à l'hôpital, ils vont nous étrangler si tu leur refais toute la décoration…

— Comment ça ? Quand je te donnerai le signal, tu

mettras le son de la télé plus fort pour qu'on n'entende pas la perceuse… Quoique, de toute façon, personne ne passe jamais dans le couloir, et la chambre est super bien isolée…

— Oui, mais ils vont voir le tableau.

— Et ils nous remercieront, car ce sera plus beau. Et ça te rendra la vie plus agréable, à toi et à ceux qui viendront après…

— C'est justement à ça que je pensais… À ceux qui viendront après…

— Qui viendront occuper cette chambre ? Ils auront une belle œuvre d'art sous les yeux.

— … et qui me survivront…

— Tu dis ça à cause de ce qui s'est passé hier ?

— Oui mais pas seulement. Il y a quelque chose d'important que je voulais te dire. Si tu veux bien, arrête-toi un moment pour qu'on parle…

David approche la chaise du lit, Elena arrange ses oreillers et se redresse jusqu'à lui faire face. Ils sont tout près l'un de l'autre. Chacun des deux sent la respiration de l'autre, la cadence d'un temps sans urgence. Rien qu'en se regardant, ils pourraient faire fondre le peu de temps qui leur reste. Leur existence passagère prend sens dans les yeux de l'autre. Ce sont deux miroirs face à face, un mirage au carré.

— Tu sais, dans une situation comme la mienne, c'est logique de penser à faire un testament.

— Bien sûr.

— J'y ai pensé, naturellement… Tu sais que je suis fille unique.

— Tu ne m'as pas dit que tu avais des neveux ?

— Du côté de mon ex-mari, pas du mien.

— Ah, d'accord. Non, je ne savais pas.

— Mais si, je te l'ai dit quand nous étions ensemble.

— J'avais oublié.

— Ça m'a toujours paru bizarre. D'être fille unique, je veux dire. Autour de moi, il n'y avait pas d'enfants uniques. Tu sais qu'à l'Opus Dei on exige de nous d'accueillir tous les enfants que Dieu nous envoie. J'ai beaucoup fantasmé sur l'idée que vivait, quelque part, ma vraie mère, bien plus affectueuse que celle que j'ai eue.

— Nous avons tous fantasmé quelque chose comme ça, un jour…

— Oui, mais pour mon malheur je suis aussi la fille de mon père.

— Comment ça, « pour ton malheur » ?

— Parce que ce n'est pas le père qui m'aurait convenu, que veux-tu que je te dise ? Je l'aime et je le respecte parce que c'est mon père et tout ça, mais jamais il ne m'a témoigné d'affection…

— Ta cousine m'a raconté l'histoire de la fausse lettre… De la lettre qui n'était pas de moi, je veux dire. Je n'ai pas trouvé ça très joli, si tu veux tout savoir.

— Tu sais pourquoi mes parents n'ont pas eu d'autres enfants ? Pour la même raison qui fait que je n'en ai pas eu avec mon mari.

— Ton père est homosexuel ? demande David, plus qu'étonné.

— Mais non, enfin je ne crois pas. Je n'en sais rien, après tout. En tout cas, lui et ma mère n'avaient pas de relations sexuelles. Aussi loin que je me rappelle, ils faisaient chambre à part. Et ils s'adressaient à peine la parole. Tu imagines l'ambiance pendant les repas : « María, passe-moi le pain », « Elena, on ne met pas les coudes sur la table », « Claudia, s'il vous plaît, pouvez-vous apporter le second plat ? » C'était… glacial. J'ai eu une enfance comblée, matériellement parlant.

Une chambre immense, une armoire pleine de vêtements, tous les jouets que je voulais… Mais je n'ai pas eu une enfance heureuse. J'ai eu une enfance très triste. Sans violence, sans mauvais traitements, mais tout était si… si triste.

— Je suis tellement désolé pour toi, Elena. Vraiment.

Elle lui prend la main avec la sérénité bravache de quelqu'un qui a décidé une fois pour toutes de n'avoir plus honte de ses émotions.

— Tu ne trouves pas ça bizarre, quand tu viens, de me trouver toujours seule ? Il me semble que des parents normaux resteraient toute la journée à mes côtés. Les miens, non. Ils viennent chaque matin, ma mère dit son chapelet pendant que mon père regarde par la fenêtre. C'est très déprimant.

— Ma pauvre Elena, je suis vraiment tellement…

— Bon, mais c'est le passé, tout ça. Ça n'a pas d'importance. J'étais en train de te parler de testament…

— Ah oui, c'est vrai.

— Je ne sais pas si tu es au courant, mais en l'absence de conjoint, de descendants ou de frères et sœurs, mes parents ont droit, que je le veuille ou non, à la moitié de mes biens. Je n'ai pas la possibilité de les déshériter.

— La moitié ? Ce n'est pas le tiers ?

— La moitié en l'absence de conjoint.

— Merde…

— Comme tu sais, mon mari était très riche. Il était déjà riche quand nous nous sommes rencontrés, mais depuis, il s'en est mis plein les poches grâce à la spéculation immobilière. Quand nous avons divorcé civilement, avant d'obtenir comme tu sais l'annulation par le tribunal ecclésiastique, il m'a laissé la maison. Il n'a même pas discuté, il avait trop honte. Et la maison avait pris de la valeur, elle valait déjà cher quand nous l'avons fait construire, mais aujourd'hui ça a explosé, étant donné qu'elle donne sur la plage… Tu sais combien elle vaut ?

— Six millions d'euros. C'est Alexia qui me l'a dit.

— Je vois que ça t'a marqué.

— Comment oublier un chiffre pareil ? Tu m'as dit aussi que ta voiture coûtait cent mille euros.

— Cent vingt-cinq mille, pour être précis. Mercedes classe E. Sans parler des meubles, des bijoux. Ou des œuvres d'art que Jaume avait achetées à titre de placement.

— Juste Ciel…

— Tu l'as dit. Or, mes parents n'ont absolument pas besoin de cet argent. D'abord parce qu'il ne leur reste plus guère de temps pour en profiter. Et parce que, de toute façon, ils sont incapables de profiter de la vie. Ils ne sauraient pas le dépenser pour autre chose que des messes et des neuvaines. Et puis, ils ont déjà tellement d'argent, ils n'ont vraiment pas besoin d'en avoir plus…

— Je vois.

— Et comme, à part moi, ils n'ont pas d'autres héritiers, devine à qui ira cet argent à leur mort ?

— Je ne sais pas.

— À l'Opus Dei. Cette même Opus Dei qui est responsable de tous mes malheurs. Du fait que je t'ai perdu, que mon mari est devenu cocaïnomane, que je n'ai eu ni la capacité ni le courage de divorcer plus tôt.

— Tu es sûre ?

— Certaine. Mes parents sont surnuméraires de l'Opus Dei, j'ai lu leur testament, je sais ce que je dis.

— Merde…

— Donc, j'ai une chose à te demander…

— Tuer tes parents ?

— Non. M'épouser.

— Hein ?

— Cet argent ferait bien tes affaires, non ? Ta situation n'est guère florissante…

— Écoute, Elena, c'est que… Je ne sais pas quoi dire… Ça me paraît totalement fou, ce que tu me dis là.

— Écoute, si ce n'est pas toi, ce sera le premier mendiant que j'aurai ramassé dans la rue et qui aura dit oui. J'y avais pensé avant que tu réapparaisses, j'avais longuement réfléchi à la question. Je ne savais simplement pas qui choisir. Je n'ai pas tellement d'amis, à vrai dire. Des connaissances, des relations, oui. Mais des amis, ce qui s'appelle des amis, non. Quand il y a eu le scandale autour de Jaume, je suis devenue une pestiférée. Adieu les invitations. Des gens qui se voulaient nos intimes ne me saluaient plus dans la rue. Et ils ne viennent pas non plus me voir à l'hôpital. J'épouserais bien Alexia, si, si, sans rire, mais quand je le lui ai proposé, elle a cru que j'étais folle, et elle refuse. Dans son milieu, ça ruinerait sa réputation. J'ai pensé à Guillem, mais il va se marier avec sa petite jeune… Et c'est alors que tu es apparu.

— Elena… Mais… Je ne peux pas accepter.

— Pourquoi pas ? Je te rends un très grand service, et tu m'en rends un à moi aussi.

— Elena… Je… Il faut que je t'avoue quelque chose… Je…

De nouveau, il enfouit la tête entre ses mains, incapable de dire un mot. Elle lui passe la main dans les cheveux. Il se redresse et la regarde en essayant de surmonter sa culpabilité et sa honte.

— David… David…

— Elena. Elena… Je ne peux pas accepter… Je ne le mérite pas… Je…

— Je sais. Tu t'appelles David Arias, mais tu n'es pas mon David Arias à moi.

— Tu le savais depuis le début ?

— Mon Dieu, oui… et non.

— Mais je te jure, Elena, que je ne t'ai pas menti sur le reste. Je n'ai jamais été aussi sincère avec quelqu'un que je l'ai été avec toi. Je ne m'étais jamais confié comme ça à personne, je ne m'étais jamais ouvert de cette façon, aussi totalement… C'est vrai…

— Je crois qu'il m'est arrivé un peu la même chose qu'avec mon mari. On ne voit pas ce qu'on ne veut pas voir. J'ai voulu croire que c'était toi. Tu te souviens de cette fille qui avait été enlevée et assassinée, Anabel Segura ?

— Que vient faire cette histoire là-dedans ?

— Les ravisseurs avaient envoyé une cassette enregistrée à ses parents alors que la fille était déjà morte. Ce n'était pas elle qui parlait, c'était la femme d'un des ravisseurs. Les voix ne se ressemblaient même pas, et en plus, sur la bande, la femme disait « chers parents », alors qu'Anabel les appelait toujours « papa » et « maman ». Mais ils s'accrochaient si désespérément à l'idée que leur fille était encore vivante qu'ils étaient prêts à croire n'importe quoi. Je crois que c'est la même chose qui m'est arrivée…

— À quoi t'en es-tu rendu compte ?

— Mon David à moi était moins grand, et puis il y avait trop de choses dont tu ne te souvenais pas.

— Alors, pourquoi tu as joué le jeu quand même ?

— Parce que je m'ennuyais, David. Parce que j'étais toute la journée toute seule et triste, parce que tu étais beau, sympathique, charmant… Dis-moi, c'est Alexia qui t'a recruté, non ?

— Oui, elle m'a payé le voyage et donné de l'argent pour mes frais de séjour.

— Je sais. Elle me l'a dit. Mais réponds-moi, s'il te plaît, c'est très important pour moi. Elle sait la vérité ? Elle sait que ce n'est pas toi, ou bien tu l'as trompée elle aussi ?

— C'est un malentendu depuis le départ… Elle m'a confondu avec un autre, et j'ai joué le jeu pour la même raison que toi. Parce que je m'ennuyais, parce qu'elle était belle, qu'elle m'attirait, parce que je me sentais seul, et aussi par curiosité, ou par désespoir, ou par instinct suicidaire, est-ce que je sais ? Je me suis dit qu'après tant d'années, après tout, on peut avoir changé jusqu'à être méconnaissable. Ensuite, elle m'a raconté ton histoire et…

— Un pieux mensonge, un de plus… Comme je te l'ai dit, c'est elle que je devrais épouser mais elle ne veut pas. C'est pour ça que je te le propose, encore une fois. C'est la chance de ta vie, David, ne la laisse pas échapper.

— Tu es folle, Elena, complètement folle.

— Pas du tout. Je suis tout ce qu'il y a de plus sensée. Tu sais ce que c'est qu'un mariage *in extremis* ?

— Non.

— C'est un mariage religieux qu'on a le droit de célébrer avant le mariage civil en faisant valoir le péril de mort imminente dans lequel se trouve un des deux époux. Moi, en l'occurrence. Un curé te marie à l'hôpital, et il suffit d'aller le lendemain à l'état civil qui valide ton mariage. Très simple, très rapide, formalités réduites au minimum. Et tu sais quoi, David ?

— Non, dis-moi.

— Dans cet hôpital, il y a une chapelle et un aumônier.

LORSQUE L'AMOUR EST PRÉSENT

La nuit, dans sa chambre d'hôpital silencieuse et solitaire, il suffisait à Elena de prononcer un nom pour que ce nom l'accompagne. Elle sentait sa cavalcade dans la pulsation de son sang malade, et l'énergie à l'origine de cette pulsation lui prodiguait une chaleur bienfaisante.

Il fallait et il suffisait, pour peupler le désert aseptisé d'une chambre d'hôpital, qu'un mot soit prononcé. La chambre devenait déchiffrable du seul fait que ce mot l'éclairait, les choses récupéraient peu à peu leurs contours, lit, table, médicaments, tableau, et l'obscurité disparaissait à mesure que se dissipait le sommeil induit par la morphine. Même la mort, qui dédaigne les mots, semblait fuir dès que l'un d'eux était répété. Un, voire plusieurs : amour, espoir, confiance. Quant à la vie, elle restait présente grâce à ces mots, à ces noms – l'un surtout – qui soutenaient avec ferveur Elena. Sa vie restait présente parce qu'elle n'oubliait pas ce nom et qu'elle savait que lui ne l'oubliait pas non plus.

Avant qu'Elena connaisse ces mots et puisse invoquer le nom comme sien, sa solitude était plus profonde que le silence. Elle était morte aux choses de ce monde, morte en sursis, condamnée tant par les médecins que par son cœur. Les nuits étaient longues et noires, les journées lentes et tristes. Mais depuis que, chaque nuit, chacune de ces nuits d'hôpital, elle pouvait se répéter ce nom, elle sentait la présence de David comme s'il était là, comme s'il lui prenait la main. Car lorsque l'amour est là, on ne le sent jamais s'éloigner.

Et ce sont ces mots et ce nom qui la guérirent.

IL Y A DES GENS TELLEMENT PAUVRES QU'ILS N'ONT RIEN D'AUTRE QUE L'ARGENT

Que font-ils là, tous les trois, un verre ou une tasse à la main, si tranquilles, si élégants, si mondains, comme s'il ne se passait rien au-dehors, comme s'ils avaient droit à tout, comme s'il était logique qu'ils soient tous les trois si tranquilles, si élégants, si mondains ? Que font-ils là, tous les trois, comment supportent-ils le fardeau de toute cette frivolité, alors qu'ils savent que leur place pourrait être occupée par les autres, ceux du dehors, ceux qui n'ont ni maison ni travail, ou qui ont une maison valant cent fois moins, et un travail pénible et mal payé ? Que font-ils là, tous les trois au salon, alors qu'ils savent que leur place pourrait être occupée par les autres, mais que, voilà, elle est occupée par eux, eux si tranquilles, si élégants, si mondains, si divins dans leur légèreté, si soulagés que le hasard les ait justement placés de ce côté de la vie ? Que font-ils là ? Pourquoi sont-ils là sans avoir rien fait pour le mériter, pas plus que ceux qui sont dehors n'ont mérité de ne pas jouir de ce qu'eux possèdent ? Que font-ils là ? se demande David, avant de poser son gin tonic sur sa poitrine, improbable bouclier contre la peur.

— Ce thé est délicieux, dit Alexia, élégante comme toujours, avec sa diction cristalline, délicate et raffinée.

— C'est du thé vert de Chine, explique Elena. Je l'ai acheté sur le site de Thés gourmet.

— C'est incroyable. Tu devrais goûter, David. Vraiment, ça te ferait plus de bien qu'un gin tonic, à cette heure-ci.

— Moi, un gin tonic me fait du bien à toute heure.

David, désormais impeccablement vêtu et rasé, a changé, et pas seulement dans sa tenue : on sent poindre dans son regard une lueur cynique qu'on ne lui voyait pas avant.

— Je ne sais pas si c'est du bien ou du mal, mon chéri, mais je t'accorde le « à toute heure », car depuis quelque temps je ne te vois jamais autrement qu'avec un gin tonic à la main…

— Alexia, je ne te savais pas si observatrice.

— Arrêtez, s'il vous plaît, les interrompt Elena. Vous passez votre vie à vous disputer, tous les deux.

— Bah, nos disputes sont de simples écueils sur la mer d'huile de notre amitié. Ou plutôt sur la mer de gin de notre amitié. Mais bon… Elena, c'est du thé bio ?

— Oui, il est très riche en antioxydants, c'est pour ça que j'en prends, pour mes défenses, tu sais.

— Ah oui, bien sûr, les antioxydants… Incroyable, non ? Un an a passé… et tu es là. Toujours aussi belle, aussi magnifique, aussi extraordinaire…

— Aussi merveilleuse, ajoute David, d'un timbre plus sec que flatteur.

— Exactement. Aussi merveilleuse. Au fait, ma chérie… Hier, j'ai rencontré le docteur Cabissol.

— Cabissol ? Je ne vois pas. Ça ne me dit rien.

— Mais si, Elena, voyons… Cabissol. Tu le connais forcément, c'est le directeur de l'hôpital où tu étais…

— Ce n'est pas lui qui s'occupait de moi, ou alors j'ai oublié.

— Mais lui se souvient de toi. Tu sais, ils sont littéralement fascinés par ton cas ! Il m'a dit qu'il allait lui consacrer une communication pour un congrès médical.

— N'exagère pas, je t'en prie. Des malades qui guérissent, il y en a. Le taux de guérison du cancer du sang progresse de jour en jour.

— Peut-être, Elena, mais tu avais tout de même subi deux transplantations ratées… Ce n'est pas rien.

— Et puis, je ne suis pas encore complètement guérie. Ma maladie n'est plus incurable, mais elle est tout de même chronique.

— Ne sois donc pas rabat-joie… La mauvaise herbe ne meurt jamais, ma fille. Tu nous enterreras tous.

David finit fébrilement son gin tonic, et l'on devine à son ton de voix qu'il a un peu trop bu.

— C'est comme si c'était fait.

— Donc, je disais à Cabissol, poursuit Alexia, indifférente aux saillies stupides de David : « C'est l'amour. » Car il est tout à fait évident que c'est l'amour. Le fait que mon Elenita ait rencontré un beau gosse et qu'elle ait découvert qu'il valait quand même la peine de se battre pour rester en vie. On pourrait en faire un film, ma chérie. J'imagine bien une grande production hollywoodienne. Avec Angelina Jolie et Brad Pitt.

— C'est vrai, Angelina Jolie est très belle en chauve…

— Tu devrais essayer, Alexia…

Elena a décidé, elle aussi, d'ignorer David.

— Essayer quoi ? Les cheveux rasés ?

— Mais non, ne dis pas de bêtises. L'amour, le mariage…

— Je ne suis pas fermée à l'amour… Mais le mariage… J'affirme haut et fort qu'on ne m'y reprendra plus jamais. C'est Elena que j'aurais dû épouser, mais c'est trop tard…

Un portable sonne. Alexia cherche le sien dans les profondeurs de son sac à main.

— Allô ? Ah, c'est toi, ma biche. (…) Qu'est-ce que tu me dis ? (…) Non, ce n'est pas vrai ? (…) Mais je te l'avais dit, ma biche, que la moto n'était pas une bonne idée. (…) Où es-tu ? (…) Attends, je note. (…) – Elle sort un carnet et griffonne, angoissée. – Ah, très bien, ce n'est pas loin. (…) Tu as de la chance de me trouver chez ta tante Elena, car si ce n'est pas moi qui te tire de là… je ne sais pas qui ce serait. (…) Ah, Seigneur Dieu… – Elle raccroche. – Mes enfants, il faut que je parte. C'était formidable de prendre le thé avec vous, mais la petite a cassé la moto et elle se trouve en rade au milieu du rond-point…

— Cati ? demande Elena.

— Qui d'autre ? Je vais la chercher et faire venir la dépanneuse et tout le cirque.

— Salue-la de notre part.

— Bon, eh bien, j'y vais, les tourtereaux. Mère Courage n'écoute que son devoir…

Elle les embrasse tous les deux et disparaît comme une tornade blanche.

Elena et David restent seuls face à face. David se lève, se dirige vers le bar et se sert un autre gin tonic avec la lenteur déterminée de l'homme qui, enfin libéré d'une longue servitude, savoure d'avoir tout son temps. Elena boit son thé, suspendue à ce qu'il va lui répondre.

— Il y a quelque chose que tu as envie de faire ?

— Quoi, par exemple ?

— Je ne sais pas. On pourrait aller faire un tour, promener les chiens.

— Non, je n'ai pas envie.

— Ou aller jusqu'à la crique pour nager un moment ?
— Non plus.
— Tu as envie de voir un film ?
— Non... Encore moins.
— Pourquoi ?
— Ça me rend jaloux des acteurs. Je me mets à penser : « J'aurais été mieux dans ce rôle. »
— Je ne te crois pas.
— Je suis très sérieux.
— Bon, alors pas de film. À toi de proposer, j'en ai assez que ce soit toujours moi.
— Je ne sais pas, Elena, je ne suis pas très bien aujourd'hui...
— Aujourd'hui, tu n'es pas très bien. Hier, tu n'étais pas très bien. Avant-hier, tu n'étais pas très bien... La semaine dernière, tu n'étais pas très bien. Vraiment, ça fait des mois que tu es la joie de vivre personnifiée. À part boire, boire et reboire, tu ne sais rien faire d'autre.
— Je ne sais pas, Elena... Ce n'est pas facile pour moi. Je ne savais pas qu'être riche pouvait conduire à s'ennuyer autant. Je n'ai même pas à faire mon lit.
— T'ennuyer, tu as dit ?
— Oui.
— Tu veux dire que tu t'ennuies avec moi.
— Je n'ai pas dit ça.
— Si, tu l'as dit.
— Je ne l'ai pas dit. J'ai dit qu'être riche était ennuyeux.
— Mais tu es riche depuis que tu es avec moi, ce dont je déduis que tu t'ennuies avec moi.
— Écoute, Elena, tu me fatigues.
— Je t'ennuie et je te fatigue.
— Tu as décidé d'être pénible, aujourd'hui ?

Elle change de position, se rapproche de lui, le regarde droit dans les yeux avec la gravité du déchirement et l'amertume.

— Écoute-moi pour de bon, maintenant. Tu as quelque chose. Ça fait un moment que tu as quelque chose.

— En fait oui, Elena, je vois que je ne peux pas le cacher. Je… C'est vrai, je m'ennuie. Je n'arrive pas à m'adapter à cette vie.

— C'est moi qui t'ennuie ?

— Non, Elena, pas toi. À Madrid, je ne travaillais pas non plus, c'est vrai, mais il y avait toujours la possibilité de faire quelque chose, même si je n'étais pas payé ou à peine. Un court métrage par-ci, un épisode de série télé par-là… Quelquefois des monologues dans des bars pourris, avec deux pelés et trois tondus pour m'écouter. Dont la moitié trop bourrée pour comprendre un mot de ce que je raconte. Mais au moins, je faisais quelque chose…

— Si tu veux, je peux te trouver un bar à Palma. Ou tu peux te le trouver toi-même, maintenant que tu es connu dans chacun d'eux comme le loup blanc.

— Ce n'est pas seulement ça, Elena. Le théâtre, le cinéma, tout ça me manque beaucoup.

— Il y a tout de même des cinémas à Palma.

— Oui, mais ils ne passent pas le genre de films qui me plaisent.

— Des films iraniens avec les vingt premières minutes en plan fixe sur les mains du personnage principal…

— Ce genre-là, justement.

— Il y a aussi les vidéoclubs, le streaming sur Internet, tu peux même les regarder sur une télé d'un mètre de large.

— Ce n'est pas la même chose. Ce que j'aime, c'est la communion des salles obscures. Et puis retrouver mes amis…

— Et passer la nuit à faire la tournée des bars…

— Ça me manque aussi, je le reconnais. Des bars sans touristes, mais pleins de gens avec qui on peut parler de cinéma, de théâtre, d'art.

— Tu veux dire qu'avec moi tu ne peux pas parler de tout ça ?

— Elena, comprends-moi… répond-il avec condescendance.

— Ce que je comprends, c'est que tu passes toute la journée à boire.

— Faute d'avoir mieux à faire.

— Écoute-moi, David… Tu veux qu'on aille vivre à Madrid ?

— J'ai envie de retourner à Madrid, oui.

— Que ne le disais-tu plus tôt ! Cherchons-nous un appartement et allons-y, ce n'est pas si compliqué.

— J'ai dit que j'avais envie d'y retourner, moi.

— Eh bien, voilà.

— Je n'ai pas dit : nous.

Prise de court par la brutalité de l'annonce, Elena reste glacée d'effroi, livide, les yeux figés comme les deux phares d'une voiture à l'arrêt.

— Je vois. Et ça fait combien de temps ?

— Assez longtemps.

— Voilà au moins qui est clair.

— Elena, je ne t'ai pas épousée en pensant vivre avec toi.

— Tu m'as épousée en pensant hériter de mon argent.

— C'est vrai, mais ne me fais pas passer pour un monstre. C'est toi qui me l'as proposé. Un service en échange d'un autre, disais-tu.

— Et c'est à ce moment-là que je me suis mise à aller mieux. Et j'ai fait tomber à l'eau tout ton plan.

— Tu n'as fait tomber à l'eau aucun plan. Tu as

fait de moi l'homme le plus heureux au monde, et tu le sais. Quand tu as commencé à te rétablir, personne ne s'en est réjoui plus que moi. J'ai été tous les jours à tes côtés pendant quatre mois dans cet hôpital, j'ai l'impression que tu l'as oublié.

— Je m'en souviens parfaitement, mais… C'est justement pour ça. Tu m'aimais, tu étais amoureux de moi, ça crevait les yeux. Et tu me le disais. Tu me le disais tout le temps.

— C'était vrai. Et ça l'est toujours. Mais je ne me sens pas à l'aise ici. Je me sens pris au piège.

— Comme avec Eva.

— Plus ou moins.

— Parce qu'elle t'a forcé à arrêter la coke et que je t'ai forcé à m'épouser.

— Elena, arrête ta psychanalyse de bazar, s'il te plaît.

— Mais c'est la vérité. Tout allait bien tant que notre histoire était condamnée à finir à terme plus ou moins rapproché. Mais soudain, contre toute attente, je me suis mise à aller mieux. Et tu t'es rendu compte que j'avais encore vingt ans à vivre, peut-être trente… Et qu'il allait falloir que tu les vives à mes côtés. Et ça t'a fait peur… Ne me dis pas que ce n'est pas vrai.

— Écoute, je ne sais pas si je l'aurais formulé d'une façon aussi crue, mais au fond, oui… il y a de ça.

— Tu sais ce que tu es ? Un lâche. Et un égoïste.

— Égoïste… Moi, un égoïste ? M'entendre dire ça par la dame qui s'est acheté un mari comme on s'achète un caniche, pour qu'il soit là à lui tenir compagnie ! Sans jamais se demander, pendant tout ce temps, si le fringant mari en question ne s'ennuyait pas, s'il n'avait pas de regrets, s'il n'avait pas d'autres aspirations ! Elena, tu regardes tellement ton propre nombril que tu es incapable de voir autour de toi.

— Mais au moins, ce que je vois, je le vois net, tandis que pour toi ça doit être flou, ivre comme tu es du matin au soir. Je crois d'ailleurs que tu ne me vois même pas. Comment me verrais-tu puisque tu ne me regardes pas ?

— Je bois par ennui. Je te l'ai dit. Tout simplement par ennui, Elena. Un ennui incommensurable.

— Ton ennui est l'infirmité des ingrats, de ceux qui ne savent pas apprécier ce qu'ils ont. Les gens vraiment malheureux ne s'ennuient pas, ils sont trop occupés.

— Mon ennui est le même que le tien, car le gros défaut de l'ennui, c'est qu'il est aussi contagieux que le bâillement. Et ta vie de pauvre petite fille riche est tellement ennuyeuse, si monotone…

— Ah oui ?

Comme mue par un ressort, elle se lève de son fauteuil, s'approche du bar et se sert un gin tonic.

— Depuis quand as-tu le droit de boire ?

— Ce n'est guère recommandable dans mon état, mais on ne me l'a pas interdit formellement. Et puis, ce n'est pas à toi de te préoccuper de moi et de ma vie. De ma vie monotone, comme tu dis.

— Elle est monotone parce que tu as en permanence l'embarras du choix. Même quand tu es tombée malade, tu as pu t'offrir la meilleure chambre, les meilleurs médecins et, peut-être même, qui sait, ta guérison. C'est cette sensation de toute-puissance, de « je peux tout acheter » qu'on respire autour de toi, dans cette maison, qui m'ennuie. Alors que les obstacles ordinaires sur lesquels butent les gens ordinaires, le fait de devoir affronter des événements qui nous déplaisent ou que nous n'attendions pas, c'est justement ça qui est intéressant, qui est excitant, qui est… romantique. Mais cette vie-là… Non, vraiment, il n'y a pas plus épuisant que cette monotonie du confort, que cette vie de grisaille.

Gris perle, gris argenté, gris anthracite, tout cela est évidemment très élégant, mais c'est toujours du gris.

— C'est le roi de la vie trépidante qui parle. La vie trépidante qui consiste à accumuler les dettes, à taper les copains et à se bourrer la gueule jusqu'à plus soif. Tu préfères cette vie-là à celle que nous vivons, toi et moi ? Vraiment ?

— Tu as dit le mot : la vie. C'était la vie, la vraie. Ce que nous faisons en ce moment, j'appelle ça végéter.

— Et avec quel argent, si je peux savoir, comptes-tu repartir à Madrid ? Et de quoi comptes-tu vivre là-bas ?

— Je me permets de te rappeler que nous sommes mariés sous le régime de la communauté de biens et que ton argent, ou plutôt celui de ton ex-mari, est aussi le mien.

Elena, éruptive, dessine dans les airs un zigzag avec son verre de gin tonic et en jette le contenu à la figure de David. Celui-ci, impassible, s'essuie dignement le visage avec sa pochette.

— Tu es un salaud ! Tu n'as joué la comédie que pour l'argent, c'est ça que tu recherchais depuis le début, depuis qu'Alexia t'a engagé. Il faut vraiment que tu sois un rat visqueux pour…

— Elena, il faut que tu sois aveugle, vraiment aveugle, pour croire que je sois resté auprès de toi pour ton argent, qu'à aucun moment il n'y ait eu quoi que ce soit d'autre. – Tout en parlant, il achève de se tamponner le visage, agite la pochette pour la sécher, la plie avec un flegme insolent et la remet dans la poche de poitrine de sa veste. – Et il faut aussi que tu sois aveugle pour ne pas comprendre ce qui m'empêche de rester plus longtemps. Ne t'inquiète pas, je ne te prendrai pas plus qu'il n'est juste. C'est-à-dire l'équivalent de ce que tu dépenses en un mois pour l'entretien de cette maison, et qui me permettra, à moi, de survivre jusqu'à ce que j'aie trouvé un petit travail. J'ai appelé plusieurs contacts à Madrid, et il semble qu'il y ait un rôle pour moi dans une pièce... C'est quasiment conclu.

— En d'autres termes, tu as consacré tout ce temps à préparer ta fuite, pour dire les choses comme elles sont... Non ?

— À vrai dire, oui. Je ne voulais pas t'en parler avant d'être sûr. Et puis, je n'osais pas te le dire parce que je ne voulais pas te faire souffrir.

— C'est moi qui me fais souffrir moi-même, ce n'est pas toi. Écoute, je ne suis pas idiote. J'ai remarqué des choses, ces dernières semaines. Je me doutais que tu partirais. Mais tu ne trouveras pas de boulot, et tu finiras par revenir comme un petit chien, la queue entre les jambes, pour me demander de t'accueillir de nouveau, tu verras...

— « J'emporte tout ce qui est à moi. Je ne veux rien recevoir de toi, ni maintenant ni jamais », déclame David, théâtral. L'avantage d'être acteur, c'est qu'il vous vient toujours à l'esprit la réplique adéquate. Ibsen, *Une maison de poupée*, au cas où tu ne le saurais pas. Ce dont je suis par ailleurs certain.

— Tu es encore en train de me traiter d'inculte.

— Elena, j'ai survécu un demi-siècle sans ton aide et je peux continuer encore un siècle entier. Je n'ai pas besoin de ton argent, et même si j'en avais besoin, je n'y toucherais pas. Je compte partir avec ce que j'ai sur le dos, et rien de plus. Et même si je me retrouve à faire les poubelles, je n'ai pas l'intention de t'appeler, sache-le. Peu m'importe ma pauvreté à moi, elle n'atteindra jamais la tienne, Elena. Veux-tu que je te dise ? Il y a des gens tellement pauvres qu'ils n'ont rien d'autre que l'argent.

Il s'en va.

Elena se sert un autre gin tonic.

LE DEUIL

Nul ne sut jamais quel baiser marqua la ligne de séparation entre la passion et l'habitude, transforma les promesses en poignards, ni à quel moment ce baiser resta suspendu, tel un disque qui continuerait de tourner en silence une fois la musique écoutée et la fête finie.

Après toutes ces promesses rompues, il ne lui reste plus tant de certitudes. Un silence glacial, une mémoire qui fait le vide. Elle aurait aimé au moins le savoir, mais elle s'est vu refuser jusqu'à l'explication, jusqu'à la raison, jusqu'à la cause. Un silence mort, miné par son entêtement à lui et son ignorance à elle. Et la distance qui s'agrandit entre eux, froide comme le doute, comme un poison qui, au lieu de tuer, prolongerait la vie mais en la rendant si douloureuse que la mort serait préférable.

Elena aurait fait bien plus de promesses si elle avait su qu'elle n'aurait pas à les tenir. Des promesses aussi légères ne servent à rien. Pas plus que cette rage soumise, humble et faible, cette fureur prudente, ces larmes élégantes.

L'amour est promesse. Mais qu'est-ce qu'un don dont la promesse me lie à l'autre ? Le don que j'attends de l'autre est en fait un néant dont la vertu est de préserver et de nourrir mon attente. Tout espoir naît d'une promesse. L'amour consiste à donner ce qu'on n'a pas, disait Lacan. L'amour est donc la promesse d'un don qui viendra un jour... ou pas. Pourrait-il consister à attendre le néant ? Disons-le clairement : dans l'amour, ce qui compte n'est pas le don, mais le tourment de l'attente, la tension de la promesse. L'érotisme se nourrit de l'incertitude. La certitude, la sécurité, la tranquillité, la routine sont les assassins silencieux de la passion.

DIEU N'A PAS QUE ÇA À FAIRE

La douleur, c'est pour les vivants, les morts ne la sentent pas, ils habitent le néant. Elena, qui a trompé la mort, se demande s'il valait bien la peine de lutter autant et si elle désirait vraiment vivre. Elle a donc décidé d'être une morte vivante, enterrée dans ce tombeau de brique aux stores tirés, cette maison tapie dans l'obscurité. Défaite comme le puzzle qu'elle avait projeté contre le plafond de sa chambre d'hôpital. On a beau se mentir, la réalité finit toujours par s'imposer : elle censure, harcèle, attaque, emporte ceux qui ne veulent pas se rendre. Les baies vitrées qui donnaient sur la mer sont désormais fermées. Il n'est de bruit que sourd, de lumière qu'aveugle, la maison tout entière est un royaume d'ombres. Dehors, il y a de la lumière, de l'eau, de la vie. Dans la rue, dans l'île, dans le monde, des milliers de vies suivent leur cours dans un même moment prodigieux, tandis que celle d'Elena s'estompe, dissoute dans son autocompassion, dans un temps autre que celui des vies qui s'affairent au-dehors, des vies qui n'ont pas besoin de parasiter d'autres vies pour se perpétuer. Voici que résonne dans le couloir un bruit de talons familier. Elena le reconnaîtrait au milieu du vacarme d'une autoroute. La bonne l'a laissée entrer, se dit-elle. Elle lui avait pourtant donné l'ordre de ne laisser entrer personne.

Mais cette femme qui martèle le sol de ses talons n'est pas le genre à obéir aux ordres, Elena le sait bien.

— Je le savais. Je savais que je te trouverais comme ça. – Alexia s'approche de la chaîne et arrête la musique. – Et enlève-moi cette musique d'enterrement, pour l'amour de Dieu. Oui, d'enterrement… On se croirait dans un tombeau. – Efficace et impérieuse comme à son habitude, elle ouvre la fenêtre en grand et laisse entrer la lumière. – Je t'ai appelée, j'ai dû t'envoyer cinq cents messages… Tu m'as fait peur, vraiment…

D'un coup sec, elle tire le drap du dessus. Elena n'a sur elle qu'une culotte et un tee-shirt. Son corps, émouvant de maigreur et de fragilité, rappelle celui du temps de sa maladie.

— Que fais-tu dans cette tenue à six heures passées ? Je ne peux pas croire que tu ne sois pas encore levée.

— Je n'ai pas de raisons de me lever.

— Pour l'amour de Dieu, Elena, on dirait la Dame aux camélias, arrête donc de jouer les victimes et de dire des sottises. Tu es vivante. C'est en soi une raison suffisante pour te lever. Dieu t'a sauvé la vie.

— C'est toi qui dis des sottises. Ce n'est pas Dieu qui m'a sauvée.

— Ah non ? Et qui donc, alors ?

— La science.

— La science, la science… Un peu de science éloigne de Dieu, mais beaucoup ramène à lui. La science t'avait condamnée, au cas où tu l'aurais oublié… – Elle secoue le drap avec énergie. – Écoute, je ne sais pas pourquoi Dieu est comme il est ni pourquoi il t'a choisie. Si ç'avait été moi, je ne t'aurais sûrement pas choisie…

— Non, je m'en doute…

— Mais lui t'a choisie.

— Oui, c'est probable.

On devine, sous la voix pâteuse et anémiée d'Elena, une pointe de scepticisme.

— Si bien que maintenant, tu dois l'écouter. Tu n'as pas d'autre solution.

— Si. De ne pas l'écouter.

Elle s'enfouit à nouveau sous le drap. Alexia, inaccessible au découragement, le lui arrache d'un coup.

— Tu crois vraiment que Dieu se consacre à sauver de la mort des gens qui ne l'écouteront pas ? Allons, Dieu n'a pas que ça à faire. – Alexia ouvre l'armoire, farfouille entre les cintres et opte finalement pour une robe du rouge vif *qui est la parure du coquelicot*[1]. – Celle-ci est parfaite, juste ce qu'il te faut. Allez, lève-toi…

Elle aide Elena à se lever. Elle l'habille avec soin et tendresse, comme si elle était une petite fille.

— Que signifient ces airs de tragédienne ? C'est parce que David est parti ?

— Tu ne peux pas savoir ce qu'il m'a dit.

— Une stupidité quelconque, probablement. Mais on s'en fiche. Tu le connais, il ne dit presque jamais ce qu'il pense et il ne pense pas toujours ce qu'il dit.

— Il est parti.

— Il fallait s'y attendre.

— Ça se voyait tellement ?

— Elena, ne sois pas naïve. C'est moi qui l'ai payé pour venir te voir. Il n'est pas venu par plaisir. Je ne doute pas qu'ensuite il ait été sincèrement amoureux de toi, mais ce n'était pas son style de vie. Ça ne l'a jamais été. Il était là comme un cheveu sur la soupe.

1. Poème de David Rey Fernández (né en 1985), dans le recueil *Las alas de una alondra madrugando* (2009).

— C'est sûr que je ne peux rien lui reprocher. Personne n'avait prévu que je guérisse un jour… Et, d'une certaine façon, c'est aussi ma faute.

— Ta faute ? Comment ça ? Quelle faute ?

— J'ai su qu'il mentait dès le moment où je l'ai vu entrer, mais j'ai voulu qu'il reste. J'ai voulu continuer à le voir quand même. Je lui ai même demandé de m'épouser. Parce que j'ai passé toute ma vie, depuis l'âge de raison, à user mon énergie pour essayer de changer quelqu'un qui ne pouvait pas m'aimer en quelqu'un qui le puisse. J'ai d'abord été la petite fille parfaite, la bonne élève sage et obéissante, pour me faire aimer de mon père. Ensuite, je suis tombée amoureuse de cet acteur qui s'appelait comme tu sais et qui ne s'intéressait pas plus que ça à moi, puisqu'il n'a jamais cherché à me retrouver ou à avoir de mes nouvelles. Car ce que ni toi ni mes parents ne saviez, c'est que le premier David ne m'a jamais aimée, il n'aurait pas levé le petit doigt pour moi.

— Je ne le savais pas. Tu disais qu'il était fou de toi, que vous étiez tous les deux très amoureux.

— Je vous ai menti.

— Pourquoi ?

— Pour te rendre envieuse, je suppose, ou jalouse. Ou pour me donner de l'importance, jouer à la grande personne, va savoir… Tu me passes une paire de chaussures ?

Alexia se dirige vers l'armoire et en sort des souliers rouges à talons, couleur carmin ou hibiscus. Elle les montre à Elena, qui hoche la tête sans conviction.

— Je ne sais pas si ce sont les plus appropriées pour marcher dans la maison.

— Le rouge neutralise la mélancolie, la lassitude et l'abattement.

— Qui t'a dit ça ?
— Mon chromothérapeute.
— Ton chromothérapeute ? Quelle snob tu fais…
— Je ne m'en suis jamais cachée. Mais tu l'es tout autant que moi.

Elena met les souliers, se lève, se regarde dans la glace. Une Elena maigre, aux yeux cernés, lui rend son regard triste avec une parfaite exactitude.

— En fait si, Alexia, je t'ai menti. J'étais amoureuse du premier David, mais lui ne l'était pas.
— Et les poèmes ? Et les lettres ?
— Vous suiviez votre idée avec un tel entêtement que vous n'avez pas su voir ce qui aurait dû vous crever les yeux. Dans ses lettres, il n'y avait pas un seul « je t'aime ». Il parlait de sexe, mais jamais d'amour. Quant à ses poèmes… Pure vanité. Il me les envoyait par narcissisme, pour être lu par quelqu'un, mais jamais mon nom n'y figurait, ni la moindre allusion claire à moi. Je pense qu'il avait dû en écrire la plupart avant de me connaître…
— Ils étaient très mauvais, en tout cas. Et incompréhensibles.
— Tu vois bien… Peu importe finalement que la lettre que mon père m'a fait envoyer ait été fausse, puisque ce David, le vrai, n'éprouvait aucun sentiment pour moi. Mais ça, mes parents ne le savaient pas. Ce n'était pas la peine qu'ils interviennent, puisque de toute façon il n'était pas amoureux de moi. Je le savais déjà quand nous sortions ensemble, jamais il ne m'a fait de déclarations ni de grandes promesses. Je lui courais après, mais je savais que pour lui, je n'étais qu'un jouet. Ensuite, j'ai épousé un homosexuel…
— Et après, il y a eu Guillem… Un homme marié, à ta cousine pour tout arranger, un amour impossible

de plus. Et pour finir, David, deuxième du nom, qui au fond est un pauvre type. Charmeur, séducteur, mais qui ne s'aime pas lui-même. Et qui est trop paumé et déboussolé pour être amoureux. Si tu regardes lucidement les choses, il y a un schéma récurrent... Tu as toujours couru après des hommes qui ne pouvaient pas t'aimer. Ce n'était qu'un jeu.

— Pour moi, non.

— Si. C'était un jeu, un jeu qui te servait d'écran de fumée. Car tant que tu es occupée à leur courir après, tu n'as pas à t'occuper de toi. Et surtout, comme ça, tu te protèges.

— Me protéger ? De quoi ?

— D'une relation vraiment intime.

— Qu'est-ce que tu veux dire par là ?

— Une évidence : comme tu ne recherches jamais quelqu'un qui t'aime vraiment, tu n'as jamais à faire de projets à long terme de vie vraiment commune, je veux dire intime. Parce que tu en serais incapable. Parce que tu ne sais pas aimer.

— Comment, je ne sais pas aimer ? Qu'est-ce que c'est que cette absurdité ?

Alexia, qui était assise sur le lit, se lève, s'approche de sa cousine et se serre contre elle par-derrière pour l'obliger à se regarder de nouveau dans le miroir et à soutenir son propre regard.

— Elena, je suis sans doute la personne au monde qui te connaît le mieux. Je connais ta vie par cœur, j'ai toujours été là, à tes côtés... Tu as toujours été tellement dans ton rôle de petite fille délaissée que tu n'as pas su grandir, te comporter en adulte, aimer en adulte. Pourquoi crois-tu que tu as épousé Jaume ? Tu n'étais ni assez bête ni assez naïve pour ne pas voir la vérité. Mais ça te convenait, tu n'avais pas besoin d'être sa vraie femme, seulement de jouer avec lui à la dînette, comme deux enfants, dans la maison payée par vos parents.

— C'est une façon bien cruelle de présenter les choses…

— Et puis ton histoire avec Guillem… Huit ans avec un homme marié ! Comme une petite fille amoureuse de papa qu'elle veut séparer de maman.

— Arrête de m'agresser, s'il te plaît.

— Je ne t'agresse pas, je ne dis pas ça pour te faire mal, mais pour que tu comprennes. Regarde autour de toi, Elena, la plupart des gens aiment et ont besoin d'être aimés. La plupart des gens aiment et ont besoin de se sentir proches des autres. Mais la peur aussi est une grande force, une grande rivale de notre besoin d'amour. La peur de l'intimité. Je pense que tu te sens plus rassurée dans une relation où il n'y aura jamais d'intimité ni d'engagement complet, dans une relation incomplète, parce que tu as peur de ta vulnérabilité, tu as peur qu'on puisse te faire souffrir.

— Ce n'est pas vrai. On m'a fait souffrir, et beaucoup.

— C'est là qu'est le paradoxe. Qu'on ait fini par te faire souffrir quand même. Comme si tu t'asseyais à une table de jeu et que, par peur de perdre, au lieu de miser deux cents euros, tu ne misais que cinq euros. En ayant, de surcroît, choisi la plus mauvaise table.

— Mais si j'avais misé deux cents, je les aurais perdus.

— Non, car tu te serais assise à la table avec un esprit de conquête.

— Tes métaphores sont décidément toujours fumeuses…

— Regarde-toi. – De nouveau, Alexia oblige Elena à se regarder dans le miroir, qui lui agrandit le visage et lui fait gagner en mystère. – Je veux seulement que tu considères la chance immense que tu as. Tu es guérie, tu as une superbe maison, de l'argent… Et en plus, tu as perdu vingt kilos et tu as un corps magnifique ! Tu n'as pas le droit de te poser en victime, aucun droit. Ni celui, bien entendu, de te plaindre de David.

— David est un salaud.

Alexia fait pivoter Elena vers elle pour qu'elle lise bien sur ses lèvres ce qu'elle va lui dire.

— David t'a sauvé la vie. Tu étais en train de te laisser mourir. Et pas seulement de ton cancer. De dépression, de tristesse, d'ennui. C'est pour ça que, quand je suis tombée sur ce *Cineguía* dans la salle d'attente, j'ai eu l'idée de l'appeler. Parce que je savais que tu avais besoin d'une illusion, de quelque chose qui te distraie, qui te donne le courage de vivre. Et ça a marché.

— Tu savais que ce n'était pas lui ?

— Quand je l'ai vu dans *Cineguía*, j'ai vraiment cru que c'était lui. Mais plus tard, j'ai commencé à avoir des soupçons. Et puis, finalement, je me suis dit : du moment qu'Elena y croit, peu importe que ce soit lui ou non.

— C'est donc toi qui m'as sauvé la vie.

— Peut-être. Le principal, c'est que tu sois là. Et tu es particulièrement bien placée, ayant été sur le point de mourir, pour savoir que la vie est suffisamment précieuse pour qu'on remette les choses à leur juste place. Plaie d'amour n'est pas mortelle. Tu connais peut-être la phrase d'Oscar Wilde « Seigneur, épargne-moi la souffrance physique ; la souffrance morale, je m'en charge » ? Dieu t'a libérée de la souffrance physique, il t'appartient maintenant de le remercier.

— Depuis quand crois-tu en Dieu ?

— Depuis toujours. Depuis que je suis née. Et toi aussi.

— Je ne sais plus que croire.

Alexia amène Elena vers le lit, l'y assoit, puis s'assoit à côté d'elle.

— Tu sais, Elena, Dieu signifie des choses différentes d'une personne à l'autre. Je ne crois pas que tu sois devenue athée du jour au lendemain. Mais même si tu l'étais, tu serais quand même croyante.

— Ça n'a pas de sens. Être à la fois athée et croyante est une contradiction dans les termes.

— Mais non. Si tu es sûre que Dieu n'existe pas, tu es au moins sûre de quelque chose, tu as donc une foi.

— Ce que tu peux être compliquée, parfois.

Alexia se lève et se dirige vers la coiffeuse. Elle prend la brosse et des épingles à cheveux. Elle revient vers le lit et se met, tout en continuant de parler, à peigner la chevelure d'Elena qui a repoussé jusqu'à devenir une toison éblouissante d'or fondu.

— Je ne te demande pas d'être sûre que Dieu veille sur toi. Je te demande, même si tu n'es pas convaincue qu'il existe dans l'univers un être suprême, d'agir au moins comme si tu croyais en lui.

— Ce que tu dis n'a ni queue ni tête.

— Le simple fait de pouvoir s'en remettre à une puissance supérieure pour les choses auxquelles, soi-même, on ne peut rien est un immense soulagement. Je parle d'expérience, crois-moi. De même qu'en ce moment tu me laisses te coiffer en t'en remettant à mon inspiration, tu apprendras, grâce à la foi, à accepter qu'il y ait des conséquences ou des solutions auxquelles tu n'avais jamais pensé.

— Je regrette, mais j'ai beaucoup de mal à croire en Dieu.

— Je ne te demande pas de croire en un Dieu officiel qui ait pignon sur rue, mais de croire en la vie. Je te demande d'abandonner cet entêtement absurde à vouloir que les choses se passent comme tu estimes qu'elles doivent se passer. Je te demande d'accepter de ne pas forcément savoir ce qui est mieux pour toi, d'accepter qu'il puisse y avoir des tenants et des aboutissants auxquels tu n'as pas pensé.

— Tu me demandes beaucoup.

— Je te demande d'être optimiste, merde !

Alexia s'est tellement emballée que, sans s'en rendre compte, elle donne un coup de brosse trop violent, qui manque d'arracher une mèche de cheveux d'Elena.

— Tu veux me rendre chauve une deuxième fois, c'est ça ?

— Je suis désolée. Je te demande seulement quelque chose de facile. D'accepter, par exemple, que ce qui pouvait t'arriver de mieux, c'est que ce crétin de David s'en aille…

— Ce n'est pas un crétin.

— Mais non, bien sûr, c'est un génie. Elena, s'il te plaît… C'est un bel homme, d'accord, mais tout de même un peu limité. Et le mieux qui pouvait t'arriver, c'est qu'il s'en aille. D'abord parce qu'il aurait fini par vider les réserves de gin de cette maison, si ce n'est de toute l'île. Ensuite parce que tu dois apprendre à vivre enfin par toi-même, à voler de tes propres ailes. – Elle jette un dernier regard à son œuvre : Elena coiffée. – Voilà, ça y est. – Elle s'approche de la coiffeuse et attrape le miroir de poche. – Regarde.

— Ce que tu me demandes – Elena se regarde, pensive, dans le miroir à main – est un vrai acte de foi.

— De volonté, pas de foi. Cela suppose que maintenant tu te lèves, que nous sortions d'ici, que nous allions faire un tour, et que tu agisses avec la conviction que la vie a encore beaucoup à t'offrir… Allez, lève-toi.

Elle la prend par la main et l'aide à se lever. Elles sont maintenant debout côte à côte.

— Où allons-nous ?

— Fêter ça.

— Fêter quoi ?

— Ton anniversaire.

— Ce n'est pas mon anniversaire.

— Si. Car c'est le jour de ta deuxième naissance. Tu vois ce lit ? C'est là qu'est morte l'Elenita qui aimait trop les hommes et finissait toujours par souffrir. Une nouvelle Elena vient de naître, qui s'aime assez elle-même pour s'épargner autant que possible de souffrir. Allez, on y va !

Il y a, à propos d'Elena, quelque chose que David n'a jamais su. Il n'a jamais su qu'Elena avait rêvé, durant des années, de devenir une danseuse célèbre. Elle n'en parle jamais, car la souffrance est encore trop forte. Une souffrance occulte, souterraine, étrange, comme une fleur séchée qu'on a laissée entre les pages d'un livre il y a des années et qui s'y trouve toujours. Elena ne méprise pas cette souffrance, car elle lui a appris beaucoup de choses. Elle est toujours là, cachée mais présente comme la fleur, et Elena se souvient maintenant de ce qu'elle lui a dit à l'époque, et qu'elle lui dit de nouveau, depuis l'ombre. Mais elle redoutait, et redoute toujours, d'en parler, de peur qu'elle ne progresse et ne se force un passage à travers ses os et ses entrailles.

Elena a commencé la danse à quatre ans, en allant au cours d'une amie de la famille. Pour tout le monde, il était évident qu'elle deviendrait une danseuse célèbre. Toute sa vie tournait autour de cela. Au lieu de mener la vie normale d'une petite fille normale, elle répétait tous les jours, n'avait pas le droit de manger de palmiers au chocolat à cause de son régime, n'avait pas le droit de boire. Ses résultats scolaires étaient moyens, voire médiocres, mais cela n'avait pas d'importance. Étant donné qu'elle allait devenir une danseuse célèbre, personne n'exigeait d'elle de bonnes notes. Mais, un jour, elle se blessa. Une tendinite. Elle insista pour se remettre à la danse, bien que le médecin le lui ait déconseillé. Une lésion sournoise, discrète au début, mais qui s'aggrava peu à peu. Jusqu'au jour où la qualité s'en ressentit et où il apparut clairement qu'elle ne pourrait plus danser.

Et ce qui n'avait été qu'une histoire de tutu remisé, de jambes fatiguées de sauter et de courir derrière la frénésie instantanée et la sueur d'une jeune fille à la barre, devint une obsession. Elena n'avait envisagé qu'une seule voie, et lorsque cette voie lui fut fermée, elle n'était pas préparée, si jolie, intelligente et riche qu'elle ait été et qu'elle est toujours, à en explorer une autre. Elle justifiait son obsession d'un avant qui la retenait prisonnière par la crainte puérile d'un après sans tutu ni ballerines.

Il lui fallut donc chercher une autre voie. Il lui faut donc maintenant chercher une autre voie. Elle pense à une voie urbaine, moderne, entrecoupée de ronds-points et de giratoires, longée de centres commerciaux, jalonnée de passages protégés, de stops, de feux tricolores.

Il faut que ce soit une voie urbaine et moderne, car c'est dans un cadre urbain et moderne que ses problèmes sont apparus. Sans doute y avait-il peu de place, dans la vie de femmes comme sa grand-mère, pour les chagrins d'amour : on épousait celui que son père vous avait trouvé, on vieillissait avec lui, on supportait ses coups s'il le fallait. Si on avait de la chance, on tombait sur un homme bon. Sinon, on le supportait en silence. Divorcer était inconcevable. Dans cette société fermée, les problèmes étaient codifiés, répertoriés, clairs, prévisibles.

La ville, en revanche, est un carrefour de modes de vie. La vie est un rond-point. Un rond-point a pour fonction de réguler le trafic, d'ordonnancer la croisée des chemins, de nous permettre d'abandonner une direction pour en suivre une autre.

Que se passerait-il s'il n'y avait pas ces ronds-points ? Sans doute abandonnerait-on un chemin pour en suivre un autre, abruptement et sans transition. Elena n'a-t-elle pas plus d'une fois fait le tour d'un rond-point pour se donner le temps d'examiner quelle direction prendre ? Mais si elle en avait fait indéfiniment le tour sans se décider, dans l'attente de ce parfait amour qu'elle s'était construit dans sa tête, un amour fusionnel, éternel, un amour comme celui de sa grand-mère, un amour qui peut-être ne viendrait jamais ?

Elena a devant elle plusieurs voies, qui ont toutes leurs avantages et leurs inconvénients. Les unes sont bien droites, bien asphaltées, faciles à parcourir, mais conduisent dans des directions déjà explorées. D'autres sont plus compliquées, avec beaucoup de trafic et de feux rouges, mais promettent des destins plus intéressants. Et tant qu'elle restera bloquée au rond-point, en se demandant laquelle prendre, elle n'avancera pas.

À sa sortie de l'hôpital, tout lui semblait parfaitement logique. La vie allait de soi, elle la vivait tranquillement, avec David. Elle prenait et perdait tout à tour conscience du temps, faute de percevoir le murmure paisible de son écoulement. Et soudain, la conscience lui vint que la présence de David n'était pas un don, mais un prêt. De même que sa propre vie n'était qu'une vie d'emprunt, une étrange vie par délégation, une vie insipide qu'elle s'était ménagée pour se protéger de la souffrance et des convulsions du dehors, se contentant de feindre d'aimer et de se croire aimée. Elle avait grandi et mûri sous la coupe du mensonge, et chaque fois qu'un homme disparaissait de sa vie de façon aussi inattendue qu'il y était apparu, laissant derrière lui un vide insoutenable, elle se sentait effacée jusqu'à l'inexistence. Combien fuyants lui paraissaient alors tous ces baisers, et combien vaines ces offensives pour chaque repli de peau.

Elena ne peut regarder l'avenir, car elle a d'abord à considérer ce qui est, ce dont elle jouit ou souffre. Il lui faut se risquer, confiante, au-dehors, laisser le soleil imprégner chaque goutte de sa sueur, savourer son imperméabilité à tout autre temps que le présent. Tenant la main d'Alexia comme si elles étaient les deux faces d'une même liberté sur le point de se détacher pour de bon, elle se prépare à sortir de la maison et à faire que l'impossible devienne réel. Elle se prépare à marcher seule pour la première fois, à être, pour la première fois, Elena tout court. Et non pas Elena la fille de, Elena la femme de, Elena la maîtresse de. Elle se prépare à diriger ses pas vers des contrées pressenties, des terres nouvelles qui jamais ne lui fermeront leurs frontières. Pour une fois, la mémoire des coups reçus ne parvient pas à décourager cet espoir qu'elle confie à la grâce de vents plus propices et de paysages plus amicaux. Elle a décidé d'enfouir dans sa mémoire la vulnérabilité, la crainte, la dépendance, et d'emprunter un chemin certes risqué, mais qui est peut-être le seul. Alexia lui ouvre la porte, et la lumière du jour lui fait mal aux yeux. Elle sent dans sa poitrine une plénitude qui contient ce même éclat inéluctable du soleil, cette joie soudaine d'ouvrir une porte donnant sur la mer, d'avoir atteint la cime et de pouvoir regarder d'en haut l'abîme sans en avoir peur, de battre des ailes comme un oiseau qui s'élancerait depuis ce sommet, frémissement de plumes de feu de l'oiseau Elena.

Agrippée à la main d'Alexia, elle s'apprête à sortir, triomphante, vaillamment juchée sur ses talons rouges.

TABLE DES MATIÈRES

MIXTE
Papier issu de
sources responsables
FSC® C003309

10/18, une marque d'Univers Poche,
est un éditeur qui s'engage pour
la préservation de l'environnement
et qui utilise du papier fabriqué à partir
de bois provenant de forêts gérées
de manière responsable.

10/18 – 92 avenue de France, 75013 PARIS

Imprimé en France par CPI

N° d'impression : 3037532
X07576/01